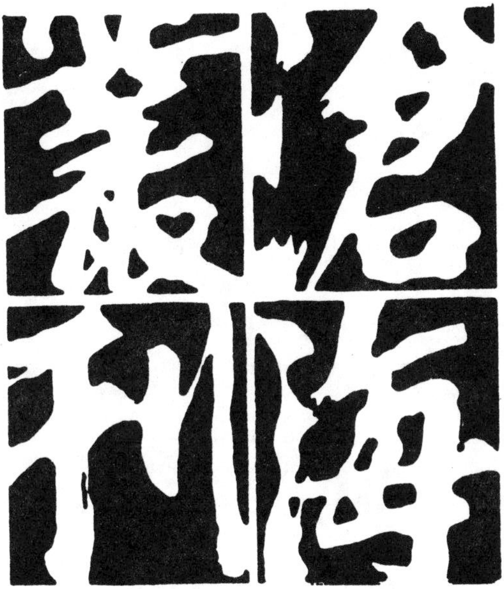

累廬聲氣集

姜超嶽 著　東大圖書公司印行

©累　廬　聲　氣　集

著　者　姜超嶽
發行人　劉仲文
著作財產權人　東大圖書股份有限公司
總經銷　三民書局股份有限公司
印刷所　東大圖書股份有限公司
復興店／臺北市復興北路三八六號六樓
重慶店／臺北市重慶南路一段六十一號
郵　撥／〇一〇七一七五──〇號
初　版　中華民國六十五年三月
三　版　中華民國八十二年十月
編　號　E 85124
基本定價　肆　元
行政院新聞局登記證局版臺業字第〇一九七號
著作權執照臺內著字第八三三六號

ISBN 957-19-0645-X（平裝）

奉新熊公哲教授八十華誕攝於台北新生社
六十三年九月十八日夏曆八月初三日

累廬聲氣集弁言

此予渡海後之叢稿也。間有一二大陸陳迹，則渡海後所蒐存也。何以曰累廬，曰聲氣，又何以作斯集，則有說。

予曩嘗京寓名累廬，嘗自號累廬主人，累之為義，見諸廬記，當年親故，類稔聞之。廬付浩劫，知者漸希。今迻其名名吾集，所以志劫，亦以示不忘情於我神京之重光也。

集中文稿，不限自為，親故長老之所賜，言皆由衷，無殊珠玉，德人德音，錄以資省惕。其屬自為者，大都自五十八年告老迄今，與交遊之書簡，次贈言，次雜著，庸言庸行，壹是家常布帛菽粟，固無與於學術，更無與於治道。第所陳說，率性攄情，言其欲言，絕無無病呻吟，或矯柔造作之作。而所與言者，尤多道義契交，砥礪相尚。聲氣云云，所以表應求之義耳。

予慚無學，往以勞者自歌情懷，強顏襮其平生。初刊「大陸陳迹」，繼以「我生一抹」，及「累廬書簡」。（刊行時正名曰「實用書簡」續出者曰「應用書簡」。）雖廣獲讀者共鳴，結神交於四方，以視碩學通人，名山寶藏，終感詹詹小言，無裨世道。自分藏拙終老，不復禍棗災梨矣。迺承東大圖書公司當事之雅愛，以往歲疊刊拙著，口碑彌感，頻頻索稿，俾充其新出之「滄海叢刊」。摯情難却，爰就上述稿中，選其關乎酬世、為學、及修養，可供學子借鑑者，依類銓次之，而名曰「累廬聲氣集」，此本集之所由作也。

全書文字，區為書簡、贈言、雜著、德音、四篇，都二十萬言。真情實事，悉有自來，片語隻字，莫非心聲。讀者視為實用文鈔可，視為變體傳記亦可。博雅君子，不吝是正，馨香禱之。

江山異生姜超嶽六十四年冬台北行都

曹序

江山異生榜其京居曰累廬，而顏其臺寓曰四為寓。是蓋五守新村之一廛，五守乃邸舍之美號，所守：時、分、法、信、密也。四為者，私室之嘉銘，異生自有說。大抵素位而行，則為富、為貴，有所不為，則為高、為寶，不離乎顏斶安步當車，晚食當肉，無罪當貴，靜正自娛之旨是已。

若夫累廬之所謂「累」，合「異」上「素」下而成文，異生又曾自言之，友異生者亦類能道之。「異」「素」之合，無閒新故，形累而質舒，事累而意舒，猶訓亂為治之義也。聲氣集所收篇什，大半作之纂之於「五守」「四為」之寓，必歸而繫之於「累廬」者，其志之所之，概可見矣，概可見矣！

昔賈生有四徇之說，宋士有四殺之譏，尼山有六蔽之戒，若江山異生之依五守、據四為、而擁一累者，庶乎可遠徇、祛殺、而解蔽矣。士大夫以嗜欲殺身，以貨財殺子孫，以政事殺民，以學術殺天下後世，盖宋劉下功之言云。

中華民國六十四年八月二十二日曹翼遠拜序

〔本書作者按語〕曹先生此序，極簡賅精悍之能事。所敍作者志行，無一字言中無物。讀者如欲究其妙諦，請參閱拙作累廬記（見我生一抹「六九定居」）求凰記（見前書「一五奇緣」）四爲寫記（見本書「雜著篇」）、及本書弁言。幸甚。

仲序

江山異生姜超嶽先生，是我當年在重慶元戎幕府中共事七年的好友。抗戰勝利後，因彼此工作崗位變動，過從雖不太密，而相知則甚深。居常以益友相期許，老來而愈見精誠之無間，相忘於無形。

異生畢生自修力學，篤志於天下興亡匹夫有責之義。律己極為嚴格，治事極為認真，公私極為分明，而對人則先之以恕，立論則持之以平，望之儼然，即之也溫。蓋其進德修業，使其守正不阿，擇善固執，而又能從容中道，善與人處，剛柔得其平衡，凡與交者，無不親而敬之。

楊子法言有云，「言、心聲也，書、心畫也」。故文字者，乃作者思想人格之寫生。異生文如其人，其構思運筆，氣勢格局，一字一句，無一而非其心聲之畫，所以讀異生之文，必先知異生之為人。

異生前以所著「我生一抹」「累廬書簡」（即實用書簡 應用書簡）行世，我曾先後為之序跋，闡釋文字之道，以兼具真、美、善三者為極致。三者之中，又以「真」為根本。失去了「真」，「美」與「善」，便祇餘外在的形式，不過是一堆沒有生命的符號而已。所謂「真」者，就是言之有物，言之由衷，寫出來的內容，確實代表個人心底所要說的話，而又確實能反映有諸己而後求諸人的性格，才是有生命的文字。若再結合著「美」與「善」，加以洗鍊，吐其精光，就是文字的上品了。

至於真的訣竅，就在行文之際，沒有一點傳世自炫之意，心無罣礙，率性而道，才能神到筆隨，捉住真的境界。若有絲毫矯柔造作，再好，讀來亦索然寡味。異生所已行世的兩種書，確實具備上述的條件，不僅內容真實樸質得可愛，且文字兼剛健婀娜之美，立言多淑世礪俗之語。所以一經印行，即暢銷海內外，再再重版，為同類著作中所僅見，由廣大的讀者對其作最高的評價，就足見不是我個人的私譽了。

現在異生又以其自民國五十八年退休以後，與契友親故往來、切磋、勗勉、抒情、論道、酬酢之作，分書簡、贈言、雜著、德音四篇，輯而名之為「累廬聲氣集」，與前述兩書一脈相承，而內容益富，涵蓋益廣。尤其「德音」一篇，所與異生聲應氣求而發為共鳴者，實不啻此一大時代中激濁揚清、鼓吹中興之大合唱。藝文小品之有益於世道人心、移風易俗者，其入人之深，為效之大，有非傳道說教之鴻文鉅製所能企及。

當此提倡文化復興，全民精神動員之際，將「累廬聲氣集」投入此一行列，以壯其陣容，張其聲勢，若異生者，誠可謂能善盡天下興亡匹夫有責之大義者矣。

中華民國六十五年二月吳江仲肇湘敬序

熊序

曷嘗觀於江海乎，滔滔者行潦涓流之所累也。曷嘗觀於山嶽乎，巍巍者撮土拳石之所累也。是故累蹞步而致千里，累朝暮而成歲時，積仁累善而為聖賢君子。然則若異生顏其所居曰累廬者，夫豈苟哉，委之文辭，亦特遜詞焉爾。

易大傳不云乎，善不積不足以成名，惡不積不足以滅身。積者累而積之也，是以君子慎焉。雖然，異生半生馳驅，固不欲以文士而自畫，而公哲之知異生也，乃緣文辭而益深。往居巴蜀，同隸元戎軍府者蓋六七年。異生有作，輒就公哲相商訂，公哲或吹苛於一字一句，異生未嘗不虛己謙受。曁乎避地臺員，每相見，亦未嘗不以斯文相切琢也。其意度固可謂宏且遠矣。

茲者，異生告休，端居多暇，乃彙其所作及朋從往復簡啟，都為一集而刊之。以示於公哲曰，是區區者，固平生辛苦所累也，子能錫之一言乎。公哲自省迂陋，莫足為異生重。無已，則謹本異生所以顏其居曰累者而推言之，倘亦讀此刊者所樂聞乎。

紀元六十四年十一月奉新熊公哲僭識

累廬聲氣集　目錄

以上詩文投贈

以上抒情書簡

以上大陸陳迹題跋

以上讀大陸陳迹後來書

以上讀我生一抹後來書

書簡篇

引言

予性孤介，旣無茶、酒、烟、賭之好，輒耽翰墨自遣。故平昔與親故閒書簡往還，留稿成習，造次以之。非敝帚足珍也，所以資省惕，礪性情耳。渡海以來，日積月累，得稿盈尺，署曰「累廬書簡」。往應三民書局之請，曾先後抽編成書行世矣。卽今正名曰「實用」，曰「應用」者也。自五十八年告老迄今，又得六百餘首，短則數行，長逾千言。玆選其較具意義者二之一，別為論事、敬賀、慰勉、述況、祈懇、申感、瑣務七類，以實本篇，無異上述二書簡之延續也。

論事類

——談論某事正道或得失者屬之——

敬覆張先生告所志 五十七年十二月十一日

曉峯先生有道：捧讀手敎，至感厚愛之德。溯自少壯而垂老，聲應氣求，恆越意外，而於先生之隆遇則稱最。緣分歟，異數也。惟弟自知甚明，生平未嘗學問，不足爲人師，尤不足爲大學之專任講座。强顏爲之，難免貽誤學子，有玷莊嚴門牆，致爲先生盛德之累，豈不深可慮乎。至言文事，往日誠多所塗抹，但憑區區情感之昇華而止，非如眞才實學含英咀華者之所爲也。竊嘗自省，歷事如許，卽使有片長足錄，祇以半生書吏，於尋常文字之校核，朝斯夕斯，尙具繩墨之能。今春通問，曾坦陳一二，先生或猶在憶乎。要而言之，盛情大德，念茲在茲，賜約之事，則不敢當。其他可供驅策者，勞瘁弗辭，待遇亦弗計，語出肺腑，伏乞有道亮察而敎之。

與劉君論稿酬 五十八年一月三十一日

承囑爲續刊「累廬書簡」命名事，躊躇數日而未決，昨以相告，立卽得「應用」二字，至佩才思之敏捷。篇首說明，幾經斟酌，今始定稿，雖爲短文，亦煞費心思，特寄塵一覽，如有高見，可補充也。全稿已成十之九，約旬內殺青，因恐春節後難免俗忙，不得不乘此時趕編耳。

近觀貴局營業，蒸蒸日上，敬祝前途發展無限。辱蒙相知，願貢鄙見，但先聲明，弟不願以賣文者自居，更不願以牟利人自卑，拙稿稿費之有、無、豐、嗇，素不計較，亦不願計較。玆所欲言者，乃泛論，絕無爲己說話之意。竊謂吾人於文化事業，果欲有所貢獻，不可過分斤斤於利，抱負愈遠，未來之成就亦愈大。如對作品之酬金，力所能及，以從寬爲上。此固可免專撿便宜之譏，且可提高作品之水準與價值。有駿骨之求，而後有千里馬之至，其理一也。況作品爲作者心血之結晶，從寬與酬，亦忠厚爲懷之道耳。

又對作品之評價，必須定標準，分等差，一例齊觀，不免予人以珠玉瓦石同値之感。試設身處地以思，然乎否乎。知先生明達君子，好善而向上，爰秉萬分至誠，貢區區之見如右。

復曾君論文 五十八年四月五日晨

接讀大稿「發展宗親組織以擴充國族芻議」，至佩對於考據之擅長。惟提案文字，須力求精簡明暢，若與講稿並論，長篇累牘，恐不足以引人興趣。竊想卽使合乎程序提出大會，其結果可料。附示致十全大會電稿，讀之似甚面善。鄙意此類文字，清新爲貴，否則三言兩語可也。弟最欣賞吾友某君，在當年兵慌馬亂之秋，向代總統辭官時，其簽呈開門見山曰，「呈請辭職」，全文僅四字，簡捷了當，不著半句廢話，是創作也。又見前日史學會上總統致敬及慰問大陸史界人士書，無陳言濫調，亦甚難得。

致宗妹梅英申述處世之道　五十八年五月五日

今晨電話云云，過分厚我，心甚不安。我平生處世，堅執一大經不變。凡有累於人，或致擾於人之事，可免則免。上年拙著「半環記」八殿後三書中曾言及，賢妹尚憶之否。老來已稍稍隨緣，在當年則毫無通融餘地也。賢妹盛情，感念之至，但請曲諒區區山野之性，對我一切作如是觀，幸甚幸甚。拙著書簡問世後，不脛而走，續集又將出書，承高明、方豪、邵德潤、諸名家爲之序，賢妹夫起濤先生見之，必曰斯人也而得此序也。一笑。

復沈老先生論自傳作法　五十八年八月二十九日

接奉八月廿五日賜書，敬審起居康豫，良慰。承示將從事自述之作，甚善甚善。

竊想以長者多采多姿之往履，於鼎革前後數十年間之政治社會、及革命情勢沿變之迹，定有足資歷史之考證者，可傳無疑。鄙見長者既萌此意，須立即按時間先後，開列綱目內容，後寫文字，但求明白曉暢，萬勿拘拘於某種文體，致妨思路之進展。先其重要者，瑣事得餘力則爲之。今人有所謂捕捉靈感之說，可供寫作之借鏡也。情殷獻曝，特貢芻蕘如上。

長者神明猶昔，大可從容以爲，不僅及身完篇，且將看長者之一再補述矣，謹爲預祝。

復沈老先生論作文之道 五十八年九月十日

賜復敬悉。弟空疏無學，而過蒙謬愛，屢以能文者相視，不勝感媿。尊稿八十回憶自序，遵命略加勾乙，另繕別紙附呈。原文是一氣呵成之作，非不可用，特與弟慣用行文之道稍有差池。所謂道者：

一、求達，語淺意顯，理路清楚也。

二、求簡，可省則省，避免重複也。

三、求順，義理文氣，前後貫串也。

今斗膽所勾乙者，不敢云正，貢鄙見備參酌耳。點去各句，似爲回憶之資料，序中不提爲妥。又書名「八十回憶」，將來內容，所敍恐不限八十，曷逕用「我之回憶」如何。

復老友左兄論花谿紀念刊事 五十八年十二月五日

一昨手示，謂令友查部長、劉司長，對花谿紀念刊讚佩備至，各欲購以分贈同仁，並附劉君原函，均奉悉。弟此次主編紀念刊事，所可告無媿者，祇求盡心而已。謬承令友過奬，猥何敢當。其中精采，乃因有兄與諸同仁性情之作使然，所以能邀令友之重視者，殆卽在是，非弟之功也。

原印千册，分發後尚有存書，弟曾關照翰章，再寄兄二十册，不知收到否。至再版之說，或有主愼重者。弟則以爲果能使讀者得啓發之作用，未始不可考慮，聞出版商確有願購版權印行者。若然，則同仁敍餐基金又可增一筆收入，何樂不爲。但內容須加洗鍊，並予充實，方可期傳久耳。尊意以爲然否。令友劉君函奉還。

附來札

太公賜鑒：近月未承教誨，祇以俗事奔忙，不但辛苦而且心苦也。好在弟面對艱困數十年如一日，太公知我最深，當爲我一笑「愚不可及」矣。

「花谿結緣三十年」一書出版後，頗有「洛陽紙貴」之勢，朋輩中讀過者無不交相讚譽，司法部長查良鑑兄，及內政部社會司長劉修如兄相繼索書。弟承賜書五十部，均已送完。查劉兩兄均已各送四部以答其雅意，他們都想各買四五十部，惜已無書，此書又未便再版也。

太公爲花谿感情之中心，亦爲花谿精神之中心。果公一代完人，有朋友有部屬如太公者，亦足以含笑于在天之靈矣，爰中心敬，恭叩雙福。弟左曙萍敬上十二月二日

與陳先生論出書與讀書 五十九年五月十日

立兄尊覽：八日手示敬悉。退款已轉劉君。其實劉君所以先奉稿費，純出於求書至誠，毫無他意，還請曲諒之。此人英年有志，不類市儈，其於尊兄，仰如泰斗。頃示以兄有意在「一而

十」未脫稿前，可集近稿名曰「從根救起」，先爲刊行，喜出望外，謂乃求之不得者。並鄭重懇弟奉告，兄祇須編成目次，將報刊依次剪貼便可，以免另行謄錄之煩，想兄亦以爲然也。

兄謂稿中所列論者，對復興文化有獨特見解，鄙見不止獨特而已，因獨特之義，僅爲與衆不同已耳，實則兄之種種見解，深刻而精到，所以啓廸後人者無限。成書以後，其效用之大，自非尋常書刊可同日語也。

至謂今日讀書之人不多，弟亦同感。公門羣僚，但見烟酒嬉樂之好，罕聞讀書買書之癖。相習成風，非一日矣。所異者，弟獻醜之作，居然一版再版，殊越意外。竊想兄之新著，一朝成書，因世人久震於德業重望，不脛而走，尤勝於「四書道貫」者無疑。弟當然以先睹爲快。

與鄉後進周君論文之雅俗 五十九年七月十六日

十三日來書已悉，前所寄閱拙作次烈夫人墓表，平實脫俗，差足自信，以與韓袁傳世之文並論，豈敢豈敢。承詢壽舒城黃氏文中「華陽」二字之含義，顯而易見，乃代表某高位人物，且爲當今大老，華陽其籍也。此大老爲誰，細繹文中語意，當可瞭然。如此作法，爲求典雅，亦以示尊敬耳。但其人必須具相當條件而後可。古文中常用此法，去年所贈拙編花谿紀念册，內載曹翼遠「懷雙谿」一文，第二段「得交幕府羣英」句下邵陽、南昌、江山、……云云，即以代表蕭贊育羅時實姜超嶽……等者。因所舉諸人，在當年花谿爲領導人物，一舉地名，即知爲誰也。文以典雅含蓄爲貴，壽序一類文字尤然。拙作此文，對某大老用籍稱之，萬分必要。假定將某某官某某公等字樣羼入文中，不特大違雅馴，且繁瑣鄙俗，不成其美文矣。凡一文之成，何者爲美，何者爲俗，欲作明確界說，殊非易易。多讀昔賢作品，自然領會，不知賢弟有意於此否。

復陳先生討論校正錯字並虛己下人事 五十九年十月一日

廿九日手示奉悉。大著「從根救起」失校如許，弟作事疏忽之過也。所幸多爲點滴幾希之閒，無害宏恉，不然負咎深矣。附來某君勘正表，已重謄一遍，因知今日手民與編校人員，水準過差，不得不作此一番手續也。詳閱全表，至佩校勘者之細心，第爲求周至，願陳鄙見，乞兄裁奪。

一、可改可不改者不必改。如澈徹、才纔、璜潢、急亟、煞殺等，考之字書，證之古文，並無軒輊，改則徒占勘正表之篇幅，無甚意義。

二、改不如不改者更不必改。如「傅以」改「敷以」者，貽笑方家。

三、當改者不可不改，如「傢俱」之一詞，俱既改具矣，傢亦應改爲家。

四、三三二頁「天下滔滔」句，並無不妥，改「洶洶」反嫌未當。

五、一〇〇頁「照拂」，似不如「維護」之恰切。

恕我不及復讀全書，上所陳者，祇就勘表而言。兄如同意，即請於表上標明去留，再擲下，由弟轉交三民付刊。

再廿六日手示中有「高高在上者不知之事正多」語，讀之感慨萬千。史載明君求賢求直言之詔，此一「求」字，十足表現「不恥下問」之情。易言之，即能虛己以下人者，如唐太宗致玄奘書，其措辭之謙恭，十足表現其能下人之美德。旣能下人，則其所欲知之事當無不知。貞觀之治，非偶然矣。世之高高在上者，大都好臣其所敎，而不好臣其所受敎，聲威神色，往往拒人於千里之外，而欲知所欲知之事得乎。兄謂「自忖尚能與部下接近」誠是矣，然所謂接近多流於官式，揆諸「求」與「下人」之義，仍不無距離也。皮相之見，戇直道之，博兄一粲。

復老友王蒲臣兄喜吾道不孤 五十九年十一月廿九日

昨讀廿七日書，字字含情，畢竟是六十年之交誼。所云購我書贈友，尤有空谷足音之感。世風日薄，現實是尚，玩樂烟酒之好，一擲千百金而不惜，於進德行善之舉，則視錢如命者，舉目皆是。今兄所爲，亦「異乎人者」矣。吾道不孤，可浮一大白，哈哈。

來書有過奬語，不敢當。弟生無所長，差堪自慰者，吾行吾素，造次不變而已。獻醜三書問世以來，頗獲不虞之譽，因而新結神交不少。行銷之廣，亦越意外。自惟特色，不在文章，而在事事眞實，又無廢話，此其所以能引人入勝耳。後出之「應用書簡」，內容雖較瑣屑，但有數篇出色之作，兄不妨購來一看，如何。

所示餟啜二字之疑，至佩讀書之細心。孟子從口，辭源從食，大約在昔時此二字從食從口無所謂也。

又示府上丁口盛況，如老兄者，眞可稱福人，歆羡歆羡。邇來奔走於三堂間，日不暇給，致此書遲復二日。三堂者、喜堂、壽堂、孝堂也。如此人生，思之可笑。

復一華兄論文章效用 六十年八月三日

手示並大作「朝聞道夕死可矣」敬悉。所論夕死之義，引經據典，頭頭是道，至佩讀書有得，非恆人所及也。第就文章效用言，還盼致意一事。凡吾人對某事某義有所申闡，貴能深入淺出，引人入勝，使讀者接於目而即了於心。當今名家之具此眞工夫者，似以立夫先生爲第一。能領悟者眾，愛讀者亦眾，文章之效用宏矣。僕慚不學，而對尊論實苦無資以申闡者，爰舉一得之愚供借鑑。

復老友周兄論篇目名稱與談養生事 六十年八月二十日

接讀八月十六日手覆，大失所望。弟前所以寄塵拙稿「補續作殿」求教者，滿冀多示高見，藉資改正。而兄舍內容不談，獨於篇目提出異議，謂「以補續則可，而綴以作殿未可。……此後必有源源而來，將如何處置。」云云。其實篇首「弁言」，對此有明白交待。一則謂此爲拙著「我生一抹」最後增訂之一目，一則謂嗣有作當另立專篇矣。意者，兄尙未展閱內容，而僅望文生義之說耶。抑以拙作言之無文，不値賢者之一顧耶。我等相見以誠，願聽直言。

至尊覆所示題外話，囑於健身之術，養生之道，專篇詳述。鄙意尙非其時。蓋今之七十八十者，踪跡所之，觸目皆是。九十以上者亦率見不鮮。吾人剛逾七十，而談養生健身，豈不貽人笑柄。況兄且長於我，而不老更勝於我，要談讓兄居先，理也，亦禮也。兄以爲然否。一笑。率復不盡。

致故宮博物院蔣院長建議宣揚文化之道 六十年九月十六日

恕免客套寒暄，謹瀆陳一事。

鄙人昨偕內子素梅專誠參觀鈞院歷代名家書法眞蹟，其中懷素自敍帖長卷，內子獨深喜之，詢諸執事，知院內有拓本待沽。急就問津，謂實價五百又六十元，我夫婦爲之愕然，祇有望帖興嘆而已。不識今日公敎羣中，力能致此者幾人。年來坊間經售東瀛名帖不少，定價之昂，從無如此者。

竊想鈞院經常費用，國家年有預算，似不必從中牟利。況復興文化，鈞院亦不能逭其責。而首要則在宣揚。此類最足表徵我優厚文化之國粹，理應使之普徧於民間。若視爲奇貨，資爲利藪，人將謂鈞院袞袞諸公何。固知沿襲舊貫，不自今始，但際茲號召求變圖強之會，革故而新之，是所望於賢者。

且就事論事，即使成本攸關，不得不爾，而爲宣揚計，曷不招商印製普及本，廉價供應，俾有意欣賞與臨摹者，輕易可致，豈不公私兩利。其昂價精品，則備珍藏家之需求可已。

區區鄙見，不惜辭費而道之，固非僅爲一帖言也。獻曝之誠，惟有道察焉。感幸感幸。不宣。

與濮孟九兄談文才問題

六十年十一月十四日

前日電談，因兄重聽，未盡欲言，茲再筆談之。

所云刊在「松江鄉訊」之各文，敍事說理，娓娓動聽，自是佳作，但弟獨喜大札之流利風趣，與往歲「論異同及做壽」（此書見本書德音篇。）一書之格調，異曲同工，可謂絕妙好辭。

老兄作品，有一特色，信手拈來，才氣橫溢，見解固不凡，隨事取譬，尤妙不可言。所譬事物，恰切曉暢，而饒逸趣。此等觸類旁通工夫，非具才氣者莫辦。還望興至即寫，以餉同好，既可藉以消閒，且亦自樂養生之道也。

承示近讀中副「從書簡看東坡」一文，而引起從書簡看異生之靈感。此乃上好題材，至盼及早以妙筆完成之，定能精采出眾，他日編入拙著「我生一抹」，豈不大大增光。敬以至誠，翹企以待。

我平生少讀書，又不願爲文人，而相識往往目我爲文士，甚且譽我作家，眞令人啼笑皆非。年來東塗西抹，無非抒洩心聲，所謂文生於情之文，決不敢與讀書人或作家之文相提並論也。

至言才氣，我有自知之明，卽使置我於重磅壓榨機上榨之，也榨不出一絲半毫來。此非謙辭，而係實話，盂九目中當然雪亮。

附來札

日前會晤時，承以最近有否寫作見詢，只此一問，簡直把我當作作家看待，慚愧之餘，不免受寵若驚。兄素待人眞誠，深信此問只在獎掖老進，決無調侃之意。不過弟尙有自知之明，不是一塊作家材料，如以文章比擬唱戲，兄是早經成名的老伶工，唱來字正腔圓，聲震四座，弟呢？只是一名票友，荒腔走調事屬尋常。若爲一位名伶見到票友而問：近來唱不唱戲，一定使那位票友飄飄然引以爲榮，其理一也。

所云之「松江鄉訊」，只是一份給同鄉們關了門自己看看的小刋物，不登大雅之堂，却有一點妙處，只要你有興胡縐成篇，來者不拒，卽使主編先生對來稿看不入眼，不看文章看佛面，也得縐縐眉頭編排進去，絕無退稿之虞。我就利用這個機會，不時寫些東西送去，過過所謂發表癮，實在都是些見不得人面的東西，旣蒙吾兄說是：「給我看。」等於老師向學生追索作業，硬硬頭皮，只有遵命照寄。

此外，偶見報載「從書簡看東坡」一文，以兄對於此道也是出色當行，大著「實用書簡」，暢銷一時，對此可能不無興趣，特裁下附寄，也還聯想到依樣葫蘆「從書簡看異生」，豈非大有文章可做的極好題材，我有此靈感而無此能耐，殊可惋惜了。書不盡意，順候起居。嫂夫人均此不另。弟孟九上十一月八日

致老友王兄論寫作要義 六十年十一月二十五日

月初一敍，倏爾兼旬。年在桑榆，益感流光之疾。前承費神爲拙稿點竄多多，近曾細加咀嚼，知兄於精簡一道，已得三昧，深慚弗如。惟以彼此筆路之殊，歧見亦難免。因弟有作，堅執一大經不變。記事則求其眞切，論議則求其暢達，模稜含胡之辭，佶屈聱牙之句，能免則免，雖未必至，而誓心則然也。

附塵改作「累廬記」一篇，乃循精簡眞切之道而改正者。又函稿二首，所以告兄蕭毛二先生之爲人及與弟之交誼，兄有所教否。

與後進鄭君純禮論忠厚之道 六十年十二月九日

昨所談忠厚與偉大，爲時倉卒，意有未盡，願補述之。君謂「環視同輩，忠厚無如己者。」云云。以此存心則可，以此自滿而自誇，萬萬不可。須知主觀之見，恆有所蔽，我之忠厚與否，端憑客觀之口碑如何以爲斷。君且靜心細思，相識親故中，孰譽我，孰謗我，德我者幾何，怨我者幾何，平昔云爲，凡處利害關頭，有爲他人設想，易地而處則如何。此種設想，卽爲忠厚之基礎，設想愈周，忠厚之德性愈高，所以見之於事者愈切，而人之德我譽我亦愈衆。否則，十目所視，十手所指，雖有百口以自誇無益也。是以處世之道，貴在能行，不在能言。忠厚之至，爲人所不能爲，卽爲偉大。透徹言之，一切人事，寧人負我，毋我負人。聖哲以德報怨之訓，卽斯意耳。吾人於此，雖不能至，不可不以此自勉。無媿於人，無媿於己，無媿於天，浩然之氣，不期集而自集。免災益福，庶乎可求。君固信佛，此中因果，絲毫不爽，願與君共勉之。

復旅港李君談處世與學詩 六十一年一月十三日

來書誦悉。局勢多變，到處人心不安。實則禍福倚伏，一切世事皆可作如是觀。前途吉凶，甚難言也。吾人處此，能盡其在我便佳，預慮憂危，迹近自擾，賢弟以爲然否。

承告有志學詩，甚善，是乃怡情養性之事也。但須請行家切實指導，冥行摸索，除非天才，恐事倍功半。僕於此道，未窺門徑，適見報刊有談詩歌者，語多扼要精闢，其結尾見解，尤先獲我心，特剪供參考。

所附近作二首，清順可誦，初學而有此，亦算難得。第須知詩乃一種最精鍊最藝術之語言，與尋常所謂文章者，截然二途。非徒具詩之形式，卽可謂之詩也。尤忌一詩之成，非註不解，則大失詩之本義矣。

尊夫人學畫，進境如何，他日賢伉儷各有所成，一詩一畫，互相配合，成爲雙璧，豈不懿歟。謹爲預祝。

與旅美毛森君談際遇 六十一年二月四日

別來無恙。前承惠寄賀年卡，早經拜領，在遠不遺，至感厚情。近日正擬裁簡奉候，忽接振翔神父寄示足下上月致彼長書，捧誦之餘，深感足下於國際現勢之觀察，及對我國黨政之評議，能見人所未見，道人所未道，可謂慧眼獨具，不同凡響。而滿腔憂世愛國之情，洋溢於字裏行間，尤令人肅然起敬。且列論史實，頭頭是道，具徵辟地生涯，不忘進修，足下誠有心人也。

弟向受老友切囑，爲雨農鄭重作傳，結論極言人生遭際之難，如足下者，亦吾江山奇才，果得有爲之地，未始非雨農之匹，而以遭際迥殊，遂不免黃鐘毀棄之嘆矣。惟就個人倫常言，聞尊況正享天倫之樂，處此亂世，家破人亡者，不知幾何，足下得有今日，亦福人也哉。曷勝歆羨。

憶前歲彼此通問時，曾郵奉拙作數種求敎，而其後聲息杳然，不知遞到否。猥以椎魯，溷迹樞垣，垂四十載，山野之性，老而不渝，區區拙作，所以及時公諸世者，聊盡吾心而已。年來政風之壞，在於大信不立，一切苟安苟得，無恥無義之象，皆由此而生。尤以若干所謂中央民意代表，祇求私利，罔顧國家，最可痛心。

此次振翔神父歸國，秉衛道精神，倡違俗之論，建救時之策，聞者莫不竊竊敬其敢言，佩其正義，僉謂空谷足音，大可醒世，是亦吾江山人之榮也。吾自與振翔深交以來，知其積年行徑，所以貢獻國家者，不在雨農下。乃一則因隆遇而顯，一則盡其在我，不求聞達耳。近以受弟之慫恿，出其年來著述，刊印專集，由弟洽交此間三民書局編入三民文庫發行，不久可以出書，書名「孤軍苦鬥記」，特舉以聞，想足下當以早覩爲快也。瑣瑣不盡。

致中視建議三事 六十一年三月七日

俗套從略。貴公司開播以來，各項業務，不斷求進求新，如電視周刊版本之一再變易，是其顯例。志切好善，大可敬佩。惟就個人觀感，似尚有若干急須改進者。

一、節目演出時間，與周刊或日報所載者，多不相符，差池十分一刻，甚至廿分，視爲常事。不知癥結果何在。臺視華視，雖亦難免，然不如貴公司之甚。此於節目內容雖無關宏恉，究非實事求是之道。

二、關於遊戲節目，爲激發參加人及觀眾之興趣，獎以物品或金錢，自是可行。但遇以錢計數時，主持節目人，過於强調幾百元幾千元，大聲叫喊，如攤販之叫賣。若遊戲目的專爲錢者，頗令有心人起不快之感，迹近變相賭博，敗德庸俗，兼而有之，市儈作風不足怪，貴公司豈可如是。

三、娛樂節目，貴含教育或人生意義，方有價值。演出時能使觀衆捧腹固佳，能使人有所會心亦佳。其以不近情理之動作及情節，逗人發笑者，是胡鬧，是浪費時間，是低級趣味，毫無價值。此乃三家電視之通病，還望貴公司起而領導改進之。

右陳一得之見，不識有當執事之一顧否。

復旅港老友施兄論特立獨行　六十一年四月七日

邇正竊怪老兄何以久無消息，上月杪接廿五日航簡，乃釋然。回首港九同客，彼此猶在中年。曾幾何時，而垂垂老翁矣。人生眞如白駒過隙，瞻望來茲，曷勝日薄桑榆之感。所幸厚叨天庇，離亂歲月，差慶平康。視夫衰病纏身，孤窮無告，或拂逆橫至，憂戚以終者，總覺較勝一籌。如兄今日，日以繙經禮佛爲事，亦庶乎中上人家。不向高看，應可自足。奈何此次來簡，竟疊見衰老、頹廢、不終朝諸洩氣語。豈老兄眞已衰老耶。我則年雖告邁，豪情未泯，尚望河山重光後，與老兄相將漫遊大江南北也。

老年生涯，貴能自得。孔子所謂從心所欲者是。預慮憂危，無異自尋煩惱，知兄素習內典，當多領悟。而弟復進此言者，非以相諷，志在求教耳。

弟平生伉直自將，不肯骫骳隨俗，乃秉性使然。謂我「吾行吾素」當之無媿。而譽我「特立獨行」實不敢承。誠以特立者必有所以立，獨行者必有所以行，我則無所立無所行之人也。最足自慰者，浮沈半生，不乏道義至好。退休閒居，人情依舊。其所以滋潤人生者，往往在意想之外。益以拙作行世後，藉文字因緣，頻獲不可思議之神交。書問往還，天涯如比鄰。以文會友之樂，其樂不亞於道義至好之聲應氣求也。特奉聞以告慰。此緘早擬作覆，不知何故，邇來運用左筆，頓覺艱澀失靈，遂爾稽滯迄今，希亮之。

再者吾家次烈，屢爲弟道及當年兄對彼學佛之開導事，兄尚憶及否。特代致候。

與長老陳先生論著作之推銷　六十一年四月十日

辱賜新出大著第三册，前已由砥石交來，謝謝。

長者以耄耋高年，而成此皇皇巨篇，其所表見之毅力與精神，迥非恆人可企及，敬佩無旣。恭讀附函，有在短期內惠予代銷若干語，深慚寡能，不知何以報命。乞恕言直，以此屬望於一般交遊，恐難如願。蓋現實社會，享受是崇，耳聞目接，寧耗貲於衣飾玩樂嗜好之需，幾見有喜書買書之人耶。況大著內容，偏重史料，須於查證時始顯其價值之高，可讀性文字，祇占少量。故此書乃備用書，而非常用書，且卷帙如許，成整體連貫性，要備必從全，否則割裂損其價值矣。惟然，往往使推銷對方有難色。其重情面者，自當別論，而就事論事，實亦人情之常，無足為怪。竊想當初設計，如儘量縮減篇幅，降低成本，則推銷者或較易為力。然而今日無從談起，素荷厚愛，特據實直陳，伏乞朗察是幸。

復旅美鄉友毛君談時政 六十一年四月十日

國大開幕前夕接手書，所以遲遲作覆者，有說有說。此次國大之召開，竊嘗痴想，以為國家處此橫逆紛乘之秋，朝野袞袞諸公，集一堂而論道，於興革諸端，必有所以振奮人心，一新國人耳目者，屆時將舉以告慰。而其終令人意興索然。繼又痴想，以足下奇才，既願貫澈初衷，靖獻國家，大足以張吾軍。因將來書出示一二有關人物，意在取瑟而歌，以為或致微妙之影響。而其終又令人意興索然。作覆遲遲，職是故耳。

猶憶當年辟地香江時，渡海老友，曾函告此間以忠貞自許，而視興復大業為專利品者，頗不乏人。屈指已逾二十載，撫今思昔，曷勝浩嘆。足下忠憤耿耿，願埋骨祖國河山，思以老兵身分，與匪拚戰到底，志則豪矣壯矣，而默察局勢，恐終徒呼負負，奈何。

近讀「說苑」辨物篇，翟之封荼對趙簡子論妖，有曰，「其國數散，其諸卿貨，其大夫比黨以求爵祿，其百官肆斷而無告，其政令不竟而數化，其士巧貪而有怨，此其妖也。」云云。甚望天相中國，勿蹈此覆轍。尤望我總統康強逢吉，能及身竟其興復宏願，使我輩憂患餘生，以休閒之身，優遊故園，終其天年，此則所日夜馨香禱祝者也。

復港友李君談詩及應變之道 六十一年五月五日

上月廿七航函已悉。所附近稿，音響格調，與上次習作大不相侔，至佩進境之猛。自今以往，不難成爲詩人也。曾出示我友行家，亦謂清順平穩，可造之材云。我於斯道，雖未涉門徑，而雅愛欣賞。竊嘗以爲詩固本乎性情，而尤重意境，言近旨遠，能令人讀之有餘不盡意，斯爲上乘。若一味緣事直敍，則徒具詩之形式而已。請以求教令舅父，區區鄙見，可供參考否。承詢應變之道，此甚難說。一言以蔽之，局勢終必變，所成問題者，遲早吉凶耳。吾人能預爲之備，固免臨時張皇失措，然亦聊盡人事，是否萬全，聽之於天可矣。寄上新印拙稿一册，盼以讀後感見告何如。

與宗親爲孝論讀書 六十一年七月二十八日

接前日來書，娓娓道出此次讀拙著時之感受，喜慰無量。區區隨筆之作，於賢弟竟有偌大魔力，亦可謂文字之知己也已。然魔力所在，可得聞乎，盼舉實見告，藉留紀念何如。

來書末後，因拙作曾引用「五車」「萬卷」之典，談及古代卷籍問題。謂穿簡成編，五車萬卷不足稱多，云云。讀書而能疑，是進步之根，甚善甚善。其實賢弟所言者，乃普通常識，論理小學五六年級時，老師便應講說此等知識，固不必待讀通史而尚需教授之重講也。

我之引用上典，原言其多，前者出自莊子，後者取諸杜詩。請特別注意原句中「讀書破萬卷」破字之涵義。須知古人讀書，大異於今，所謂含英咀華，必至心領神會，甚且脫口成誦而後止。易言之，讀一書，卽消化一書。惟其如是，故無論時代爲唐，爲周，能讀五車萬卷，不可不謂多也。若衡以一般浮光掠影，囫圇吞棗，或如走馬看花之讀法，則萬卷五車，誠無足道矣。然所得幾何，祇有問天，賢弟以爲是否。

與曾兄論文字 六十一年八月三十一日

恕我直言，兄以閃光紙，淡色筆，寫成字蹟隱隱約約之文稿，而責令年逾七十之老友「斧正之」，眞太違人情矣。然感兄雅愛，不能不有以報。竭其瞅力，細讀一過，所得觀感，是好文章，而非好壽序。文中歌頌，全係空洞抽象之辭，不著半點行實，讀之鏘鏘然，奈無親切之感何。親切要義，曰情，曰事，理則麗之，如是而已。文章價值，貴有靈魂，親切云云，卽靈魂之所寄也。以兄好學，寧不知之。意者，一時求善過切，而致昧於此義乎。弟於行文，素有清稿之習，一稿之作，必一再謄清，至自覺稱意而止。寓清於改，同時寓改於清，故慣看清稿，求教於人，亦必以淸稿進，恐人之不便耳。此次細讀大文，眞苦煞我也。叨在相知，特直白道之。

與神交林君論文字 六十一年九月八日

讀新刊大作，對弟先後所貢鄙見，竟采內無遺，何其好善而虛懷也。敬佩敬佩。此類記述文字，欲顯其功能，必須自簡、明、順、三字下工夫。略識之無，亦可一覽了然。此次大作，庶乎近之。惟於遣詞造句，須力求其貼切，一言一動，合情合理，令人讀之，得眞實感，斯爲上乘。前示稿中，有記母子對話事，末尾「相視而笑」一語，驟視固文從字順之句也，但細按其下文，隱含默會於心之意。用於成年之子則可，以對天眞童騃，則逸乎情理矣。類此者，能細心體會，便自得之，謬荷不棄，率直一道。另附近稿二首，併供切磨之資何如。

與會兄論文章要訣 六十一年九月二十二日

恕我率直，不慣敷衍。新示大作，敬謹拜讀。內容要旨，依然如故。前陳管見，既未蒙采內，敎弟如何說起。至其閒字句之變易，無關宏恉，可置弗論。弟學無師承，祇知實事求是。有作，必以簡、明、順三字爲的，不達不止。縱或見譏淺俗，寧下里巴人自居，而區區獨見，絕不爲動。夫簡，求其易記也。明，易解也。順，易讀也。三者具，則互爲因果，互獲實益，文字之道，欲恢其功效，舍此莫由。拙著問世後，所以幸免覆瓿，且能流行日廣者，未始非得力於此。

故平昔對當代名作之品衡，除前書所陳貴有靈魂外，端視其能否合乎此義以爲斷。合則上品，否則不足觀也已。凡此自說自聽之話，老兄目爲狂人狂言可耳。

復神交論養生 六十一年九月二十四日

治渭先生：節前惠書祇悉。名果亦如數拜領，謝謝。歷歲厚情，受者滋媿矣。尊恙平復，良慰，還祈善加珍攝，早臻健壯如昔也。弟閱世所感，人生幸福，無疾爲上。而强身之道，在養生，不在醫藥。求怡情，習勞動，是養生之不二法門，乞靈醫藥，縱幸獲效於一時，究不如强身之道有利而無害也。區區微見，請作借鑑何如。再者，弟前書曾言文貴簡、明、順之義，近與老友更詳言之，特附稿塵覽，悤此不備。

復陳先生感其爲拙著賜序並談著作 六十一年十一月十四日

立兄尊覽：十三日手翰並賜序，廻環拜誦，字字句句，親切萬分，非見愛之摯不能道隻字。弟何修而得此，懷感之情，豈言詞所能喩。此乃至情之文，自然流露，不求速而自速，不求工而自工，尊屬正之，何其謙沖也。惟文中不無過獎語，靜焉自省，殊有難以爲情者。茲遵命檢奉複印稿一分，另以一分付手民排諸序首，原稿珍藏傳家。自今而後，區區拙作，因有此序而身價大異於昔矣。念茲在茲。

所示擬再出一書，曰「迎頭趕上」，與前出「從根救起」一書相輔而行，三民劉君聞而大喜，謂求之不得。如大稿已集就，彼可前來領取云。又查悉前書刊行以來，已售出四千餘，文庫中銷數之高，文藝小說外，此其上焉者也，特告慰。

至兄提及拙作中之錯字一節，藉便略述此次三版重排之特色，一在排字方面，力除張冠李戴之誤，不憚煩校至無錯字而後止。在用字方面，盡量校正俗體。如厨、間、潁、勢、衆、覊、覇、恒、携、臯、助、迴、匆、刼、徵、劵、群、戲等字，一律改正體寫法。又如曆歷、羡羨、釆采、刋刊等，其音或義截然有別，一律辨正之。兄所指出之「間」字，自康熙字典、辭源、辭海、以至中華大字典、皆不認爲正體字，因木版古籍祇有閒，讀ㄐㄧㄢ，或ㄒㄧㄢ，則隨文義而定。弟之從正體而屏俗者，絕非好古立異，蓋欲使拙作成爲一般士子讀舊籍之橋梁耳。瑣瑣而陳，供兄參考。如以爲是，則大作「迎頭趕上」最後之校對，即交弟爲之可也。

與方神父杰人先生論嫉惡之辨書 六十二年一月四日

比讀上月「東方」大作「孤軍苦鬬記的啓示」一文，不禁拍案叫絕，洵爲才華洋溢，文筆錘鍊，而重逾萬鈞之作。命題固清新可喜，立意、修辭、結構、無不至精至當，不容增損半字。其劈首與煞尾之說法，奇特、奇趣、奇想、奇妙，且極見有力，以行文能事言，歎觀止矣。

尤以其中「只要在人間，無處無黑暗，却也處處需要光明，處處需要有人以勇氣打破黑暗。」

諸語，乃見道之言，亦千古不刊之論。任何社會、團體，以及自命有志之士，皆應視爲至上格言，邁力以赴。故此一文，不獨爲書評傑作，實爲論人應世之準則也。

至對當今教宗保祿六世，及本書作者毛神父爲人之品評，一則謂其「到了惡勢力當前時，又大多畏縮不前，不足以言勇。」一則謂其「奮鬭精神，有初期教友進入鬭獸場的意氣。」直言無諱，正氣凜然，知先生亦古之正人，今之鬭士，殆即先生所謂「耶穌的勇兵」者非耶。我敬作者毛神父，更敬先生，仰止，仰止。

惟談及我江山人之性格，對弟與國際知名之戴雨農氏並論，同列嫉惡如仇一類，深感榮寵之餘，敢有所瀆。彼此嫉惡，自其行爲之表視之誠類矣，而究其所以，則有大異者在。蓋同一行爲，有出自賦性者，有出自有所爲而爲者。弟自信平生嫉惡，根乎賦性，惟事是論，惟義是從，無關利害，無問親疏，其志在好善，非爲嫉惡而嫉惡也。

援此而論，嫉惡之行爲雖同，其本質則有異。今先生混而一之，不無囫圇吞棗之嫌乎。爲求事理之眞切，不能不辯，還希亮之。然而先生士林重望，因談風土民情，而齒及賤名，且與戴氏並論，榮寵之感，中心藏之。一時興會，率陳區區以聞。

附方著「孤軍苦鬭記」的啓示

很多位朋友，讀完這本毛振翔神父寫的「孤軍苦鬭記」後，不約而同的對我說：

「這不像是一位神父寫的！」

不錯，因爲在人們心目中，每一位神父都應該溫文爾雅的，都會逆來順受的，也一定都是能忍氣吞聲，默默無言的，但毛振翔在本書中的表現，却不其然。關於這一點，由於我和他有將近十年的同學之誼，並同列「鐸品」的關係，似乎瞭解得比別人多一點。

我認爲每一個有志氣的人，本來就應該是一個鬪士，敎會常鼓勵每一個敎友充任耶穌的勇兵，但到了惡勢力當前時，又大多畏縮不前。今日的敎宗保祿六世，就不足以言勇。毛振翔是一個有志氣的男兒，有志氣的敎士，他之一生奮鬪，正表現他具有這樣的精神。他之與美國領事辯論，與敎廷公使黎培理（Antonius Riberi）抗爭等，與敎會初期敎友，進入鬪獸場的意氣，同樣的高昂。

其次，我想這和江山人的性格有關。浙江分所謂「浙東」「浙西」；浙東或稱上八府，卽：金（華）、衢（州）、嚴（州）、寧（波）、紹（興）、台（州）、溫（州）、處（州）；浙西或稱下三府，卽：杭（州）、嘉（興）、湖（州）。下三府鄰太湖流域，一片平原，多爲魚米之鄉，說話亦帶吳儂軟語，人民性情較爲柔和；上八府多崇山峻嶺，深谷急流，民情亦較爲强悍，可見和地理環境有關，而衢州府的江山人和金華府的義烏人，在錢塘江船夫中，佔比例獨多，無不孔武有力，壯健過人，而競爭亦最劇烈。當然也不能一概而論，但像戴雨農先生，和去世不久的邱錫凡神父（在神學院毛比我低兩班，邱低五班），以及近五年往還頻繁的姜異生先生超嶽，都是屬於嫉惡如仇一派的；而毛子水敎授、毛彥文女士，吳宗文神父（專攻敎律）却又慢條斯理，說話亦頗多含蓄，似爲江山人中之例外。

此書之最可貴處，是保留了近三十餘年來不少有關留學史、天主敎史、國民外交史、中梵交涉史的資料，大體說來是翔實的，毫不諱言，毫不掩飾，我也有幸見過一些原件，如二〇四頁所提到于斌總主敎囑他從事傳敎，不可輕言辦理大學一函，我卽親自見過。卽使有些家醜，對敎會似多不利之處，亦直言無隱，而且筆鋒犀利，讓讀者知道，只要是在人間，無處無黑暗，却也處處需要光明，需要有人以勇氣打破黑暗。

在我以治史的眼光看來，既然此書每一章，都有一重要事蹟的年代爲綱，而在排列上，却不依年代爲序。試代爲重排如後：

1世上最免費的學校（二十八年）
2困難嗎？常是恩惠（二十八年）
3爭取大量獎學金（三十三年）
4黎培理公使與我（三十六年）
5留美獎學金的一頁滄桑史（三十七年）
6我爲留美學生而奮鬪（三十八年）
7民國三十九年國慶節的回憶（三十九年）
8最有意義的一件事（四十一年）
9史培爾曼與中國（四十二年）
10靠祂、我是萬能的（四十二年）
11一位美國副領事（四十二年）
12爲眞理與正義而遠征（四十四年）

13板橋聖若望天主堂（五十年）

如此依次讀來，或較爲有系統。

西湖孤山有不少名士遺塚。所以人說：「孤山不孤」，聽說本書出版後，銷路奇暢，可見爲正義而奮鬭，孤軍也是不孤的。

復鄉後進徐君振昌論寫字 六十二年一月二十六日

來函已悉。所附李君永生函，談及處世之道，與拙著「我生一抹」中「信念」「三六」等篇要旨，不謀而合，甚喜吾道之不孤，亦可見李君爲人之不凡也。

關於老弟之書法，願貢直言，備參考。閱所書二紙，十足表現個性之强，雖略有書卷氣，而帖意不多。依我積年體驗，眞要學帖，必先忘我，一點一畫，或肥或瘦，孰斜孰平，務求酷肖而後止。旣肖矣，然後以我參之，同時注意行列疏密之章法，更進而求其熟練功夫，於是令人一望而知出自書家之手矣。老弟天姿可造，望勉旃，預祝成就無量。

又來書以公相稱，實不敢當。茲姑捨此不談，而談文理。劈首用鈞鑒，末尾用鈞安，署名且綴「晚」，顯示受函人爲尊長，而函中忽用「倍念故人」語，則尊卑混淆矣。因故人是指老友言也。嗣後用此類成語，須明確其原意，而後可。以上云云，本可電談，爲使老弟加深印象，故以書面達之。

復徐君振昌談處世與寫字 六十二年五月二十九日

來信所言「請客」一節，不必太認眞，此時此地，相識友人中，無事而請客者有幾人。尋常以紅帖請客，就實質言，是否可算請客，大有問題。故兄對於談笑閒所說之「請客」，不能作數，有何「糟糕」之足云，更何有「食言」之足云。可省則省，罷了罷了。惟因此事而感兄之爲人，與弟有相似處。拙作一抹壽勉之文中，有「閒有示於人，一言未踐，寢饋難安。」之語。彼此性情，不謀而合，兄以爲然否。

世閒事禍福得失，最爲難說。永生此次所謀未成，或於前途更爲有利。人生一切，皆可作如是觀。我年望八，是閱歷之談也。

所附習字，帖意不甚濃。恕我直言，恭維敷衍，於兄無益。要臨某帖，必求其絲絲入扣，以愈像愈好，貴慢不貴快，熟則自然快矣。又筆法固然要學，章法亦須要學，必如此然後信筆所揮，所謂書卷氣者，不期至而自至。

我對習字中所鈔之格言，欣賞之至，不知出自何書。眞應懸之座右，身體而力行之。於進德修業，大有裨益，大有裨益。

我作此信，振筆直書，想到那裏，寫到那裏，不曾留稿，兄看過後，如不必要留存，則便中寄還如何。

附格言

聽其言必觀其行，是取人之道。師其言不問其行，是取善之方。論人之非當原其心，不可徒泥其迹。取人之善當據其迹，不必深究其心。小人亦有好處，不可惡其人並沒其事。君子亦有過差，不可好其人並飾其非。

復徐君有所指示 六十二年六月八日

四日來書，有慊於我之以兄稱老弟，甚是甚是。論彼此情誼，確乎欠當。但我平昔與熟友通訊，無問長幼，一律稱兄，不假思索，積年成習。前此作覆時，信筆所之，無意而然，不足怪也。嗣後自當留意改稱老弟，而我眞自居倚老賣老矣。一笑。

談寫字，老弟筆姿可造，氣概亦不凡。能以臨池調劑生活，乃最高尚最衞生之修養工夫。不求急功，鍥而不舍，必有所獲，不僅陶冶性情，且可長益書氣，望勉力爲之，得閒卽多看多學，耳濡目染，潛移默化，自有令人刮目相看之一日也。

前書所鈔格言中「當遽其迹」語，不必追究出自何書，我敢斷定「遽」爲「據」之誤。此處非據不可，用遽則不通。因遽乃副詞，不可變動詞。我國文字，其通其變有定則，如春風風人，夏雨雨人，以衣衣人，以食食人之例，風雨衣食四字，本爲名詞，而連用之，則其下一字便變爲動詞矣。然而副詞如遽字者，絕不可作動詞用也。

上所云云，原可藉電話述之，而今不憚煩形之於楮墨，深意所在，以老弟之穎悟，當了然於中。又此次來信中，「俾使兩全」一語，「使」字應改爲「得」字方妥。因俾使兩字同義，不可連用，請注意。不宣。

致李友嘉其家敎之佳 六十二年二月七日

永生兄：惠寄名產，舊除夕到，香脆異常，謝謝。

令千金芳華姊妹來信，亦同日收悉。此信可愛之至，不知執筆者姊乎妹乎。文理清順又親切，字則整齊美觀，一筆不苟，一字不錯。如研字右半之兩干，幫字之從封、與帛，與字中部之作同，完全正楷寫法，而信內行列高低之格式，及封面字大小之位置，無一不合標準，尤爲難能可貴。此乃一般大專學生所不及，我之所以謂之可愛者卽在此，足徵令千金平時學習之專心，及賢父母家敎之有方，可喜可賀。將來兩姊妹之造就無量也。連朝俗忙，今始草草作覆。匆此不盡。

與楊君論行文之道 六十二年九月七日

前承費神改稿，並代擬短章，不勝感佩。謝謝。花生米請客，駕至卽具陳，決不食言。壽序及短章，弟爲保持一貫主張，重新改作，如附稿，仍請率直敎之，千萬千萬。弟撰此類文字，自來堅執三大經不變。一抒情，以事爲骨也。二切題，免除閒話也。三立異，不落俗套也。至遣詞造句，則惟義法是從。易言之，有違語意學定理者不取，最後乃講煅煉，是刮垢磨光工夫，與文之本質無與。往日所作，無不遵此而成，行世諸拙著，所以幸免覆瓿者，其原因或卽在此。尊見以爲然否。歷次以拙作求教於諸老友，所有高見雖不盡合鄙意，往往能啓發靈感，獲舉一反三之宏效。故對諸老友之費神，皆感念不置。素審老兄爲此中能手，弟今所云云，得毋笑我弄斧班門乎。一笑。

與文友談文章 六十二年九月廿四日

前所陳拙作壽蔣君序，承一再示高見，感感。弟於學問之道，素以竹爲師。此類文字，尤不敢掉以輕心。有作，必求敎於所信服之老友，皆曰可而後已，此稿亦然。今奉告一趣事，稿定，曾求正立公。初則曰無可批評，最後則指正一字，其中竅精當，較七年前所改壽羅介夫文中之親字，如出一轍，眞才實學，而具科學頭腦之人，畢竟不同凡響也。又舍外孫此次高中聯考之作文，毛子水先生亦讚謂難得。其言曰，我等十五六歲作此文不足爲奇，今則難能可貴矣，云云。有敎界熟友見之，自動攜去打字多分，特檢寄一分，請方家衡鑒之，果如何。

與老友熊公哲先生論學 六十二年五月六日

翰叔老師我兄有道：前得自孔孟學會之孔孟學報二巨册，近始靜心瀏覽大略。對尊著「孔子之道，所以爲大」，則口誦心惟，反覆兩遍，深感非於聖哲經典融會貫通者，不能道隻字。慚我無學，祇粗喻大旨。其言道，言心，言天地，諸哲理，不敢謂盡澈也。但我兄之不息精神，流露行間，令人肅然起敬。返躬自省，眞爲之「泚焉汗下，而疚焉恧焉莫知所以自贖也。」

按學報諸作，或論道，或考據，皆當代碩學名家窮年累月孜孜以之之所得。其本質在研究，而不在實用，是純學術性之研究工夫，非恆人所能爲，亦非恆人所需學。尤不可期之於恆人。謬荷厚愛，屢囑於此有所撰述，猶坵垤之仰泰山，如之何不徒呼負負也。蓋弟生長寒門，未嘗學問，偶有塗抹，無非抒我心聲，與學術無與。故平昔讀書，但求其實用，他匪所顧。易言之，即能使我手寫我口，意顯辭達而已足。姑謂爲餖飣之學，勉可當之，僭儕學人，豈敢豈敢。「嗟爾既耄」，此生無望，自棄自足，春色平分。

今者，旣以我兄與立公之介，忝列會員，一時觀感，頗有獻議。此種學報，皇皇鉅篇，所費不貲。在學人自當視爲珍寶，非其人得之，將視同廢紙。竊見此次與會人中，固多碩學名家，其如弟者似亦非少。而人抱此册，不無濫費之嫌。故望嗣後發刊，限於事前申請者與之。否則從省。又爲便於保藏與惜物計，選紙不妨較薄，省其可省，以注於不可省者，於會務之推展，豈不更有利乎。芻蕘之獻，聊盡我心，至祈賢者有以敎之。幸甚。

復長老陳伯稼先生讚其大著之精采 六十二年六月二十日

月初賜翰，並書刊三種大小十册，均先後奉到，謝謝。

大作「遲莊回憶錄」，著手於耄耋之年，皇皇鉅製，圓滿告成，壹如宏願，仰見長者作事之堅毅與得天之獨厚，且敬且賀。全書逾百萬言，在同類著作中，可稱巨擘。衡以鳥瞰方法，無論內容、翦輯、文字諸端，愈後愈見精采。易言之，愈後歷史價値愈高，而可讀性亦愈加，其傳必矣。

謹案書中自弁首序文始，以至附錄文鈔詩鈔止，其閒有關節目，齒及賤名者，不一而足。超何幸，猥以椎魯，而獲厠名附驥，與名著同傳，厚愛之德，如何可忘。昨在孔孟學會，邂逅張君壽賢，承告某文化機構，擬將大作全書重新排印俾成整部著作，此乃大好事，不審詳情如何。甚望其能及早見諸事實也。

弟自中歲改習左筆書後，原可勉以應用，邇來則運筆艱澀，漸感成書不易，歲華逼人，奈何奈何。因事遲復，伏乞亮察是幸。順頌健履。小弟江山異生敬上六月廿日新莊。

附陳老覆書

異生先生左右：昨日奉讀廿日惠書，猥以拙著完成，優加盼睞，出自今代文豪，眼高手高不輕許與賢者筆端，謂非榮幸得乎。微躬篤老，爲之興奮不已。尊書以「愈後歷史價値愈高，可讀性亦愈加」，未知指何篇目，能示以概略否。

弟自覺五六兩編，因目眚故，不承權輿，缺點甚多。其稍可自信者，則凡所敍述，皆據事直書，絕無隱飾。

弟兩耳重聽，起於七十四歲，兩目昏蒙，起於七十七。常恐對孝園先生著述之搜輯，及傳記生平之撰寫，不能畢此任務。今均在八十以後次第出書，並個人之回憶錄共六編，約百萬言，亦先後完成。彼蒼於我，厚矣豐哉。先生德業過人，左手作書，行之有年，今春秋甫七十有四，天眷方隆，如何遽有奈何之嘆。幸敬朂光采，垂裕無窮。

比來從事第六編校勘工作，勘誤表已付印，俟印就另行寄呈，來書附示「我生一抹重刊勘誤表」，表作分類排列，於校勘中兼具敎育意義，可謂創作。惜乎得之較晚，不然，當可倣行。張壽賢先生所言重印拙著事，因對方赴港未回，刻猶不果，承念附及。敬候儷福。弟陳天錫頓首。六月廿三日。兩眼日在雲霧中，閱寫皆困，書不成字。

答陳老所詢之可讀性　六十二年六月廿六日

伯稼先生長者：昨奉賜覆誇奬，竟有「今代文豪」「眼高手高」語，讀之惶汗浹背，無地自容，長者何其錯愛之甚耶。不學如超，何敢當，何敢當。前書所陳「愈後歷史價値愈高，可讀性亦愈加」，承囑述其概略，乞恕戇直，一爲陳之。

大作之歷史價值，通前後各編皆有之，而言「愈後」者，則就其事之輕重影響而言。如第一二兩編，所歷世途，儘多可傳之故實，畢竟偏於家族與個人事，其價值自不及以後各編關乎國家典章文物之高也。長者以爲然否。

至言「可讀性」，首須闡其涵義。凡書皆可讀，如歷代正史之年表，天算工藝等之圖籍，一點一線，舉在可讀之列，是廣義之讀也。今此「可讀性」之讀，乃作狹義解，即指其可搖頭擺尾高聲吟誦之文章言。大作中可讀性之文章，亦通前後各編皆有之，而言「愈加」者，以此類文字，在書中所占比率，愈後則愈重，如最末第六編，附錄本人文鈔詩鈔外，更錄及友生故舊之佳作，各類文體，粗備於是，其具可讀性者，幾占十之八九，此愈後愈加之顯而易見者也。

上所云云，純出一孔之見，且於大作祇涉獵，而不及細讀，信口胡說，未必有當，伏乞亮察是幸。專此順頌 道安。小弟姜超嶽拜上六月廿六日。

附陳老覆書

異生先生座右：廿七日載誦廿六日覆書，敬聆壹是。前書對拙著用鳥瞰方法綜合立言，此書則專就歷史價值及可讀性方面作精細分析，高風卓識，能無欽感。拙著全套六編，除贈送院部相熟同人，或現職院部具有地位者外，非其人不敢濫送，五六編刻尚多未經分送。其能如先生之披覽者，雖不無其人，來書及晤面獎許者，亦大有人在，但能如先生統觀全體，周詳指示者，目下似尚無第二人。故頗擬將兩次尊書，公之於世，試聽能與先生作笙磬同音者，有無其人，不徒爲奉揚仁風已也。敬候道安，尊夫人均此。

弟陳天錫頓首。六月廿八日。

示姻孫倪守珊論爲學　六十二年九月五日

上月十七日來書，十八日到，恕我俗冗遲復。

來書文理清順，措辭恰當，格式亦大體無誤。就一般大專程度言，的乎在水準以上，是可造之材也。可喜可嘉。望爾努力多讀，多作，多查參考書，如字典辭源之類，多請教老師，多與同學切磨，將來必有驚人之成就也。

我之出身，及少時家境，爾讀我書，當知其詳。人貴自強，果有實學在身，自能出人頭地。孔子曰，不患無位，患所以立，卽此意耳。但須知時不我與，此日朱顏，轉瞬皓首，要迎頭趕上，卽在今朝，莫等待，莫錯過最可寶貴之少年時光也。

國文爲國寶，基礎既立，學一切學問，皆占便宜多多。如清末民初之嚴又陵、辜鴻銘，當代之胡適、傅斯年諸先生，因其國學根柢深厚，所以成就格外輝煌，是其顯例。今爾既攻習新聞，更應具有自由運用之條件，我上文所言多作，寫日記是最合適之場合。要立刻實行，我願意隔時爲爾指導一次。寄爾「學文之道」一首，盼細細讀之。

又此次來書，有須注意改正者三事。一信封中行各字，排勻便可，名字勿靠邊。二「躭悞」，應改躭誤。三爾自稱以姻孫爲妥。

覆周友談文字 六十二年十月十八日

向所求敎壽蔣君一文，已送登「暢流」與「建設」，不日可刊出。謬承雅愛，謂讀後耳目爲之一新。云云。自揣淺陋之作，別無足取，殆以表意親切，不著虛文濫調之故乎。許我脫俗，誓志則然，愧尚未至。讚我文才，生而椎魯，文乎何有，才乎何有。兢兢以求者，白吾所欲達而已。

至所示同一文中，自稱之字，忽予，忽我，先後歧出，不無可議。日前陳公立夫亦曾提及。鄙意就字面言，自以從一爲是。但爲求讀時順口，似不必拘拘於一字。因行文時，隨筆所之，純出自然，未嘗蓄意爲之。況考諸經書，類此之例不一而足，如孟子公孫丑篇「我善養吾浩然之氣。」論語先進篇，「予不得視猶子也，非我也。」見顏淵死章。雍也篇，「如有復我者則吾必在汶上矣。」見季氏使閔子騫爲費宰章。又如詩邶風，匏有苦葉篇，「人涉卬否，卬須我友。」其上下句閒之自稱皆不同字。孰應予，孰應我，孰應吾，應卬，視行文時之意念而異，固無定則也。

據愚見揣度，古人於文字多强記，强記則尚讀。惟然，勢必力求順口以便讀。於是予也，我也，吾也，卬也，乃隨順口而異其用矣。胡說一番，兄以爲能言之成理否。願有以敎之。幸甚感甚。

復嚴嘉寬兄談退休與健康 六十二年十一月五日

辱惠台電月刊三期，謝謝。

大作「健康樂園」，命題既妙，文字亦活潑自然，若出自老牌記者之手。嗣後多作，多注意辭采，加以美化，不難躋於文學家之林也。「談退休」一篇，見解不凡，所建議者，合情合理，平實可行。無論公私，皆爲救時良藥。各方有關當事人，如能就尊論諸端，致意力行，倡爲風氣，大可消除社會問題之一部。則兄此文之作，亦可謂功德事矣。

因讀大作而知貴體健康，由於年來勤加運動而大進。此乃人入晚境後最可慶之事。蓋健康爲快樂之源泉，不幸而失之，則人生便無意義。弟數十年來，鍛鍊不輟，頑健如故，見僚輩之皇皇於醫藥，今日求診，明朝住院，公私兩累，而悟吾等退休老人，能致力健康，減少醫療之消耗，對國家社會言，未始非消極之貢獻也。兄以爲然否。有恆爲成功之本，兄運動成效在此，弟能有今日亦在此，願共勉之，同登壽域。一時興會，率書所感以聞。不宣。

與商君大毅談寫字 六十二年十一月十八日

前承命爲題虎畫，盛意極感。久久未報者，實因弟有自知之明，左腕作書，無法得心應手，所表形態，恆呈怪氣。日常應用則尚可，以供欣賞殊不足。往歲老友中，誠有偏愛其怪，而一再乞書者，弟均婉拒。貴芳鄰羅時實兄是被拒人之一，不妨就近徵信之何如。弟於友好事，凡能爲力，從不推諉。兄當素悉。況此類題字，乃一舉手一投足之勞，果無所難，何樂而不爲耶。又如令親稼丈長者，屢以文字下問，無不盡心以報，亦足徵信也。實告兄，數月來爲題貴畫事，曾試習百十次，終不成，往往擲筆而歎，有時幾欲放聲大哭，天何相阨，不令右腕功能，善終其用。茲爲報兄雅愛，鼓勇獻醜，題於別箋。用則裱貼畫之上端，不用則原畫無傷，其計甚妙。鄙意我等相見以誠，毋庸客氣。拙書實無足觀，還盼另請名家重題爲妥。不然，大雅見之，將謂弟何，謂兄何。言出肺腑，惟賢者亮之。

與老友論做壽 六十二年十一月二十日

十六日尊示，敬悉。所云「另撰一文，備諸友好冊葉寫給」一節，鄙意爲兄着想，須愼重考慮。處世之道，凡事易致人後言者，可免則免。因如此內情，人必知之，知之必有後言。世尙眞實，惟眞實人莫奈何。友好中果有懷惠感德而欲一表其眞誠者，聽其自發、自效、自爲計、最可貴。否則寧從闕，以安吾素。我等老矣，毋授人以後言之柄也。

尊稿決定以世兄口氣記述，盡一日夜之力，銓次成篇，恕我狂妄，塗竄太多。然仍祇可作初稿論，因其中應刪應考正之處尙不少，乞兄重加裁定。至言示後昆之作，以年譜爲便，亦較妥當。悤此不一。

覆老友王澤湘兄論處世與爲文 六十二年十一月二十一日

不自知何所忙，終感日不暇給，今始作覆，殊歉歉也。惠簡信手拈來，便成妙品。字句典雅，視弟之淺俚無文，奚翅珠玉砂石之比。惟述及客秋奉擾高齋事，以區區盤飧參差，竟致耿耿經年，何以雅士而有此俗念，咄咄怪事。莫非視異生爲老傖之流耶。人生積無數之偶然而成，一切隨緣，蓄意如何，往往徒勞。奉告老兄，「姑爺」「姑奶」之回門，隨緣而至，不必恭迓，更不必預慮「敝賦難索」也。

生朝稱慶，自身堅決不爲。對親故長老，則願從眾。壽序之作，但求表我情意，不落窠臼而已足，他匪所顧矣。

兄於拙作一抹中「信念」、「上陳辭公書」「幹部」、「壽總統」諸文，謂義理精深、文調樸楙，未免過獎。但此乃一時至性至情之流露，不期然而然，所謂文章本天成者是。欲求有作皆同，期之實學者則可，期之於弟則不可，兄以爲然否。

附王兄十一月六日來書

四明隱逸！三湘俘虜！（仿蒼髯老賊皓首匹夫以破悶耳）

承惠暢流，輒爲憮然！浮生無似，常邀眷注，略形勢而重平生，此一義也。功成身退，鉛槧不廢，我今坐以待斃，兄則宏文日肆，此二義也。異生之異，其在斯乎！

往歲避壽至基，將軍飛來天外，野蔬盤餮參差，耿耿經年，輒願勉竭東道，恭迓「姑爺」「姑奶」今年「回門」。而息影十六年，儆賦難索，簡瀆是愳，華誕未忘，壯志用哉！

堅忍壽文，悃悃款款，不可多得。然視「我生一抹」中「信念」、「幹部」、「上陳辭公第二書」、「壽總統」諸篇，義理精深，音調樸楙，似尙有閒，得失寸心，兄謂之何？前年稱觴時，湘當群賢，漫謂題目愈大，宏文益雄，酒酣讕言，想事後蕭楊毛黃諸君子，必深訝北海座上，何來如此狂人也，一笑！

耑謝不遺，敬候雙福！弟湘再拜。六十二年十一月六日。弟婦陳業彬附筆。

二十四日來書

異生兄嫂！語無浮泛，筆湧感情，雖曰普通通信，亦有可樂！廿一日函來，使我醰醰難釋。「蓄意如何，往往徒勞，」見道之言，尤堪朗誦。

佳肴出於潔治，美酒來自四方，良心是天秤，顧我野蔬零落，安可以「俗雅」逃罪！

矜人之有技，而無睹於一時權位勢利之照人。我輩秉賦，髣髴似之。斷簡零縑，物盡其用亦同。海外相逢，益感接近，亦其自然之趨勢也。

此生已矣！竊怪異生之於立夫，聲氣融通，立夫尙有一隙之明，可以號召，此時此地，異生不勸其全心力以振作國醫國藥，乃任日以儒學黨義，强人虛己以聽，不日新貴輩出，神術汨沒，（張簡齋猶有傳人否）立夫更將致力何處？陳氏弟兄一天光熱，歸於風清月寒，豈不悲夫！

佳華挺拔，似得阿公餘緒。惟文字兩兩相彰，脂粉羅綺，增重顏色，阿公阿婆，觥觥書家，奈何見不及此！

會當走訪，先頌雙安。弟湘再拜六十二年十一月二十四日

復老友王澤湘兄論文 六十二年十二月二十八日

奉讀十九日午睡前手敎，示我周行，至佩高見。所指正者，應一律奬之以紅色，尤以直道相見，在此鄉愿社會，難能可貴，澤湘眞我友也。弟率性人，爲文尤然。有作，信筆所之，不眞、不切、不自然、不肖我這個人不止。因而諸多忌諱，或違常情，往往明知故犯。舊作中之涉及人事者，類此之例，不一而足。今壽許序，特其較顯已耳。莫之爲而爲，莫之致而致，是性也，非矯作也。老友文壇鉅子高明仲華先生，前序拙著「累廬書簡」有言曰，「文中但見異生，而不見古人，面目則異生之面目也，精神則異生之精神也，」最爲知我。

實告兄，辱示種種，誠多行家言，然究其實，亦不無可議之處。如引用他人成文，理當存其眞爲是，任意點竄，終屬欠妥。至其他措辭用字，果一一照改，縱合雅馴，奈失作者本色何。要

而言之，兄所改者，儘多不合孤懷，而舉一反三，極具啓發之效，藉以省察，受益良深，敬懇繼此有教，感德靡涯。

弟自知無學，歷歲來凡成一文，輒恐詞句或有舛謬，敍事論議或病晦澁，必廣求友好之指正，至於文字之繁簡雅俗，因仁智之見不一，彼此之素養異趣，似不必亦不可强求其從同也。兄以爲是否。

上所云云，意在貢其愚見，略盡切磋之道。明達如兄，當不致以爲㚖生不願受教而强辯也。一笑。歲近俗冗，遲復乞亮之。不備。

建議陳老勿計較版權 六十三年二月一日

昨在北市途遇張君壽賢，承告近爲大著「遲莊回憶錄」介紹某書商重印事甚詳，至佩其爲人之熱情，眞古道君子也。弟歸來後，細細思量，竊以爲大著如得重印，可增傳世價值。惟際茲社會經濟動盪不穩之秋，此事利於速決，拖延則夜長夢多，難兗落空，致貽後悔。況此類著作，不同通常讀物，銷路極有限。今某書商既不惜工本，願爲重印，乃千載一時之會，可遇不可求。假使弟易地而處，得此機緣足矣，益以稿費與贈書，更喜出望外矣。因著書之志，本在傳世，而不在牟利。版權之何屬，殊不値斤斤計較也。當年拙著之讓與三民，卽援此心情而成交者。三言兩語，痛快之至，多年來三民當事之敬禮有加，亦緣此耳。素荷長者謬愛，特述之供參酌。

與老友濮孟九兄論同鄉會及爲文事 六十三年二月十六日

手札拜悉已有日，不自知何所忙，今始奉復，甚歉歉也。先後惠寄「松江鄉訊」，弟均一一瀏覽，文字水準，固無可議，內容尤饒掌故，引人入勝。小刊物，大可觀，於發揚鄉史，報導鄉情，維繫鄉思，聯絡鄉誼諸端，兼而有之。所以加强愛鄉，推而及於愛國愛民族之觀念者當無限。旅台同鄉會衆矣，其以縣爲範圍，會務井井，如貴同鄉之和衷共濟，有聲有色，據弟所知，吾浙之寧波，粵東之大埔外，尙未之見，貴鄉人士，誠可欽哉。

自抗戰而還，一般後進，生當變亂，蓬轉四方，數典忘祖，情理之常，孰爲家鄉，大都茫然。同鄉會之勃興，於後進子弟，激發其家鄉觀念，不無宏效。故此事之在此時此地，實有提倡之必要，兄以爲是否。

竊觀歷期「鄉訊」各類文字中，往往提及「濮老」，具徵老兄鄉望之隆，且爲會務之領導人物，身不在官，而仍有造於鄉黨社會，以言報國，固亦一道也。視夫世之祿蠹猾吏，儼然人望，而惟一身一家之利是求者，豈不大可自豪而自慰乎。一笑。

至來札所云，論文章以弟爲師之說，不學如弟，夫何敢當。實告兄，天所賦我者，豐於情而嗇於才，益以出身寒門，學無師承，平昔强顏有所塗抹，莫非情之攄洩，不足言文章。卽使成篇，是情生文之文，徒見其情，不見其才。兄則異乎是。邇歲所見手筆，信手拈來，才華照人。尤善譬喻，隨事取材，恰切巧妙，奇趣橫生，最爲弟所欣賞。如此文才，能善用之，不難成作家，弟屢慫恿多寫者，意即在是。既承不棄，居然「聽話」，曷勝榮幸之感。作家可期，容當具「花酒」相賀。

尤有進者，三年前兄所擬作「從書簡看異生」一文，弟望眼幾穿矣，至懇及早繳卷，俾拙著「一抹」中，可添此一則佳話也。率此不宣。

復老友論記述行誼之文貴有實證 六十三年三月七日

接讀尊翰，對弟之所以事兄者，語多過當，至交尚質，文則反形泛泛矣。承囑將行誼一稿，乘時布之，弟願有說。就「浙江月刊」言，憑鄉誼之緣，自可向主編試商之。「建設」於此類文字，非名作、或其事可傳者不取。「暢流」爲嚴杜人情之糾纏，凡流俗應酬空文，謝絕有年。前此壽堅忍與此次壽兄二序，因主編視爲不同凡響而破例。今則不便再强人所難矣。

至弟前所過目之行誼稿，乞恕言直，雖大體成篇，而內容與實證，仍有可議。如能加述平生至交，或精心製作，敍其實證，則可增重行誼之分量，同時亦爲文字添光采。蓋吾人傳世，以行誼爲主。曾任某官某職，乃人生經歷耳，無足輕重。而行誼以在人耳目之實事爲貴，空泛說詞，無足徵信。與其布之徒惹閒言，曷若已之之爲愈。兄明達，當亦以爲然也。

弟生無所長，惟知實事求是，處世論人，從不阿好，更不虛美。此次華誕壽序，熟友皆許為性情之作，事實昭昭，人所共見。然則讀此文者，對兄之觀感，或不無微妙之影響乎。弟敢以自慰者以慰我兄，率復不盡。

復舊雨陳勉之君僑美之女玲雲學士論處世　六十三年五月九日

讀來書，知爾擁有和樂幸福之家，中懷歡慰，自信不亞於生爾之父母。是乃累世宿緣，不可求而得。人世間一切遇合，皆可作如是觀。所望今後善為孝媳，善為賢妻，善為良母，不獨為本身造福，亦所以發揚我中華固有美德於海外，而報祖國父母養育之恩也。爾賦性純厚，且身為學士，於倫常大道，自當明悉無遺。而吾復以是為言者，無非忝為長輩之一番苦心而已。

爾謂爾父母對我之崇敬，視為楷模，尊為偉人，且感且愧。若干年來，爾父母之師我、伯我、叔我，確乎出自至誠。我亦深知，極為難得。但自問別無所長，一生處世為人，祇知正心誠意，盡其在我，無愧於己，無愧於人。不能者求其能，不知者求其知，無益之言不言，無益之事不為，正義是守，然諾是重，因而廣獲相知之同情，與夫故舊長老之謬愛，恆以古道好善相許。諸多事實，爾當熟聞，是區區者，倘亦可作爾輩後生之借鏡乎。

吾與爾家有緣，最不尋常。來台二十餘年間，親友往還之密，彼此關懷之切，吾女水雅一家外，莫爾家若。爾父有志巴西，我早得知。爾秉孝心，慮其不勝艱苦，囑我尼其謀，實先獲我心。昨曾親造爾家，與爾父母懇切暢談，所得結論，謂作孤注之一擲，冒險過甚，不如步步爲營，力求穩當。聞已去函吾壻探究竟，在可能時，先至爾所看看如何，再作道理。將來趨勢，大致如是，知念以聞。

前我在中泰喜堂上，勃爾永保愛情之道，尚憶及否。又贈別之書，存置手邊否。此書於爲人處世，可資借鏡者不少。盼得暇細讀之，如能以心得相告，當永留紀念。日月如駛，機場送行，恍惚隔昨，屈指已逾五旬。別時容易見時難，悠悠前途，不知何日重逢。我雖年邁，尚切望神州重光，彼此有歡敍都門之一日也。能如是，於願足矣。來書上月廿四日到，因事遲復，不宣。

致蕭公化之論「建設」作品 六十三年五月十日

「建設」歷期座談紀錄，就超個人言，所得印象之深，以近期一六三次所載「國際混亂局勢中我國自處之道」爲最。自主席致詞，以至王、潘、商、諸委員之發言止，是一篇極有價值之報導文字，其重要性不在社論下也。

綜薛喬二先生之種種見解，隻眼獨具，何止入木三分，洵爲關心當前局勢者所不可不讀。尤以薛先生將美與我及匪之關係，比爲一元配，一偏房，深入淺出，妙不可言。循是以觀，未來趨勢，雖不中必不遠矣。喬先生所倡弱國之生存在外交之論，在今言今，大可振聾發聵。當事不急起直追，難逃噬臍之悔。又其對友邦國情精微之觀察，及我與日斷交後設立民間辦事處惡例之可慮，非眞有心人不能道。若而人者，誠國家之至寶也。「建設」及時而宣揚之，所謂文章報國者，殆在此乎。超讀建設有年，一時興感於中，遂率書數行如右。至主席致詞，淡淡說來，得體之極，言乎社交技巧，應推上乘。可敬可佩。再者，月前奉謁，承命有作，退而自揣，庸朽如超，不足爲公重，乞恕罪爲幸。

復陳老論壽序文體 六十三年五月三十一日

廿八日賜書，拜悉。承示大著「遲莊回憶錄」，由文海出版社重行影印，已定議，不久出書，是大佳事，可喜可賀。

所附重贈宋達庵希尚先生序稿，皇皇鉅製，長近半萬言。理論事功，綱擧目張，邕達而周至。耄齡長者，有此能耐，可謂天授，佩仰佩仰。承囑痛加斧削，不學如超，其何敢當。惟素荷謬愛，願貢區區鄙見備參酌。竊案此類贈言之作，在先賢先儒文集中所見者，無論箴勉、抒情、紀功、頌德，大都擧其最，適可而止，從無詳敘生平如傳狀者。今長者此作，謂以之稱觴徵文則甚佳，以充贈序，則應鄭重考慮。且傳世作品，絕不可與尋常報刊文字等量齊觀，此點亦請長者注意。

稿末七古一首，於宋先生一生，差可賅括靡遺，用此爲壽，不已足乎。原稿奉璧，乞察收。

弟近有事於史館，早出晚歸，益以俗務累累，頗有日不暇給之感。悤復不盡。

復舊雨吳君中英談强身 六十三年六月六日

讀上月杪惠書，爲之駭然。兄去年患病之周折如許，弟固一無所知，而兄竟祕不以告，何其見外耶。此種存心毋累於人，誠爲忠恕之道，顧亦須有分寸，道義至交，不可視同泛泛也。而今健康既復，保養爲上。蓋壽之修促定乎天，身之强弱繫乎人。意、求其適，泯憂危得失之念。體、求其動，積朝夕風雨之功。力行不懈，道在其中矣。弟老而未衰，數十年來，與醫藥絕緣，自信得力於此，願與兄共勉之。令千金深造告成，又於婚後立業海外，亦見賢伉儷之鴻福，恭喜恭喜。謂其欲得書畫以飾其居，不忘祖國之文物，是大佳事。遵囑內子獻醜數行，以爲報。但家事困人，已久不執筆，恐短期內無法繳卷耳。用紙舍下有存，不必寄來。令親朱君遷居事，弟眞糊塗透頂，兄不提及，尚以爲仍居同村也。花谿舊長官劉先生，日前遭車禍，折骨傷腦，告痊無期。舊雨梅兄，宿創再跌，在療養中。平安便是福，古人之言，不我欺也。日來待了事纍纍，遲復乞亮之。

復姜君一華談文章 六十三年六月十八日

辱荷不棄，疊惠大作，及千百言長書，至感厚意。恕我老邁，執筆日退，作字不易，益以人事卒卒，奉復稽遲，復亦簡略欠詳，諸希亮之。

一、兄於理學與易理之造詣，洵乎融會貫通，能自成一家言。今之號稱專家名師之流，恐未必能出兄右者，可敬可佩。

二、說理演繹文字，能辭達便足，兄於此已優爲之矣，不必自卑。至論序之體，結構求其嚴，語意求其當，用字求其潔。憑兄姿質，稍加工夫，決不難致，盼勉旃。

三、今之所謂文章，大別爲二。其一覽明曉，過目卽了者，尋常報刊之作品是也。其可細嚼慢誦，回味無窮者，則言簡意賅，遵循義法之文言文也。究其實效，各有千秋，何去何從，惟賢者擇之。

四、近示「脫胎換骨」一文，超超玄著，弟不敢妄贊一詞。惟有不能已於言者，鄙見說教之作，要以深入淺出爲貴，尤要視對象能否領悟而定。不然，不如不說之爲愈，因有時無言的勝有言也。不審尊旨以爲然否。

復老友論求教於人之道　六十三年六月二十九日

來書動輒千百言，至佩腹笥之充盈，出手之敏捷，一筆在握，不假思索，任意揮洒，如建瓴之水，傾瀉而下，莫可遏止。此種長篇大論，施之講稿，正得其所，謂以請益於人，貴能開門見山，長話短說。若不提要鉤玄，任人摸索，而求吾意，則未有不望望然去之者。蓋惡難趨易，人之常情，易地則皆然也。

兄所提熊先生，乃當代碩儒通人，與弟有深交。對於儒道性理諸說，的能指示迷津。吾人果欲有所求教，爲示尊老之誠，不可瀆以繁瑣之說，應簡捷了當，挈其精要問題以叩之爲妥。

箴老友多作留去思之事 六十三年七月一日

府上定閱中央報否，今日副刊，載有懷吳某之文，弟讀後感想橫生，願向兄一吐。朋輩於弟，恆以直道相許，靜焉自省，直則直矣，而仍不免有保留，有世故，質言之，鄉愿氣尚在。猥以愚陋，既承不棄，視爲至交，如不盡言，而爲德之賊，終於心不甘，於是有所欲言矣。

竊謂吾人評論人品之高下，生命之價值，不在財富之多寡，官位之尊卑，而在其能否爲人所不爲，捨己而利人。否則雖多金高官，人將藐之而不齒。詩有「毋忝爾所生」之敎，意卽在是。如吳某其人，亦猶吾輩之當年耳，並無轟轟烈烈之勛績，以能爲人所不爲，而逝世十年，仍有懷之不忘者。此種去思，最能傳世，最有裨世敎，最足爲兒孫增光。故吾人食祿一生，臨垂老之年，應時加省惕，我生平所爲，能爲後人留去思者幾何，能爲兒孫增光者幾何。

兄前此避壽壯遊，纔出國門，卽聞有關於兄之種種閒話，飛短流長，不脛而走。空穴來風，理所當然，獨怪何其傳之速且廣。果孰令致之，殊堪警惕。夫所謂閒話之傳，聖賢且不免，何況吾人。第其閒有不可不辨者，如其無傷吾德，無敗吾名，則我猶是堂堂正正之我，上不愧天，下不愧己，無損毫末也。而今所聞，則異乎是，竊爲兄惜，更盼平心靜氣，省察其所以。亡羊補牢，端在今朝，於未來歲月之懽愉，或亦有所裨乎。

弟生平弗言不見信於人之言，因言而不但無益，且彰吾僞。兄擁多金，識者罔不曉，而動輒叫窮，聞者入於耳，笑於心，擧目鄉愿，孰肯道破。兄猶以爲人盡可欺，實自欺也。弟今道破矣，至望以英雄氣概，立下決心，騰出可騰之餘金，作他日留去思之事。如奬學金圖書捐等，可委託名社團代理之。多留一分去思，卽多一分所以沖淡漸至消泯往日閒話之力也。舊僚之作此議者不少，弟今代言之，還望三思。

百年人生，餘日無多，世兄輩立業海外，皆已卓然有成，兄本身又居無虞匱乏之高位，於生事毫無足慮。取之於社會，用之於社會，是人生之大道。世變方亟，人事無常，擁多金何爲。況讀聖賢書，而與草木同腐，豈不大可悲乎。

默數當年同輩，如兄之煊赫一時，老而榮華不替者，寥寥無幾，亦可謂幸運中人。惟言交遊，則深爲兄惜。以弟之靜觀默察，相識誠滿天下，而始終未見左右有知心，於是聵於耳，盲於目，蔽於心，人世間之眞美善，縱有所得，亦僅矣。今貢此直言，兄當不悅，然深信於兄有大益。憶十六年前，兄錄洪自誠菜根譚語，爲吾壻書鏡屏，其語曰，「耳中常聞逆耳之言，心中常有拂心之事，纔是進德修業砥石。若言言悅耳，事事快心，便把此身埋在鴆毒中矣。」不識尚留印象否。忠心所驅，草此以聞，知我罪我，一聽賢者。不宣。

致陳先生談書法 六十三年七月八日

久違矣，敬候雙安，並陳三事。

一、近日無意間發覺向與兄談肇湘文章函中，應稱「令兄嫂」者，而竟曰「尊嫂」，是極大錯誤。一時疏忽，告罪告罪。

二、奉塵近稿二紙，博兄一粲。其進諍者，所諍爲誰，在不言中。其退贈金者，對方林姓，即去年讀大著而致疑之人也。此人之於弟，可謂奇緣。

三、前昨參觀韓人書展，於其字裏行間，似可覘其民族性之平實尙質，與倭人書道所表露之誇大放誕者迥殊。若論作風，倭人偏於藝術，字形變化，重在求美，罔顧傳統。韓偏於學術，不問何體，重在臨摹。鐘鼎、石鼓、甲骨，無所不學。至運筆章法之造詣，倭人自勝一籌。弟與兩國人氏，從無接觸，憑一時直覺，胡說於此，兄以爲有當否。

致老友談爲人 六十三年七月十日

向進逆耳之諍，料兄必大怫於心，明知見怨而復爲之者，誠以義之所在，不能不盡其在我，求無負於老友。一如忠臣烈士之臨大節，鼎鑊斧鉞，匪所顧也。然憶往歲兄營生壙時，曾有看破一切之語，果爾，則對老友之狂悖，當亦無所容心，而一笑置之乎。

前函成於率爾，辭達而意未周。今重加膽繕，面目依舊，圓融有增。兄且再覽一過，姑舍本事不談，而作異生至情至性之文章讀何如。原函付丙，能擲還最感。

另附復神交函稿一，內所云云，彼此素昧生平，而有厚贈。在恆人必視為奇蹟，而弟生平交遊之類此者，則率見不鮮。年來更歷歷可數，何以致之，不自知也。

再與老友論為人 六十三年七月十四日

讀十二日惠復，不以弟之戆直為迕，轉而坦誠相見，具徵賢者雅量，敬之敬之。

辱示對兒孫之種種調度，至羨世兄輩之厚福，得賢父母如此，不知幾生修到。而反觀本身，自顧不遑，兩兩相形，實慚無能。所幸如弟者，舉目皆是，比上不足，比下大可自慰。有時且儼然示吾之不虞匱乏者，思之可笑。

至言窮富之說，原無定準。如兄今日，以視稱豪稱闊之億萬鉅富，誠無足齒數。而在故人眼中，目為多金，乃人情之常，易地則同然。兄謂愁窮，而未叫窮。在外人看來，何愁之有，其不如兄者又將如何。惟其愁也，而見之於言行者，則往往與叫窮無異，兄何必多此一辯哉。

要而言之，相識聞人中，如兄之所有，或更勝於兄者，大有人在。而關於兄之閒話，何以獨多，此事最值得兄之省惕。屬垣有耳，世間事絕無隱私可言，一切掩飾，徒示人以不誠而已。

弟生無所長，弗言不見信於人之言，弗為不見信於人之事。本來面目，死而後已。一再以直言奉瀆，亦卽異生之本來面目也。惟賢者察焉。率情而道，不盡不莊。

復陳老告以諍友之經過 六十三年七月十六日

拜讀十四日箇，對弟日昨塵覽之諍友書稿，竟讚爲「天壤間不可無此文」云云，何其謬愛之甚耶。因一時情感之所驅，振筆直書，不能自已，遂成此嘔心瀝血之作。昔人有言，至情至性卽文章，觀此庶乎近之。惟質直過甚，明知見怨，曾一再夷猶，欲發又止。旋念赤忱效忠，絕無詭計，況彼此同迫桑榆，相勉以善，貴在乘時，區區心情，儼然馬遷當年之報任安也。一笑。前稿可留下弗還，另塵新稿二，事之發展，可於此覘之。長者肯再有所教乎，望之望之。

再與老友談爲人 六十三年七月十八日

十四日寸緘諒達。弟日來思路大開，一筆在手，卽躍躍欲試。前緘曾有世間事絕無隱私可言之說，意猶未了，願再進一解焉。

竊案大學所謂誠於中者，原不過言善與不善之念耳，固羌無形迹可尋也。而人之視己，如見其肺肝然，是作僞之徒勞也明甚。吾人既形於外矣，其有與者、見者、乃必然之事。除非莫爲，欲求其迹之不洩，難哉難哉。

嘗見有以隱祕行事自憙者，凡所作爲，往往以爲人不已知，實已早騰眾口，祇未公然揚之耳。斯時而仍懵然思所以掩飾之如故，是不僅不誠，直示人以自欺，可笑孰甚。若是之例，率見不鮮，此吾人所當引爲借鑑者也。

與老友談老友 六十三年八月一日

某兄偉覽：辱書，對弟前所寄塵與某至交書稿，許爲至性至情之作，謂十足表露爲人之率性，云云，弟亦自以爲然。因當時滿懷感慨，齊湧筆頭，而不克自已。孰當諱，孰宜委婉，不遑顧及，似非盡情一吐不爲快者。然平昔情之所之，往往類是，匪獨此也。承問對方之反應如何，則有不能已於言者矣。

溯弟自渡海以還，秉忠憤耿耿之誠，進直言於當道之故事有二，一爲上書故前行政院院長陳公辭修，一爲面諫故前考試院院長鈕公惕生。前者素昧生平，後者分爲僚屬，皆獲異數之隆遇。一則先之以慰問，繼之以召見，所以示禮賢下士，如恐弗及。一則再再面奬「金石之言」外，更賜書「百花開處松千尺眾鳥喧時鶴一聲」聯語示嘉勉。是二事者，拙著「我生一抹」中，曾據實記其梗概，（一三九異數 一四二獻議）可資印證。不謂此次對方之所覆，竟與上述故事，大異其趣。既乏從善之心，且逞怨懟之辭，以視陳鈕二公當時反應之感人，其風度相去，抑何遠耶。烏乎，予欲無言。

至兄追問對方爲誰，鄙意若而人者，何地蔑有，兄知有此事足矣，不必問其誰也。天酷暑，悤悤不盡。

復老友談壽序之作法 六十三年八月三日

惠書誦悉。邇歲屢以瑣事煩勞清神，殊深感念。弟前此爲某老友所撰壽序，原爲抒情之作，並無心立異。承謬許創格，絕唱，過獎矣，何敢當。

所示令友某作家，疵議文中自述，迹近標榜，云云。朋輩中與同調者，間亦有之。此乃狃於習俗之見，無怪其然。蓋年來此類文字，號稱名作者多矣。試究內涵，大都未誦其辭，可預測其概。首舉經典中之片段，鄭重被之以似是而非之鴻論，而後引出文中主人作印證焉。初則敷其懋績，終則美其室家，德操如何，事功如何，賢配如何，兒孫如何，頌揚畢，能事了。長篇短章，幾成公式。縱使其文典麗鏗鏘，美則美矣，而空洞濫調，所以壽人之價值，究有幾何。夫如是，自不可涉及自述，亦無法羼以自述也。

今超所作，不尚空文，力屏浮詞。爲求抒情，惟歷述相互間之行實以爲壽。欲期可資徵信也，不得不以翔實是務，俾讀者可明其原委。既關相互，則自述勢所不免。亦惟此始能表親切之感，亦惟此始能免空洞濫調之譏，實與標榜無與。清名儒章學誠，於此類文字，力倡多用傳記之法，良有以也。

又案章氏嘗撰「亡友列傳」，中涉自述者，不一而足，氏自謂是變體之列傳。然則超之此類壽序，亦可謂變體之壽序矣。標榜云乎哉。質之令友某作家，以爲何如。

復陳先生談文字 六十三年九月二十七日

立兄賜覽：廿四日賜札，並小幅法書，及載有大文「誠與上帝」之刊物一册，均已拜領，謝謝。弟日昨所面求者，係可作座右銘之屏條，能含紀念性尤佳。兄得便時爲之，有興致時爲之，或觸動某種靈感時爲之，早遲無妨也。

歲月如流，屈指大駕歸國，又將十稔。於往歲棲遲異域，兄自謙此一時期，「除動筆外，一無貢獻」，云云，弟則以爲孔子當年，如得其位，未必能成萬世師表。故對兄之動筆貢獻，亦作如是觀。且所貢獻者，孰大孰小，孰遠孰近，一時極難定論也。兄以爲是否。

大文誠與上帝同源而異稱之說，弟早經拜讀，此則較爲周詳而已。睿智創見，深入淺出，可以警世。奈觀刊物末後之編後淺識，編者對此，似在懂與不懂閒，不然何以含胡其詞，故作不著邊際之語耶。

所示賀君讚兄書法，「眞情流露而不俗」之說，與淸代裘叔度袁子才輩之論書不謀而合。其言曰，「大凡有功德者，有福澤者，有文學者，雖未學書，而落筆必超。」超，斯不俗矣。能具此條件，任筆所之，不期然而然，非可求而致。故其「不俗」之讚，是眞話，非溢美。至其前半語，以之評文最恰當，以之評字，眞所謂「可爲知者道，難爲俗人言也。」要而言之，兄非書家，所以受人之重視者，乃字以人而貴耳。

弟年來作書，自覺運筆日拙，不如往日之强勁遠甚。是氣衰力弱之徵，不可抗力，徒喚奈何。承讚老練，老則是矣，練則未也。一笑。

復陳君永村談著作 六十三年十月十三日

月初三民書局劉經理轉來大函，對於拙著「我生一抹」之質疑及校正，條舉滿四箋，具見足下讀書之心細，與夫敬事之精神。纖毫之差，難逃明察，無媿校對能手。敬佩敬佩。知足下心切好善，敬一陳左列著述之苦心，亦所以畣復質疑也。

一、鄙人之於著述，不敢妄冀傳世，祇欲在文字方面，使成爲一般青年讀者閱讀古籍之橋梁。造句格調，力求簡括流暢外，對於古籍中習見之相同相通之字，如愧媿、逾踰、連聯、迹跡、志誌、責債、翅啻、復覆等，特意選用多用，所以導人釋疑，藉廣見識也。又如衆、間、秘、舖等俗體字，爲古籍所罕取，故多改從正體，作眾、閒、祕、鋪是。使讀者能明正俗之分，則查考部首分類之字書辭書，可一索卽得，便利多矣。

二、鑒於一般率爾操觚者流，往往不求甚解，疵謬百出，最可痛心。故有引用成語典故，或較生僻之字，必須追其根源，求其精當，從不敢師心自是，以訛傳訛，自誤誤人。

三、他山之石，可以爲錯。集思廣益，凡事皆然。年來刊行諸作，在未定稿前，必多方求正於老友通人，至再至三，力求心安而後止。所以爾者，免貽笑方家，且又誤人子弟耳。

援右之說，凡讀者於字句閒，遇有疑義，一經查考，當可迎刃而解。假令手邊無可資查考之書，則須多多請教通人，切勿想當然以爲是。足下所舉。不謂不多，惟其中眞正失校者，全書十數萬言中，僅有錯字十，衍文一，脫漏一而已。爾餘疑義，則以想當然之故，不免似是而非，枉費心力。還望加以查考工夫，於文字修養，或不無少補乎。

至關於標符之差池，因仁智之見而異。其一二誤植者，自當改正。餘則無關宏恉，不具論。恕我直言，觀大函文字，揣想足下年事尚輕，爲學之根柢雖淺，而性靜好學，是可造之材。倘能多備參考書，多請益勝於己者，多與同好問難切磋，來日成就，定有可觀也。此次見教之不厭求詳，至感厚意。特檢奉拙編「大陸陳迹」「花谿結緣」各一册，聊申謝忱。如有教言，竭誠拜嘉。悤此不次。

復舊從遊胡子思良談文字與史書　六十四年五月二日子夜

上月來書，收悉有日，不知何忙，今始作復。來書洋洋千數百言，抒感建議，皆極有見地。非留心世情，而具熱忱者不能道。且密行細字，始終如一，更見精力之充沛，是大可欣慰事也。

前寄拙作二篇，僕已忘却，是否有諍老友長書在。賢弟謂愈讀而愈愛，足徵欣賞文字能力，大異於昔。士別三日，當刮目相看，賢弟是矣。拙作唯一要著，必出乎情，無情便無文，結構辭藻，其餘事耳。故能使讀者起共鳴，生美感，是卽所謂有靈魂有生命之文也。如陳情表、出師表、瀧岡阡表，一片至誠，泣鬼神，動天地。於是歷百世而不磨矣。僕不久又有新書問世，關於此等理論，散見於書中，出書卽寄閱。

論及國文之不受人重視，及一般士子國文程度之低落，乃大勢使然，莫可抗力。祇望敎育者今後注意一事，欲使固有文化不及今而斬，必須提高學子之閱讀能力，使其多多接觸舊籍，而對文字之運用，不必苛求，能通情達意爲主，文乎白乎，聽之爲上。區區鄙見，可供賢弟敎子之參攷否。

賢弟喜讀書，又喜藏書，乃人生最高修養，最有意義之嗜好，舉目斯世，同道者幾人。僕局於處境，志存而力不逮，見賢弟所爲，喜吾道不孤，故得珍籍，願以相遺，亦聲應氣求之義耳。囑補寫贈籤三條，以筆便而倍之，餘備續贈之用。附示鈐書章模七式，古樸可愛，儼然昔賢藏書家氣派也，一笑。

來書對國史館黃館長之爲人，及近出「中華民國史事紀要」一書，深致讚佩。僕備位館員，謹代致謝忱。本館遷台後，在黃公接事前，可謂長期在睡眠狀態。近年業務，則大有進展，自清末甲午年以來之史事紀要，除已出十數巨編外，餘將陸續面世。賢弟所建議民國十三四年起，以迄最近之史事提前出版云云，本館正加緊進行，所謂人同此心也。

至又建議將已出史事，加以節畧，縮編五年或十年爲一册，以應一般青年讀者之需求，事屬必要，但此似爲國立編譯館之職責，而非本館分內事也。竊想本館既將此類史料，公之於世，則教界中人，史學專家，或已從事於此，亦未可知，姑拭目俟之何如。

附近稿一紙，如仍愈讀愈愛者，則告我一聲。瑣瑣不盡。

復陳伯稼長者談壽序 六十四年一月九日

八日限時賜示，今午奉悉。所附大作「吳母高夫人壽序」，情意眞摯，親切有味，深合清儒章實齋對於此類文字多用傳記體之主張。所舉故實，皆親歷目睹，娓娓道來，字從句順，自然至文，毋須雕斲。而爲仰體長者好善之雅懷，特就有關語意之明晦，及字句可省者，恃愛放膽，畧施點竄。當否仍乞卓裁，知期迫，不敢延滯，恩復不備。

示僑美鄭甥勿作久居之計 六十四年二月廿一日

本月十三日上午，接六日航簡，午後二時，接越洋電話。是日正逢舊歷年初三，爾闔家均在，雖僅悤悤三分鐘，而每人都得通話幾句。海外親人，相隔萬里，能彼此互聞謦欬，並知安好，其欣慰之情，有非言語筆墨所能形容者。我二老一切如常，勿念。

歲月如流，爾去國已將二年。爾之種種消息，我一一聞悉。能如今日之平順做去，總勝過國內多多。以現賺外滙，寄回養家，綽綽有餘。俟居處翻造完成後，一層自用，一層出租或售，則在台之經濟基礎已立。謀生立業，可攻可守。故我望爾在美作過渡，不必作久居之計，我深信大陸必能重光，爾之子女必有光明前途。要圖日後享樂，就人生意義言，無論如何，在故國總比異域爲勝也。若論求財，亦須隨緣靠命，強求無益。上所云云，爾當鄭重思之，鄭重思之。

今年舊元旦，終日寒雨，熱鬧氣氛，遠不如往年，拜年者亦較少。然我家親故之往還依舊，先後所收禮品之豐盛亦如故。於此足徵眞摯情誼之可貴，私懷良慰。

復鄉友鄭君論文章天成 六十四年三月九日

辱書謂贈吳子中英一文，（文見本書贈言篇）是難得力作，驟視似矣，而實非也。弟於此文，蓄意已久，而屢作不成。近以一時靈感，率筆直書，成而章法燦然，實不自知其所以者。如劈頭之一起一承，確乎出人意表。寥寥三數語，對方爲何如人，躍然紙上矣。次敍彼此結緣，不著痕迹，而含意又深。三段正文，言簡意賅，面目獨具。總論爲人四疊句，尤見筆力。頌揚其夫人「賢淑明理」一語，「賢」言其能，「淑」言其德，「明理」言其行，亦尙周至。全文主旨，則在結尾處點出之。雖不敢誇稱佳作，而自然有序，一若刻意爲之。文章天成，殆卽是耶。不識高明以爲然否。

復舊雨吳子中英談文字 六十四年三月十七日

讀十二日書，一片眞情，洋溢紙上。是乃天壤閒之至文，他日編入累廬書簡，大可爲我生添光采，使讀者知我交遊中，有此至性至情之人也。（吳君來書見本書「德音篇」）內子書贈條屏事，既諾必踐，但其素性，必求一字一筆之如意，始肯罷休。因而不可期之急就，姑請再待若干時日何如。

兄謂對於拙稿，及內子所書條屏，將加以複製等等。慚我夫婦，並非名家，更非名作，竟值得如此重視耶，榮寵之感，其何敢忘。

此次贈言，確乎得自靈感，三數老友，一致讚爲難得。弟曾函告其所以，鈔稿奉覽，或可助兄領悟文中之深意。昨在酬應場所，邂逅「暢流」「建設」之主持人，皆允於下月刊出，兄行時，得攜刊物以俱，亦未可知。

十四日示，次日到。所領悟者，大致不錯，獎品從緩可也，一笑。前後兩書，通順無疵，欲求精簡，則前書首段意復二句可省，筆誤者須改正。劵從刀，不從力，棄從廿，不從世。「殷切」含親切意，可不改。

拙著「應用書簡」論事類第九首之結構，與兄前書異曲同工，盼對照之。

弟退休已六年，而實際生活，則退而不休。人事節目，有時接二連三，幾有日不暇給之感，此次稽復，職此故也。

復神交王君談文字體制 六十四年三月廿五日

牧之先生閣下：嚶其鳴矣，求其友聲。接惠書，不我遐棄，於詹詹拙著，獎飾之餘，更明示缺失所在，具見閣下亦直道君子，天涯得知音，其忻慰爲何如。今所欲陳者，一秉至誠，毫無客套，幸垂察焉。

拙著問世以來，忽忽十餘載，連初時自印，計已五版。別無足誇，勘誤一事，頗有自信。特檢奉客歲覆某讀者函稿一紙，（見上文覆陳永村書）閣下覽之，或可釋然於懷乎。

又拙著體制，純以事爲單位，篇篇獨立，自成結構，無異變相之蕺稿。故前後各篇間，以迫於文理之必要，重複詞句，往往而有。古籍中類此之例亦甚多，尊示「措辭重複，勢必破壞創作之美感」云云，如其書內容，具整體而有連屬性者，確爲至理名言，蕺稿則另當別論矣。然於此足徵閣下讀書之細心，與夫創作意念之强烈，敬佩敬佩。大著「火腿粽子」，文筆細膩而流暢，不媿文藝能手，難得難得。台端北來時，極願聆教，枉顧不敢當。夜深率復，恕不一一。

再復神交王君 六十四年四月三日

上月杪手敎奉悉。我國文字，應作通盤整理，尊論甚是。憶在三四十年以前，卽有學人倡導其事，世逢變亂，迄無所成。玆事體大，難望一蹴而幾，祇有期諸來日矣。然吾人旣忝爲文化尖兵，處此時際，於文字之認識，不能不求其較爲廣泛。一所以加强研讀古籍之能力，一所以矯正世俗沿襲之訛謬。則字書辭書尙矣。多存疑，勤考證尙矣。解惑之道在此，求進之道在此，願與閣下共勉之。

疊觀來書，恕我言直，閣下雖自謂「常與辭書為伴」，而明察不密，存疑未啟，無心疏失，往往而有。如前書誤「鎩羽」為「鍛羽」，昨書封面，誤敝姓為江，是明證也。無關宏恉，特道之博一粲耳。

尤有進者，近年新出字書，以正中「形音義綜合大字典」，及中華學術院「大學字典」最為完善，不審閣下已置備否。此書雖昂，不可不備也。

與老友王澤湘兄談文字 六十四年四月九日

元首崩殂，心情沈重，致稽延作覆，希亮之。前接改稿，可徵尊恙已瘳，良慰。拙稿遵旨盡量簡裁，如附箋，乞重新衡鑒，毋庸客氣。弟素不以「文章是自己的好」為然。但必求其明晳易讀，如水之順流而下，若因拘拘於某種義法，而致佶屈聱牙，氣不貫，理不順，則文章之功能遜矣。兄以為是否。至所奇想由我夫婦各半分寫事，果屬可能，何樂不為。奈蒼天厄我，執筆能力，日見銳退，艱苦情狀，非身歷不能道，有時幾欲放聲大哭，真莫可奈何。縱使強為之，則秋蛇春蚓，如之何可供雅人欣賞也。一俟內子得暇，當即書以奉獻。

復僑美鄉友毛君談政事 六十四年五月十五日

鴻猷兄雙好：不見親人筆蹟十數年矣。兄此次所轉吾兒媳來信，昨已到手。雖為複製，其意無閒。謝謝費神。欣慰之餘，至感大德。非賴兄之忠於爲人謀，其必落空又無疑。

此信係一熊姓女士自永和函知，弟接函後，立即倩人前往洽取，距發信日期，竟歷五月，千迴百折，卒達終程。足徵爲政之計謀，百密必難免一疏。有心人乘其疏而入之，洪喬其奈我何，笑笑。

上月復兄寸緘，諒早達淸覽。此間國喪告了，一切復歸正常，而朝野蓬勃奮發之氣，更爲向所未有。大勢所趨，與當年西安事變前後之情勢，如出一轍。復國前途，大有可爲。禍福倚伏，天下事皆可作如是觀。兄以爲是否。專此，順頌健康快樂。

復旅約旦宗親獻祥將軍論得失 六十四年七月十一日

抱歉之至，接惠書，倏逾二月，今始作覆，人老多犯疏慵，兄當諒之也。

惠書密行細字，幾近千言，描述當地環境概況，及民情風光，引人入勝，是世界地理之絕好資料。讀後如親歷其境，又無異親上一堂地理課也。一笑。弟已編入拙著「累廬聲氣集」，見本書「德音篇」以供同好，俟出書後當寄奉求教。

兄重任在身，賢勞可想，而竟撥忙修此長書，具見對友之摯情，敬佩無任。回憶客多聯合報大樓餞宴席上之盛事，諸鄉親萬般熱情，眞千載一時之會，大足爲吾同鄉添佳話。不料竟爲一二人所破壞，功敗垂成。事後或談及破壞者居心所在，令人痛心，亦覺可恥。然弟則深幸有此一著，乃得好整以暇，吾行吾素。不然，焉有上述新著之續出耶。故世間人事，究極言之，原無所謂得失。得於此者，往往失於彼。失於彼者，往往得於此。生平之體驗數矣，斯特其顯焉者耳。

總統蔣公崩殂後，上下精誠團結，爲貫徹遺命而邁往，國際爲之矚目。內外情勢，與當年西安事變以後如出一轍。昔人禍福無門之說，一切皆可作如是觀，兄以爲然否。

弟夫婦叨天之福，健履如恆，可告慰。惟運筆漸次艱澀，終感老境逼人耳。兄爲國家宣勞異域，敬祝勛猷丕著，遺愛甘棠，豈止吾鄉人之榮已哉。

復老友王兄絕不言壽　六十四年七月二十日

湘兄如握：拜讀尊札，不禁啞然又訝然，我夫婦自來絕不經心於自身之生日。老兄原非傖夫俗子，何以懷此一念，展專刺探之不已，復專札相詢。拙著「我生一抹」中，除追記親壽外，幾見有片言隻字，道及生日稱觴之舉耶。弟對此等事，歷年來堅執一大經不變。在人者從眾，不知則不求知。客歲兄八十華誕，登門拜壽，卽緣是而來。在己者，吾行吾素，寧絕交不通融，我心匪石，不可轉也。拙著累廬書簡中，尤數數言及，異生區區之異，而老兄竟懵然莫喻，豈非咄咄怪事。

至所云「公開讌客或家庭聚飲」，良朋歡敘，誠時有之。若謂藉名喜慶，發帖收禮，宏張筵席事，往在承平，猶不肯爲，何況今日，何況此地。悤此奉復，順頌雙安。

復老友濮孟九兄以窩名居之由 六十四年十月二十日

前寄出「暢流」後數日，因有事東門，曾便過高齋，詢知不在卽退。及孔孟大會，竊揣或可相晤，又不值，比正念中，而手書至。歲月如矢，不見已逾半載矣。拙作「四爲窩記」一文，（見本書雜記篇）兄亦以爲極富意義乎。觀編排之特加花式，其受主編人之重視可知。

辱示端陽節前，一度住醫院，歷時月餘，弟毫無所聞。出身地下之人，事事不離地下作風，有此必要否，一笑。孔孟大會，弟按時出席，坐進門右首第三排，與黃翰章聯席，排端高明老友在焉。所云「單單看不見」，或係弟面壁背兄之故，第其閒亦有緣數存焉。兄信否。

至對弟以窩字名居室之異議，熟友中不乏與兄同調者。實則古人早有「行窩」「安樂窩」之名，用之何妨。況弟居處同村百卌戶，冰箱、沙發、電鍋、瓦斯爐、西式大床、無不備，近且加設美燈、壁飾、地磚、冷暖氣、及改換彩色電視機者相屬，而舍下獨闕如。兩兩相形，名之曰窩，蓋紀實也。兄不見文中有「凡所陳設，惟供起居，別無鋪張，」之句乎。弟尚實成性，居處之簡陋既如此，則以窩名之，有何不可。兄謂令人意會「凌亂骯髒」之感，見仁見智，凡事皆然，匪獨此也。率復不盡。

答友人胡君談公保事　六十四年十二月三日

接上月惠書，知體檢無恙良慰。關於考慮退休後應否繼續公保事，弟願進一解。諺有云，人無遠慮，必有近憂。退保可多領若干萬保金，又免以後之負擔，論目前誠較爲得計矣。然人世無常，旦夕變故，往往難免。在退保人中，因素乏餘蓄，猝遭意外而手足無措者，率見不鮮，可爲殷鑒。弟厚叨天庇，數十年來，寒暑無犯，幾與醫葯絕緣。當年退休時，熟友鑒於予之頑健，亦有言以退保爲得計者，而弟毫不考慮，毅然續保。竊想縱年納保金而未沾其利，則視爲慈善捐獻，亦吾人應爲事也。況心理上有恃無恐之安全感，其所得者，豈區區年納數千元負擔所足比乎。故爲防萬一，自以續保爲上。莫猶豫，莫貪目前多得有限之保金，莫惜今後少許之負擔，而致貽後日噬臍之悔也。率直一道，惟足下察焉。不宣。

敬賀類

——致敬或賀喜慶者屬之——

讚曹文瀚兄之詩詞　五十八年二月二十二日

邇歲屢承厚饋，深慚無報。春節前，達仁兄交來所賜觀光周歷，得讀其中尊兄手錄佳作，律絕詩四十有三首，詞二十有二闋，抒懷紀事，情致豐贍，且多妙筆。以六韜長才，而文采斐然，無讓古之儒將。弟對此道，雖未窺門徑，而雅好欣賞。昔宋濂論文，有「文不貴能言，而貴不能不言」之說，吾於詩詞亦云。廼世之爲此者，往往無病呻吟，委巷瑣聞，亦被以詠歌，似爲詩詞而詩詞者。揆諸本義，不亦乖乎。尊作則性靈洋溢，讀之可想其爲人。如「願與梅花同素志幾枝鐵骨傲霜辰」、「幾經磨折凌雲志，猶抗逆流傲霜風」，矯矯昂昂，躍然紙上。又如「花光倒影滿江紅」、「掃却眉頭心上事」、「飛線引虹橋」、「皓月破昏黑」、「幾點流星藏水底，一鈎殘月掛松柯」諸句，妙思擅奇，不僅見其才華，尤顯靜、安、慮、得之能。言乎學養，甘拜下風矣。率書所感博一粲，兼申佩仰之微忱。

讚汪鬯英兄之大著 五十八年三月十七日

前承惠寄大作「民權初步的應用」、「時閒的征服」、「甘青行」三書，粗粗涉獵後所獲概念，請爲兄陳之。其談民權者，對民權之涵義與運用，闡微釋變，精蘊靡遺，的爲從政者必具之智器，軍學中有操典，此政典也。其論時閒者，看似淺易，實最難深入之問題。而竟頭頭是道，廣引古今中外有關之名言掌故，求證其所以，是哲學而兼科學者，超超玄著，此奇書也。其記遊踪者，有史的考據，美的攝取，有詩詞之創作，鴻雪之留迹，娓娓而談，引人入勝，此妙品也。綜而觀之，無一而非作者才華之流露，椎魯如弟，視兄之高才，固自慚形穢，然亦以得友於兄爲榮也。爰陳區區，略申謝忱。

賀鄉後進毛君漢光成博士 五十八年五月九日

報載足下榮膺博士學位，恭喜十年寒窗，治學大成。超素與令尊鴻猷善，又爲令尊恭喜有子。我國教部建置博士制以來，鄉人子弟之獲此崇銜者，足下第一人，實爲吾江山之光。足下英年英姿，未來更高之成就，定可預必。其所以有造於我文化之復興者當無限。超忝居先進，忻慰之情，難以言喻，特致賀忱，並祝鵬程萬里。

讚濮孟九兄文章之妙 五十八年七月十五日

大文「溪邊閒話」，三十年前事，娓娓道來，令人神往。弟以編刊需時，爲防散失，先付打字，油印十分，今檢其一奉覽。

大文取材、層次、結構，無一不妙，亦無一不恰到好處。風趣親切，乃餘事耳。廻環捧誦，綽綽乎作家大手筆，而自謂胡謅成篇，抑何撝謙耶。惟其中讚揚異生之語，不免太阿所好，爲異生者，殊感有點那個。文中略有一二增損處，乃弟斗膽恃愛所爲，一得之見有當否，還乞明敎。

讚方豪神父自定稿 五十八年八月十一日

月前所惠「六十自定稿」，拜領後，首尾翻徧，竟費三朝。而云翻者，對此數百萬言之巨著，不敢誇謂讀也。原擬卽陳所感，藉申敬仰，適別有所羈，今始略布一二以聞。

昔有讀書破萬卷，與學富五車之說，終嫌辭誇，未必有其事。玆觀大著內涵涉及事類之廣，與引用書目之繁，想見先生之治學讀書，奚止破萬卷，奚止五車，昔人之言，不能不信矣。此書論質論量，洵乎皇皇巨著，自來私人著述中所罕覯。處動亂之世，趁短暫之時，而成於一人之手，視唐玄奘之譯三藏，不是過也。難能可貴，微先生而誰與歸。

綜觀全書，在在不離史學，不離考據。敍一書也，於版本之別，文句之異，字數之多寡，皆一一表而出之。其於某一人某一事之史實，孰誤孰否，孰眞孰訛，亦靡弗繁徵博引，窮原竟委，求證其所以。此於有關群籍，非細讀精思不爲功，又非一目十行强記不忘不爲力，更非神充志毅不爲濟。先生一身而三者具，亦奇人也哉。

書中所揭篇目，誠多冷僻之學，然內容往往引人入勝，或關掌故，或關義理，其能道人所未道，發人所未發者，俯拾卽是。以言治學，固爲考據之瓌寶，以言修養，亦益智之良書也。

尤足稱者，於先儒之潛德幽光，彰之發之，不遺餘力。如明季傳介西方科學之王徵，其功績，其巧思，不在徐光啓李之藻下，而名不著於世，先生則探賾索隱以彰之。又如清初首纂臺灣志之王喜其人，數百年來，知其事者殊鮮，先生則考其埋沒之因緣，使後之談臺灣志者，知王氏實爲先河，此皆關乎我民族文化之重要文獻也。今日侈言文化復興，能致意於此者幾人。

竊觀先生歷歲行藏，游學、傳道、授業、酬世，幾如孔席之不暖，墨突之不黔，而書中有關考據者，不僅纖屑靡遺，且所據圖書，徧及古今中外，或取證於洋籍，或蒐集於異邦，動輒百十則，萬千言，瀏覽謄錄，非一蹴可幾，果何由致之，百思莫解，先生有以語我乎。

弟平素雖不諱言讀書甚少，然猶靦然居於讀書人之列。而今徧翻大著後，直不敢自認讀書人矣。蓋涉世以來，衣食四方，荏苒歲月，從不曾精讀一書，視先生之博學而深入，尙何顏長此僭稱乎。年來又以淺薄之作，獻醜於世，兩兩相形，惶汗無地。所感如此，又將勞神一覽，罪過罪過。

按「方豪自定稿補篇」已將此書編入附錄。

上長老陳伯稼先生致敬　五十八年八月二十五日

尊著「清代幕賓與業此經過」，遞到已有日，俗冗今始拜讀卒業，此重要文獻也。就政制沿革言，具無上價值。因箇中實情與利弊，在當年未必有專著，在今日過來人而健存者尚未之聞，卽有之，其神明學力，決不足以語此，物希則珍，可傳必也。尤足異者，六七十年以前事，娓娓道來，頗予人親切詳盡之感。甚至學律要訣，一字一事，八字十字，毫無文理可循，亦悉記靡遺。謂憑曩時筆錄乎，想見當年爲學之專，治事之勤。而此筆錄能存於今，亦爲奇蹟。謂憑強記乎，躋耄耋而不忘，萬千中難覯一二，長者誠異稟人哉。又所述辦案掌故，皆值鼎革前後，新舊相激，非識時務無以肆應。時長者年才逾冠，竟能「臨事而屢斷」，弭患於無形，造福地方，卽積德於身。今長者之享遐齡，固有所自矣。率書鄙見，以博一粲。

與吳延環先生致敬　五十八年六月四日

向者，天母陳邸，悤悤一晤，倏爾半月餘矣。頃接吾家次烈電告，謂承惠大著在彼所，不日面交云云。藉知先生一言而必踐之人也，敬仰敬仰。旣蒙不棄，亦檢奉拙著三種，厚顏獻醜，不敢云報，至誠求教而已。

弟未嘗學問，而於世俗緣數之說，竊以爲不無可信。溯弟之知大名，在當年局勢逆轉播越嶺嶠時。某日，見報載有署名吳延環北平通訊一則，文筆生動，詳敍共匪欺騙民衆之慣技，予人印象至深。曾剪寄吾家鄉，以示小兒，神交先生自此始。

其後來臺，屢讀「中副」晢還之方塊文，乃知卽先生之化名，所揭宏論，皆足以發矇啓聵，心儀日深，神交亦久矣，而相識竟須待至二十年後天母陳邸之邂逅，此非冥冥中之緣數而何。人世遇合，不必强求，胥可作如是觀。山野之性，不善飾辭，率情而道，方家得毋哂其幼稚胡說乎。

復老友濮兄致敬 五十八年八月十五日

一昨手翰，洋洋千百言，親切眞摯，讀之不忍釋手。性情中人，寫性情文章，凡所云云，非眞有深交之誼者不能道。然於此亦見兄之涵養與見解，勝於弟者萬萬。因自花谿分袂以來，彼此形迹彌疏，不無見外之感，而不知兄之深情，久蘊於胸而不露，此涵養之深也。爾我賦性異型，而氣味相投，弟祇知緣分使然，不知其所以，經兄一番分析，的有至理存焉，此見解之高也。尤以煞尾，預約弟爲撰八十壽序，云云，隱含互壽之意。竊想兄有興致時，如將此書頭面，稍加變易，改爲贈言體，則異生便先得一篇最具人生價値之壽序矣。不審老兄其有意否。按濮兄來書見本書「德音篇」

復老友段醒豫兄致敬　五十八年十月三日

惠書多過奬語，猥以椎魯，媿何敢當。自惟生平，一無足稱，差可告慰者，吾行吾素，不忮不求，堅守靡渝。而竟辱親故之謬愛，往往另眼相看，獎譽交加，是人生之奇緣，亦不佞之大幸也。我兄北方之强，俠義作風，非凡夫所能，弟固心儀有年矣。此次拜讀大作，藉審平素行誼，頗有同氣同類之感。文末所記不改性情一則，尤與弟當年對果公論文事，不謀而合。三十三年春，弟受訓中訓團歸，公因得讀拙作自傳與心得，時養痾白鶴林，曾索閱積稿資消遣。閱後賜諭云，「文章甚好，清新有識，可以印行，但字句略嫌生硬，盼能改去為善。」弟復以生硬是個性，亦即吾文之特徵，與言語行為同條共貫，不能改，不可改，改則個性特徵失矣。此事與兄異曲同工，豈不甚巧，特述之博一粲。前日尊稿到後，經弟覆校，中有漏校者，勊日之勊應作剋，或作刻。蹄[illegible]應作膀，已代改正矣。此次水患，災聲處處，府上可好為念。

附段兄九月卅日來書

異生吾兄有道。拜啓者：前承吾兄電話吩咐，一切遵辦。遲至今日，弟始派人送上四百元，當請黃主任代收也。弟素性疎狂，粗讀詩書，所知有限，前在花谿五年，承仁兄及諸好友敎益甚多，迄今難忘。此次怱忙中寫文，拉雜，瑣碎，尤多自負狂傲之句，深感不恭。好者，在大文豪前，不免班門弄斧而已。吾兄不奔走權門，不隨聲附和，雖有固執偏差之處，人格高尚，不失書生本色。前與次烈兄略爲言及。接誦附文三篇，文情並茂，游夏何能贊一詞，足見修養高深。致杰人神父一篇，已見「建設」。考據之學，失於零碎，不能與義理詞章同作發明，以孔墨相比，似不相稱。致從遊書，足見高風。學文之道，文極懇切，均爲佳作，至深欽佩。吾兄領袖文壇，堪稱花谿祭酒矣。特此奉復，祇頌秋祺弟段劍岷上。

賀洪先生當選立委 五十八年十二月二十一日

恭喜，有志竟成。此次中央公職人員增補選舉，先生以書生人物，憑書生本色，競選立委，不藉金錢展布之力，不效沿門求乞之風，純賴平素物望及道義呼應，而榮獲首選。所謂選賢與能者，惟先生庶乎當之。固爲本省選史闢一新紀元，亦爲我國憲政創一新風氣，是可賀者，匪獨先生一人已也。專此將意，順頌偉猷丕著。

賀舊雨楊君榮遷 五十九年一月六日

兌之兄：久不見，閱報載佳訊，欣悉兄以積勞，榮遷黨中要津，所任益重，所以靖獻於興復大業者益鉅，兄之前程，亦因此益遠矣。當年同僚，莫不聞訊歡躍，僕之快慰，更匪言可喻。故今不爲兄賀，而爲花谿舊雨得兄以張吾軍慶也。悤此致意，並望珍重。

致某君申敬慕之忱 五十九年一月五日

僕與先生素昧生平，今讀中副大作「爲某老師祈福」一文，恍惚重晤久別老友者。因文中句句字字，洋溢眞情，一如吾老友之所爲。天壤閒惟眞與情爲最美，亦最可貴，舉目斯世，能見其眞情者幾何。

文末禱辭，感人尤深。凡可禱者，差已羅列無遺。對師敬愛之誠之切，何異古孝子之割股療親，僕讀至此，不禁熱淚盈眶，眞至情之文也。年來讀報刊長文，往往不能終編，今於大作，竟不覺其長達半萬言也。

竊想當今侈言復興文化，此類作品，應爲上選。誠以一片眞情，不僅感人，且足以風世。有此師，而後有此弟子，世之談尊師重道者，觀此不已思過半乎。

僕湘人壻也，與先生有半鄉親之誼，特率陳感懷，略申區區敬慕之忱焉。

復沈老之萬先生致敬 五十九年一月十六日

頃奉頒十五日尊翰，並珍品數事，敬謝敬謝。

前荷惠寄刊有大作之「藝文志」，當時匆匆讀後，竟爾忘復，歉疚良深。大作溯述親歷往事，去今已周甲矣，所敍及之人物，竟達四五十人。以耄耋高齡，頻經世變，猶能擧其姓名、籍貫、才學、任務、如數家珍而無舛，記憶之强，具徵得天獨厚，壽登期頤，可預必也。又此類文字，爲珍貴史料，還望長者乘時多作，亦傳世之一道耳。附打字拙稿一紙，所以報近狀，並以求正焉。

復沈老之萬先生致敬 五十九年五月二十日

昨奉十六日手敎，敬審長者不日將赴美，高年壯遊，並得快敍天倫於海外，此時此地，而有此遇，非福人焉能致之。敬祝旅途順利，愉快歸來。辱惠大作，已拜讀。癸丑討袁之役，爲革命過程中最重要階段，所敍事蹟之詳盡，於前因後果，一覽了然，是無上史料也。回首垂六十年，娓娓道來，如數家珍，長者之强記，亦大可佩矣。言乎文筆，則愈寫愈流暢，更象徵長者之永壽。他日蔚成百齡人瑞，爲吾黨添佳話，豈不懿歟。

致毛振翔神父致敬 五十九年五月二十六日

昨夜睡酣甚，今破曉卽興，完了生活早課，出前所惠「復興月刊」中五篇大作，一氣讀畢，不禁擊掌呼曰，偉矣哉毛神父，是眞天主之信徒，我國家之無名英雄也。「一位美國副領事」、「最有意義的一件事」二文，皇皇長篇，所以表現風骨、正氣、熱誠、愛國、革命、犧牲精神者，可謂淋漓盡致，媿煞世之鄉愿自甘，但知有己，罔知有國之無恥之輩不知幾何。「懷念一位中國教宗」一文，所述關於教宗行誼，及作者受其影響之深，足以啓示從事教育與莘莘學子之省惕者無窮。「世上最免費的學校」一文，乃示人只問耕耘不問收穫之至上例證。「文藝復興的精神」一文，則超超玄著，不可多得。綜觀五作，「復興」以言理與文氣勝，「最有意義」以結構巧妙勝，餘以敍事詳明勝。要之皆能令人留深刻印象者。凡作品之價值如何，端視其予人印象之深刻與否而定。此弟生平衡鑒作品之自我準則也。讀大作後而所感如此，率以奉告，有一得之見否。（按所擧各文，後均編入神父所著之「孤軍苦鬥記」。）

賀老友姜瞻洛兄有子　五十九年六月十七日

閱中央首版報導，欣悉本、渝、兩姪，海外佳訊。恭喜賢伉儷鴻福，垂老之年，而得愛兒雙雙榮膺博士以相慰，想見中心之樂，不言可喻。德門喜氣洋溢，亦在意中。所望兩姪銳志邁往，更上一層，未來納貝爾獎金能占一席，爲國增光，毋使李楊二氏專美於前，則賢伉儷成爲名子之父母，弟等亦與有榮也。

賀僚友唐君任國勞局分局長　五十九年七月二十一日

弘亮我兄閣下：恭喜榮膺國勞局分局長之選。閣下學貫中西，留心世道，未來前程，自此益遠矣。默數幕府舊僚，出爲高官者雖不乏人，其能躋身國際社會，一面獨當，如閣下今日，究有幾人。閣下固足自慰，不佞忝居舊僚，不亦分霑榮光也乎。因具片言示歡忱，順頌雙安。

讚曾定一兄作品之佳 五十九年七月二十四日

本期「建設」傳記海老一文，弟初時瀏覽之，繼則細讀之，終而咀嚼之，是力作，是佳作，是傑作，是近年傳記文學中不經見之作。傳神之敍筆，造句之奇妙，連連疊疊，美不勝收。書卷氣之濃，道義氣之厚，乃餘事耳。我所見之大作，惟此吾無間然。在兄以報海老獎掖之恩，以與青年勵志之資，海老九泉有知，豈不掀髯笑曰，知我而能傳我者其曾子乎。既記其青年，則中年老年益足爲世法，吾且拭目以觀續作。意者兄已成竹在胸乎。此次建設編者，將拙文與大作結聯襟之親，兩兩相形，自慚小品矣。茲再省之，尚有失檢之疵，見另紙。又奉金氏墓表，乞予鑒定，可作定稿否。

復留美舊從遊江君德曜教授致敬 五十九年八月八日

日月其邁，賢弟去國，忽忽四月矣。比接新年賀片，頓憶九月八日惠簡，尚未復也。此簡發自柏克萊城者，郵程僅五日，時僕正俗忙，稽延至今。賢弟盛暑遠旅，跋涉萬里，甫卸行裝，即撥冗詳告出國因緣，及旅途見聞，縷縷千百言，具見摯情。賢弟之於電機學，在國內夙著聲譽，今既得更深造詣，則後之言此道者，當尊權威仰泰斗無疑。科學界之光，亦我鄉邦之榮也。

時維隆多，秋意猶在。遙想彼土或已冰雪載途，非裘不暖乎。人入中年，保健第一，至望爲前途珍重。

復姜君一華致敬 五十九年十二月二十九日

先後惠書及大作孫子研究，早經奉悉。不知何忙，延答許久。承示兒女佳況，恭祝蔗境垂臨，天倫添樂，薄福如弟，歆羨何如。大作兄謂短篇，實則爲大文章，萬鈞不足喻其重，是經師之言，學人之論，專家之筆，奇才之徵。弟雖不能盡解其義，然深知非邃於易，嫻於韜略，並融通經史性理之學者，不能道隻字。於以見兄才華之高，及近年治學之勤，與進境之猛。有此成就，亦可謂今日軍人中之瓌寶也已，敬服之至。弟平昔所塗抹者，祇求我手寫我口，達意猶可，何敢與古人並論，兄常師我，誤矣。謂欲枉顧甚歡迎，但望先約，免參商。

致龔老先生 六十年一月十七日

疊惠大作，至感盛情。「愚話」前夜一氣讀完，「回憶錄」略翻大概，中有若干事，早在「新天」斷續看過，藉審先生生平惟志於道，而不爲身謀，眞當世之志士也。所作諸書，皆古人所謂賢者識其大者，於警世救時之論，高瞻遠矚，非凡夫所及，可敬可佩。僕鄙陋無學，昨呈拙著一抹，乃不賢之識小，不敢與大作並論也。獨我行我素，求眞求實，終生以之。是區區者，自信或與先生近似。特再呈書簡二冊，至懇賜覽而教之，不勝大願。

致陳先生致敬 六十年一月二十三日

立夫尊兄賜覽：敬郵奉寒舍饌味少許，萬懇兄接此物，勿再視爲習俗之送禮也。因年來土雞難覓，餐館魚肉成品，又多欠潔，特囑內子趁春節治辦節食之便，稍稍加量，以分餉尊兄嫂，等於枉駕一嘗，亦區區與朋友共之微意而已。茲者，臘鼓既鳴，歲序又更，淸夜自惟，實慚虛度。讀大文中華文化必然復興，深感兄於聖賢哲理之闡揚，人世萬象之剖析，眞可謂獨具慧眼，見人所不能見，道人所不能道，秉仁心，發仁言，所以警世，亦所以救時。故今日而談文化復興，兄其子輿昌黎之流亞也。弟忝居愛末，霑光無限。約晤姜君事，容面洽後再告。悤此不一。

謝文友吳敬模兄贈影印近詩 六十年三月十五日

前昨承惠影印大作，把翫之餘，深感老兄誠當代雅流，無論詩文書法，下筆便不凡。昔人有「一字徑丈方寸千言」之說，吾於兄之此作亦云。特達鄙忱致敬，乞恕俗冗遲復。

賀鄉友徐君榮膺新職 六十年三月二十二日

之潤兄偉覽：頃接毛敬芝電話，藉悉儷駕一昨枉顧，而寒門嚴扃，甚歉。弟薄學淺才，久居樞要，媿無建白，而避地以來，凡聞鄉後進之卓然能自見者，無論識與不識，在學或任事，輒竊竊心喜，如己之有成。此番兄之膺命主掌本省合管事業，是重任也，更喜不自勝。故當日見報，立卽電令兄之佳致賀。因我鄉人士，北伐迄今，著聲軍政各方之人物雖輩出，而所事逕關民生福利者，兄爲第一人。先賢武將柴大紀在臺殊勳，不過堅守一城，今兄所任，果能在在造福，不獨通省縣市霑其惠，且可以成規施諸光復後之大陸。則昔人歌頌恩官萬家生佛之詞，兄將身受之矣。勉之勉之，望之望之。率此致意，順頌新猷丕展，並候夫人安吉。

致毛振翔神父致敬 六十年四月二十一日

惠寄「文藝復興」二期，早經拜領，恕我俗冗遲復。此次大作「爲眞理與正義而遠征」一文，弟因篇首有「此去戰鬥對象，不是血和肉，而是黑暗世界的霸道，邪惡的能手……」之語，故正襟危坐而讀之。且讀且加圈點與批註，費時三刻又十分。一氣讀畢，不覺肅然者良久良久。振翔神父，洵異人哉。愛國之誠，信仰之堅，赴義之勇，見事之明，處變之定，與夫對邪惡之嚴正，非秉浩然之氣者，曷克臻此。文長萬言，正義眞理，充塞於字裏行間。妙語警句，俯拾卽是。歷歷諸事，眞切感人。六載羈旅，萬里奔走，任勞怨，甘犧牲，終能博中外之讚譽，完神聖之使命。不僅神父個人之榮，抑亦國家民族之光。設想當時不有如君者砥柱其閒，世界黑暗將益深，霸道將益張，邪惡將益熾，海外僑胞與學子之受愚者將益眾，我在國際之聲望將益落。君以一介神教司鐸，而所以影響人類社會者如此，亦可以自豪而自慰矣。至論文章立意之中正，結構之嚴謹，其餘事耳。神父神父，洵異人哉。弟不慣阿好，特白區區衷藏以示敬。按神父所著「孤軍苦鬥記」，以此書代序。

復陳伯稼先生致敬 六十年七月十七日

九日大示，早奉悉，乞恕稽復。

尊作鄉會試表，考證詳實，想所費功夫至可觀。耄耋高齡，而有此能耐，萬千中無幾人。論文字誠枯燥，論典章則奇貨也。拙著一抹中有「物無貴賤，宏其用則寶矣。」之語，故對通人之任何著作，皆作如是觀。長者以爲然否。月來熱浪困人，長者起居可好。弟性頑，體更頑，嚴寒酷暑，於我無甚影響，可告慰。附近稿「拾遺」一紙，乞賜正。

致蕭公化之致敬 六十年七月二十四日

此函應陳於一月以前，而稽延至今，俗冗之過也。恕罪恕罪。「建設」六月號大作，「建設二十年」一文，初以為尋常紀念之詞，粗略瀏覽，印象未深。旋奉提示，展卷細讀，不禁肅然。書生報國之道，近數十年黨政沿變之迹，及今後應致力之途徑，幾盡萃於此。非具革命素養，非懷崇高抱負者，不能道隻字。尤以對黨的建設，「重視個人掌握，而忽視組織羣衆的力量，」之評斷，眞可謂一針見血，痛乎言之。凡識公者，皆以公為木訥君子，而不知公誠英華內斂之人也。讀此文而益證吾說。慚無涵養，率書所見以聞，惟公察焉。邇來局勢，險象逼人，當事者不有所以振作人心之舉，大難重重，不知何了。公之看法如何。天暑，伏惟珍重。

復姜一華兄致敬　六十年七月二十九日

俗冗逼人，承先後寄示大作「學庸讀法」，昨始檢出，一氣讀畢，是一篇內容結實之力作，將易理、學庸精義、宋明理學、及國父思想融會而貫通之，非具卓越之領悟性與理解力者莫辦。若言讀書心得，此為上上品。兄來自行伍，而有此表現，亦異才哉。惟文中重點，似在闡釋陽明對於學庸之體認，而命題云云，能勿令人誤會為作者之學庸讀法乎。然無關宏恉，乃題外閒話耳。獨怪此文何不迻登「孔孟月刊」，而投「學園」。讀者既不多，校對又差，折損文章之價值，可惜可惜。

賀老友馮百平兄令郎成家 六十年八月二十二日

報載德門喜訊，欣悉令六郎紀游世兄，成家於海外，恭喜恭喜。兄嫂當年繞膝兒女，意此居幼，則向平之願已了。嗣後蘭桂競秀，自在意中。默數煦（按當年國民政府參事室所在地）舊僚，如兄者幾許。此時此地，賢伉儷可謂福人也。特具書道賀。

復蔣院長致敬 六十年九月二十日

蔚堂院長先生有道：昨奉復示，敬悉。區區鄙見，謬蒙采內，至佩有道好善之盛德。且一逑不勝感慨者焉。前上蕪緘，發自九月十六日，而復示則在十八。如此效率，實所罕覯。具見鈞院處理文書，即到即辦，未嘗延滯。昔賢所謂案無留牘，庶乎當之。鄙人溷迹公門四十餘載，痛感政風日敝，官氣滿朝，當年革命精神，已名存實亡。效率效率，但聞其聲，習焉安之，不以爲怪。而今竟有好善求實如有道者，洵可謂空谷足音也已。又來示末後即請惠函云云。自慚庸朽，別無可陳。一時感懷，率書請敎。他日新帖面世，還希關照一聲何如。專此，順頌道安。

讚王友佳著 六十一年三月十三日

公輿先生閣下：辱賜大作「美遊隨筆」，弟連以三晚卒讀。字裏行閒，不忘經世，視流俗遊記，徒衒見聞之博，遊觀之樂者，迥異其趣。所載遊程轉變時，賢伉儷一番對話，眞情至言，所以發人深省者無量。知閣下與夫人見道人也，亦有心人也。故讀此書，不僅可供從政之借鑑，且能消釋國人若干不解之迷惑。其足資導遊及研習彼邦史地之參證，是餘事耳。

就文字言，名曰隨筆，實乃結構嚴謹之作。繁簡剪裁，恰到好處。尤以妙句疊出，引人入勝。如「胡佛水壩」篇中「瘋狂奔流的水，不能再行撒野，並柔順的爲人類服務了。」「紙和紐約」篇中，「有些紙質，不肯進入垃圾箱內，便預先排風御氣的飄然而去。天一轉晴，便又東山再起，飛揚跋扈」等句，原爲尋常景物，一經生花之筆之渲染，遂爾奇趣橫生，雋永無窮。類此者俯拾卽是，所謂化腐朽爲神奇，庶乎近之。非具卓越才華者不能吐隻字。

又「費城點滴」篇中遊罷獨立廳，對舍館人所問，「何不一敲自由鐘」之答語，「一次敲，你們就這麼自由，再敲，怕你們飛上天了。」更見閣下之急智與風趣，非恆人可企及，敬佩敬佩。弟慚椎魯，率書所感以聞，聊申謝意。

讚遊美老友厚福　六十一年八月十五日

蒲臣我兄如握：接八日自美洲來鴻，爲之愕然。大駕出國，毫無所聞，畢竟「洞中人物」，（官場中對地下工作人員之通稱）日常行藏，亦如此保密也，一笑。

兄誠可謂有子，立業海外，孝心不匱，使乃翁以垂暮之年，而得壯遊之樂，同輩中有幾人。

薄福如弟，其歆羨爲何如耶。

屬事幾經手續，業已付郵，計毛著「苦鬥記」十册，拙著「一抹」與「書簡」各五册，恐誤兄歸期，不惜空運之昂價。然所費弟自負擔，毋勞錦注，書到卽示知爲盼。所云書上簽名事，毛神父照簽，弟則自揣庸朽，簽否無足輕重。爲答雅意，附浮簽於書內，使得書者有取舍之自由，如此或較妥便乎。

辱譽奇才，謬愛過甚，以與毛神父並論，尤不敢當。自惟平生，造次顚沛，吾行吾素，是區區者，差堪俯仰無愧耳。

世途多險，年來局勢方告粗安，忽以尼氏之賣友而劇變。乃驚魂甫定，而惡鄰惡耗，又逼人而來。一般恆情，多懷隱憂。我則深信禍福無門，果能上下齊心，莊敬自强，未始非興復之契機也。兄以爲然否。恩復，順頌旅安。

與某君致敬 六十一年九月三十日

超係政壇老兵，年雖垂暮，而豪情未泯。比讀近期新天，報導閣下對某部新貴大快人心之擧措，可以警頑立懦，特具書致無上敬意。

夫正義所在，不畏强梗，惟秉浩然之氣者能之。自來政風之壞，壞在官僚，官僚不絕，政治永無澄淸之望。抗戰當年，超方彊仕，亦曾有如閣下今日之所爲者。且其人其事，若出一轍，故甚喜吾道之不孤也。縱與閣下素昧生平，而聲應氣求之感彌深，情不能自已，率道區區如右。

致僑港李君嘉其詩才 六十一年十二月十九日

榮植賢弟：流光如駛，未幾何時，揮扇相晤，而新年賀柬又至。回首前塵，瞻望來茲，不禁人生如夢之感。前承疊寄詩稿，均先後拜讀。獨憾生平不習此道，能欣賞而不敢品評。嘗以請教於行家，異口同聲，清新平穩，不類初學。足徵賢弟天賦詩才，鍥而不舍，造詣無量。所望吟咏之餘，兼以學文，他日詩文同擅，豈不相得益彰乎，更爲人生之樂事乎。附陳公賜序一首，賢弟看看，我輩道義之交之摯情果何如。

與宗親文奎嘉獎其論文 六十二年一月三十一日

大作廿八日到，俗冗今始展讀，所論皆當前之實際問題，句句字字，純自經驗中深思熟慮而來，有根有據，有見解，有辦法，具見老弟一面工作，一面研究，確乎心得不少。文字亦雅順可喜。所舉各項統計，尤見思想之綿密，讀書之細心，敬佩無已。自政風敗壞，敷衍成習，其能兢兢業業獻替是圖如老弟者，可謂鳳毛麟角，勉之勉之，正義不泯，必有脫穎而出之日也。

復楊君力行致敬 六十二年三月二十八日

十八日手示，二十日拜悉。辱惠方物，以爲不日卽至，至後再具書申謝，奈迄今未見綠衣人送來，恐勞錦注，不待物至而先以聞。遲遲奉覆，非我之罪也。兄旅次悤悤，不遺在遠，厚情之加，感念何如。

向承寄示載有大作之刊物，寫景、寫人，詳悉有徵。旣佩强記之才，更羡見聞之廣。自來奇士讀書，往往不囿於卷籍，如太史公縱覽名山大川，而有波瀾浩蕩之文章，是其明徵也。好學如兄，年來以宣揚文化而遠涉四方，足不停趾，實亦另一方式之讀書也。循今以往，於所學之加博加深，可於此覘之，則前途遠矣。

與曾君讚其寫作之盡心 六十二年四月十九日

定一我兄：大作昨夜至，約略估計，至少萬言，眞大作也。弟原以爲將兄前所云「有時流著淚讀，有時瞋著眼讀，……」說出所以然來，卽爲好文章。充其量千數百言足矣，而一揮如許，此種敬事精神，與鑽研工夫，眞令人五體投地，弟萬萬不及也。適手頭有事待了，如何發落，容當趨前面商。

承索還寄稿郵封之限時信，今午奉悉。還幸原封猶在，惟貼郵處已爲孫輩剪下，祇得補貼還原，不知果作何用。

所示溢貼郵資，幾達五倍一節，郵局作普通信論並不錯。但明明是稿，明明屬於印刷品，兄何以照貼，又何以非投不可，我殊不解。事已過去，聽他罷了。我等老矣，能放鬆處鬆之，可作樂處樂之，如何，一笑。

致成兄致敬 六十二年五月七日

惕軒兄文豪著席：賜示近稿，敬悉。

大作「還都頌」，及「跨海大橋記」二文，其構思，其辭句，其用典，其體製，在印象中可稱觀止。此次「台中圖書館紀念碑」，凡所陳敍，亦極清新典雅之至。誠如布帛菽粟，一經妙手，便令人視同錦繡珍羞矣。文豪文豪，我師我師。弟有大耋老友，僑居雨港，往歲讀拙作壽總統八十及雨農傳後，聞對人云，異生無所異，有之則對愈難爲之文，愈出色耳。其言於弟，未必適切，而移以頌兄，眞恰當不過。弟不慣阿好，是心聲也。筆便特一白之。附致翰叔書稿，獻議云云，賢者以爲如何。

讚旅美舊雨沈君之大作 六十二年七月十九日

展如志兄：別來無恙。回首花谿，不相見者三十年矣。今春吾家文鉞，自彼岸傳來佳訊，謂德門百福，闔府僑美。世兄與文鉞且有萍水相逢之緣。曾擬藉魚雁一通聲氣，以人事卒卒而未果。比讀報載大作，「姑息逆流聲中之對策」一文，乃發自休士頓者。藉悉故人雖寄迹異域，而忠愛黨國，造次不渝。讀其文，如見其人，如聞其聲。文中所陳警世救時之論，博援古今中外之史實以爲鑑。痛心而道，滿紙熱情，洋洋洒洒，語無虛發，洵爲今日難得此類極有分量之作。尤以結語中，指出共匪外强中乾癥結之所在，與其隨時有秦皇沙丘之變之可能，察微探隱，見人所未見，有裨吾人之信心者無限。然非篤學志士，具深切素養，關心世事如兄者，決不足以語此。假令少雲尚在，必以示老友，且爲之讚曰，吾所賞識之展如，畢竟不同凡響也。兄以爲是否。茲檢奉刊物三種，關於別來賤狀，及此間舊雨之概況，粗備於是。兄試覽之，或不勝滄桑之感乎。

賀劉先生榮膺新命 六十二年十月十二日

季洪先生尊覽：此次試院更張，先生以碩學清望，榮膺貳位。論者異口同聲，此時此地，是無上安排。詩云，左之左之，君子宜之，右之右之，君子有之。謹爲先生誦之。猥以椎魯，往嘗掛名院中者十數載，忝列舊僚，特具片言爲賀。又憶巴渝共難，忽逾一世，仰止德業之日隆，深慙庸蹇矣。專此，敬叩崇安。

覆神交劉君致敬 六十二年十一月五日

禹輪先生道席：頃讀尊著新書「患難餘錄」，具審先生亦有道君子。平生遭際，爲常人所難堪，而一憑堅毅不拔之志氣，終能人定勝天，軀殘而健行如恆，展素抱，償宏願，可謂無忝所生矣。今日退處林下，雖乏席豐履厚之享，却有苦盡甘來之樂。視夫世之行尸走肉，靦然罔覺者，不亦大可自慰而自豪乎。惟書中記敍史事，時日不無微舛，爲期信而有徵，還希愼重考慮正之何如。大函先書二日而達，所云云者，鄙人至感榮幸。一介椎魯，竟謬邀有道君子之雅愛，似亦香火因緣。容得閒當登門一拜。拙作刊行，深慚獻醜，居然再版三版殊越意料。不吝敎正，是所望於有道。專布區區，並申謝忱。

復新交李加勉先生 六十二年十二月九日

尊翰奉悉，先申謝意。惠讀拙著，而不吝指正。次致歉忱，稽覆過久矣。

向承枉顧，談及詩時，弟曾言詩貴自然，切忌雕斲。自然則明白易曉，故唐代李杜韓白之作品，能久傳而不替。今讀大作，亦不須註釋而能解。紀事言志，兼而有之，卽弟之所謂好詩也。可佩可佩。

拙著書簡，是文字中之布帛菽粟，謬承雅愛，逐首細讀，至感榮幸。失校之處，不獨「論事類」有之，務懇多予費神，讀畢全篇後，一併列表示知，俾四版時勘正之，於弟於讀者，胥爲功德事也。此次所指正者，有說見另紙。附塵打字稿，希賜正爲幸。

再復李加勉先生 六十二年十二月十日

八日示拜悉。世事之巧，不可思議。弟之九日書，實亦作於八日，同道相交，心靈亦相通耶。吾人讀書行文，一時疏略，事所常有，毫無足怪。而先生竟自以爲拙，爲罪，嚴於責己，毋奈過甚矣乎。然於此亦可見先生之深思好學，與平居之勤於省察，非恆人所及也，佩仰何旣。前書所懇者，將全篇失校處列總表見示，不識可蒙允諾否。玆奉塵近作壽序一首，又從積牘中檢出舊函稿四片，皆與弟之爲人爲文有關，乞賜覽而敎之。稿不足存，覽後棄之可也。

致旅港新交吳先生 六十二年十二月廿九日

文巢先生偉覽：日月其邁，一別七旬矣。遙祝新年快樂，凡百順遂。玆寄奉前在小女家歡敍合影二幀，請留爲結交紀念。人生遇合，眞匪夷所思，弟與先生，天涯地角，素昧生平，竟以戔戔拙作而結相識之緣。詩云，嚶其鳴矣，求其友聲，其斯之謂乎。彼此交雖未深，而逆旅悤悤，專誠枉顧，見先生之好善。杯酒歡談，懇摯動人，知先生之誠樸。舉世滔滔，而獨卓然有異，先生殆亦古道君子之流歟。歲暮溯往，今年快事，獲交先生爲其一。頃以筆便，特致仰慕之忱。順頌府上百福。

致舊雨吳敬基兄 六十三年二月廿五日

寄示大作校慶文，讀後具見兄對文化事業之鴻抱與熱忱，日就月將，大足以張吾軍，花谿同仁，與有榮焉。至文中所以稱揚張曉公者，語語眞切，尤先獲我心。環觀當路，如曉公者有幾人哉。今兄以桀桀幹才，爲之分勞，誠可爲文化學院前途慶，敬基自此益遠矣。超忝屬故人，忻慰何如。率此將意，順頌猷安。

讚蕭公行仁匡俗 六十三年二月廿八日

化公賜覽：曠候矣，敬頌雙福無量。此次「建設」刊出拙作壽許序，一字無誤，剛滿全葉。格式又古雅可觀，甚感。美中不足者，隔行線缺一耳，然無關文義也。再者，側聞不久前，公有喜慶，力避張揚，花谿舊雨，得與其盛者，僅二三人。仰體尊旨，克己復禮，所以行仁，節約尚儉，所以匡俗，自爲計誠善矣，而素蒙薰陶且又傾慕高致之故吏，逢此良緣，而不獲一申其賀忱，能無見外之感乎。超卽其中徒呼負負之一人也。然而孤陋寡聞，自尸其咎，有何話說，筆便一道，聊當面談。

復旅美毛神父致敬 六十三年三月六日

振翔神父道席：別後尊況，時於宗文神父處聞悉一二。上月廿三日惠書，並所附中華海外協會簡則，三日前奉到。展讀之餘，深感君之行徑，一切爲愛國，爲正義，爲眞理，不避艱困，不畏犧牲，造次顚沛，始終如一。言政治是拂士，言革命是志士，視開國諸先賢，實無多讓。竊想基督復生，亦不過爾。滔滔斯世，如君者幾人。超向以孤軍苦鬥表君行誼，而今廻思，此何足以盡之。振翔振翔，洵異人哉，且亦可以自豪矣。

邇來關於意大利名導演安東尼奧尼所拍攝中國紀錄片一事，從新聞之報導看，可謂轟傳全球。此間電視台，亦曾一再聯播，極爲一般民衆所矚目。鄙見以爲國際間自有反共宣傳以來，其影響之大之深之切，恐莫此若者，殆天厭共匪，而使其出此紕漏，以促其末日耶，君以爲然否。

舍親紹青，於去年七月赴美，現在新澤西州乃甥處幫忙。其次女佳圓，北一女二年生，其子佳華，建中一年生，擬於暑假就父所，正開始辦理手續，請君對此事，惠予指敎何如。

春節過後，公營事業，一聲漲價，百物齊漲，漲率均在六七成以上，且呈躍躍續漲勢。於是依固定收入爲活者，無所措手足矣。

憶去春機場送別，君以半載爲期，未幾何時，忽告匝歲。處桑榆之境，感逝者之疾。所幸天庇健康，生活如恆，可告慰。歸期有定，請卽示知爲盼。

讚陳老自壽詩 六十三年三月廿六日

伯稼先生長者道席：惠教奉悉，承示九十生朝七律四首，廻環拜誦，彌覺醰醰味永，不忍釋手。煞尾「留得閒身觀復國，涵濡舜日與堯天。」云云，所表意態，何等雍容。是不老之徵，期頤可券也，敬爲預賀。

尤難能者，縱覽全篇，句句字字，無不切人、切事、切地、切時、情見乎詞，雅馴而自然。老手之作，畢竟不同凡響。獨慚椎魯，奉和無從，於是徒呼負負矣。

致老友仲肇湘兄讚其作品之卓越 六十三年四月十八日

拜讀本日「中副」所載悼念果公德配朱夫人之大作，不禁擊節自語曰，此人是寓偉大於平凡的一個賢妻良母，此作是寓偉大於平凡的一篇絕世奇文。以尋常語句，而表達極不尋常之行實。長不過千言，含義却無量。論深度，自幼而老，無微不至。論廣度，由一身一家而及於黨國，娓娓道來，不多一字，不飾一詞，自然感人。什麼古文，什麼非古文，要傳世，要傳人，惟此文庶乎當之。尤以其中謂「果夫先生一生，革命以外無事業，事業以外無生活。」二語，透闢深刻，無以復加。非肇湘之才不能道，果公地下有知，豈不以精於知人自慰乎。

今晨奠堂相見，尚不知兄有此作，執紼歸來，急取讀之，一時興會，率書所感以聞。異生頗以得友肇湘爲榮也。

致楊老謝多惠並致敬 六十三年五月二十五日

惠公理事長長者尊覽：向以文友楊君力行邀遊金門事，謬承顧問之聘，雖不果行，而盛情永在。懷德未報，時用耿耿。乃昨接楊君快郵，又奉頒墨寶條幅，並新製福象。拜領之餘，媿感交并。超秉性山野，最憚求人，於當世名流鉅公，從不率爾妄瀆。長者碩老重望，竟不棄庸蹇，而頻有賜與，彌覺可感矣。

猶憶當年長者率川軍戍黔西時，超代表樞府參與京滇周覽，道過安順，曾渥蒙禮接，留宿一宵。當地紳民，爭頌長者協助建設地方之德。故所睹市容之整飭，迥異尋常。歸來報命，嘗舉其事，而獲極峯之嘉獎焉。特寄塵拙著「我生一抹」乙册，其中標題「八一」、「遠旅」，即記此役之始末者也，伏乞覽而正之。幸甚幸甚。回首三十餘年閒，長者敭歷中外，勛望日隆，所以留去思者亦不一而足。邇歲來且以眉壽康彊，名震天下。言倡導體育者，莫不知有楊老將軍，謂爲壽人壽國，微長者而誰與歸。

超久仰人瑞，緣慳一面。而今捧對嘉惠，如親謦欬。償宿願於一旦，喜彼此之有緣。所望天錫公純嘏，寖躋期頤，更與吾先祖太公爭伯仲，豈不懿歟。爰陳區區，聊申預祝之忱。肅叩道安，乞恕草率不恭。

讚成兄之詞戛戛獨造 六十三年六月二十八日

惕軒兄文豪雙安：弟於倚聲一竅不通，偶翻選集，見有短章而富情致者，輒喜讀之。對時人之作，則多屏而弗顧。頃奉惠賜「康廬詞」，雨窗慢吟，餘味醰醰。如調寄眼兒媚之「登武昌城樓」，浣紗溪之「別南京蘭園」諸闋，寫景寫情，寫感懷，上下古今，萃於筆端，令人低回不忍釋。尤以家常景物，不著一家常語，最爲難能。弟僅知兄豪於詩文，而於詞亦戛戛獨造，頡頏古人，眞當代文豪也哉。仰止仰止。弟一昨曾過試院，欲造訪，詢知在公而未果。年華迫人，執筆日艱，眞無可奈何事也。悤此不具。

致舊雨吳君讚其勗畢業生講詞甚得體 六十三年七月十日

敬基兄：久不見，敬候雙安。寄奉府僚徐君致弟一緘，所爲何事，請兄覽之。貴校文書部門，果需添人，此君確乎可用也。

前承示勗勉畢業同學詞，當時卽擬告所感，旋以事中輟，不知何所忙，一延至今。此作從高處、遠處、大處、深處、著眼，要言不繁，甚爲得體。兄固就文化學院之畢業同學而發，實則凡我通國大專學子，胥應奉爲圭臬也。殿後鵬程萬里，何底於此數語，情意兩至，加得極妙。論全文氣派，與兄魁梧奇偉之儀表正相稱，文如其人，顯例在此。淺人之言，敬基以爲有當否。一笑。

賀方神父榮膺院士之選 六十三年七月十七日

杰人神父先生：恭喜先生實至名歸，膺選院士。「允矣君子，展也大成。樂只君子，邦家之光。」謹爲先生誦之。不佞忝居愛末，與有榮焉。爰申賀忱，順叩道安。

復方神父致敬 六十三年七月二十四日

杰人神父先生道席：拜讀合掌謝賀函，照例文章，原無可說。乃劈頭竟盡展此番榮膺院士之底蘊，不諱人所諱，喜吾道之不孤。無事不可對人言，所以示我之光明磊落也。莫爲之前，雖美不彰，今對爲之前諸君子，一一揭其大名，亦所以示吾之飮水思源也。善哉善哉，誠可謂道同則志合矣。然而歸根結蒂，端由於先生治學之鍥而不舍，造詣旣精，於是實至而名歸矣。率書所感，聊表仰止。不宣。

復老友王兄致敬 六十三年九月九日

澤湘兄雙安：上月杪惠書，敎以朋輩規勸，期於啓沃融寤之道，賢者明達，誠然誠然。第山野本性，直道而行，情之所之，酷似骨鯁在喉，不吐不快。且一念彼此均已「七老八十」，爲冀其多留去思，不乘時責善，更待何日。人事無常，一朝物化，將成遺恨。想馬遷當年之報任安，殆亦同此心情乎。一笑。

舉目鄉愿，兄獨明指吾過，是以古道相待，在今言，難能可貴。不棄之德，感念深矣。至所猜弟書中之受規人物，僅對一半，通例非全對者無獎。茲爲示鼓勵之意，容檢寄一二新刊物作獎品，請少待。

辱示常感篇帙易盡，讀物難繼之恐慌，云云，至羨清躬未衰，慧業猶盛。學殖之因而益厚，乃理所當然。返觀自身，適與相反，見刊物之頻至，輒望書而興嘆。以視老兄，我之庸朽爲何如。

尤有進者。猥以椎魯，承親友謬愛，常讚平昔塗抹爲不惡。自與兄通問後，每奉手札，兩兩相形，日深慚弗及遠甚。家常片語，信手拈來，無不典雅可讀。此非飽飫文墨者莫辦。故論才論學，長沙澤湘，誠我師也。異生素不言不由衷之言，信不信由你。

近二月來，因特種因緣，累於酬酢，致鮮暇晷，恕遲復。

致老友蔣兄 六十三年九月十日

堅忍兄雙好：今晨貴价至，接奉「新天」「自立」「空軍」諸刊物，其載兄之往事者，弟一口氣讀畢。新天之「蔣堅忍有淚不輕流」與自立之「蔣堅忍的飛行生涯」實同文而異題，後者則較詳耳。舊夢重溫，恍惚猶是當年也。

作者朱君，定爲兄之舊屬，亦有心人。文中歷歷道來，對兄平生之堅毅忠貞，好義重情，表襮無遺。並於文末揭警句曰，「由於經濟起飛，利義交鬥，是否還能看到如蔣將軍其人。」語重心長，慨乎言之。此時此地，更覘其慕望故主之切，想兄舊屬中如朱君者，必不止少數。此非可求而致，乃德澤之感人使然。兄亦大可自豪而自慰矣。

弟書至此，不禁有感。兄名堅忍，而能以堅忍之行誼報國。弟號異生，縱告無負，惟僅僅以不苟自了。兩兩相形，惶媿何似。然而兄之所以厚愛於弟者有加，眞不知將何以報。

一昨高速之行，御鈿車，攜愛侶，駛新道，賞景談往，爲樂無藝。歸來舉餮，啓食贈菜，香清味永，的是方物名產。凡諸享受，非食兄之賜而何由，念茲在茲。

前塵覽一稿，直道而行，兄觀感如何。

「新天」「自立」奉璧，「空軍」珍存，謝謝。

賀陳先生生日 六十三年九月十二日

立兄安善：近以翻檢舊篋，無意中得往歲補壽尊兄花甲之一稿。因而憶及華誕在明朝，更憶七十曾登堂留名而退。歲月如流，自六十以來，星霜已十五度矣。人事滄桑，何可勝言。而兄之壽而康，則方興未艾，援今視昔，後此所以壽於國者，寧有紀極。弟忝在愛末，恭逢誕慶，歡欣之情，一如當年花甲之補壽。爰將舊稿複印數箋，奉陳清覽，聊博一粲。此係清稿，字蹟面目，尚有奇氣，今則遠不及矣，言之慨然。另滕近稿二，皆致故人者，蓋以賤狀聞也。專此，順頌雙福。

賀老友王兄生日 六十三年十二月八日

澤湘兄如握：老兄今歲八十華誕，聞基市同仁，將爲兄稱觴於過港之活動中心。屆時弟如無特別事故，定當前來拜壽。竊念基市同仁諸君子之念舊固可貴，亦具徵老兄德望之素孚，與夫當年公私施措，大有足以留去思者。是乃無價之收穫，不可以財物衡量也。兄亦可引以自慰矣。專此，順頌雙好。

讚老友王君之遊記 六十三年十二月二十四日

蒲臣兄如握：惠交大作「脚踏美土二百天」，弟以兩夜讀畢。文字暢達，記事詳明，是一部平實無華之作。至佩老兄爲人之有心，踪迹所之，耳目所接，事事不肯輕易放過。益以取景美妙之留影，穿插其間，令讀者有如親歷之感。而瑣記以次各則，所述對於世事民情風俗之看法，入情入理，尤見卓識。故是篇不僅可作導遊書讀，亦可作社會教育課本看。留爲個人壯遊紀念、其餘事耳。不揣譾陋，率書觀感如右，未識有當否。原書奉璧，謝謝。

賀郭驥先生主事浙江同鄉會 六十四年二月五日

外川理事長先生偉覽：猥以庸朽，曾蒙垂愛，盛情厚德，耿耿在懷。自惟秉性山野，不喜酬應，想賢者或能亮之也。吾浙鄉會，今得名高望重如先生者主其事，會務發展之更有可觀，定可預卜。弟忝列會籍，已歷七載。對會中諸執事熱忱服務，佩仰良深。客夏新會所進行募捐時，竊不自量，頗欲以無名英雄自矢，勸說鄉友之擁多金者，踴躍捐輸，共襄盛舉。奈世風難移，應者寥寥，徒呼奈何。茲爲求盡其在我，謹以節縮日用所得之二千元，繳作永久會員之費，略申對會務貢其綿薄之心。並藉此與先生一通聲氣，以示不忘情往昔垂愛之德也。悤此，恕不莊。

與學友杜兄致敬 六十四年二月十七日

時闓兄好：春節惠柬，謝謝。寄示大作討毛共文，皇皇長篇，可二三萬言，想見兄於退休後之不休。文中談主義、談歷史、談文化、談政治、談現勢，皆有精闢見解，非好學深思讀書有得，與忠愛國家者，不足以語此。兄眞才華內蘊之人也，敬佩敬佩。惟有一事須向兄聲明。弟不慣閱覽橫行文字，又值俗冗逼人，對此次大作，祇粗看大要，不克細讀爲歉。又按此類文字之屬性，似偏重研究，標題「討」妥否。一得之愚，特提供參考。

賀李君永生榮遷　六十四年九月十日

別來尊況，時於振昌處獲悉一二。頃又欣聞不次榮遷，具徵往時卓績，見器於上峯。今後駕輕就熟，當更有所以饜眾望者。種瓜得瓜，理之必爾，則穎出任重，其在不遠矣乎。敬爲預祝，望之望之。茲檢奉拙稿「四爲窩記」一首，是率性之作，亦區區人生寫照，聊以告慰相契，年華雖邁，而故我依然也。一笑。

頌老友蔣兄之多福　六十四年十二月十九日

堅兄英嫂儷覽：接釆照尊柬，恭數闔府大小，適三倍於八仙。坐立有序，喜氣迎人，福氣更照人。是新年賀柬之別開生面者，可珍也。

照中二老端坐，菁菁兒女屏於後，纍纍孫孺列於前。一片和樂歡情，洋溢四周。猗歟盛哉，此時此地，幾家有之。遐想唐郭令公當年之上壽，兒孫滿堂，或相比儗。福人福人，微賢伉儷而誰與歸。詩云，螽斯羽，詵詵兮，宜爾子孫振振兮。其我兄嫂之謂乎。

一時興會，率書數行以報。暮境逼人，作字日劣，乞亮之。順頌年釐。

慰勉類

——慰其處境或勗其當爲者屬之——

勗舊從遊張君 五十八年四月二十七日

塋弟：來書已悉。讀我作品，如與看小說或報刊並論，得益不多。要讀必須從序起，細心欣賞造句用字之妙處，及記述某事之含意，遇不解字句或有疑義，應於字典辭源辭海等書求解答。如此必可增長關於文字之知識不少。家有子弟求學，最基本之參考書，如字典辭源辭海等書，萬不可缺。一抹書中「信念」一則，專談人生，乃我生平立身處世之結晶。凡讀過此文者，莫不讚爲金石良言，須令兒輩熟讀，受用不盡。三民書局去過否，「實用書簡」一書，亦大有一讀價值。恩復不具。

復宗弟紹誠弟婦 五十八年五月十二日

慧華賢弟婦：來書及「東風」均收悉。讀滿姪作品舊詩二首，空靈可愛，意境格調，綽綽乎詩人之筆。傳記韓愈略述，雖述而不作，却能博覽約取，剪裁有法，甚爲得體。如此年齡，如此成就，在今言，難能可貴，努力邁往，在中國文學之領域，必能出人頭地。吾家有此佳子弟，可喜也。但有一事須囑滿姪注意，「做愛眉」一文，自標題以至全文，我皆不明其眞意所在。要知一切文學藝術作品，如不能使人瞭解，其本身已失作用，鄙見以不學爲當。

勗宗弟某君 五十八年五月十九日

來信謂對我之著作，反覆閱讀，甚善甚善。其中可供立身處世讀書之借鑑者，望細心體會之，定能得實益。遇有疑義字句，須多查字典辭源等參考書，或請教同事研求之，萬不可自作聰明，一知半解。商務出版之辭源一書，爲辭書中較實用者。他事可節省，此則絕不可省也。

看來信字蹟，十分草率，知宗弟係急性人，作事祇求快，不求好。要知草率爲進步之大障礙，歷年應高普檢考試而屢試不售，其原因恐卽在此。若欲從事修養，必須自細心做事始。做事細心，始能切實，始能進步。一切成功，莫不由此而來。以言寫字，筆畫求其平正，行列求其整齊，能如此，便帶書卷氣矣。不然，信筆亂塗，錯誤百出，識者一望而知是出自老粗之手也。宗弟年輕有志，前程無量，勉之勉之。

復舊從遊胡君思良 五十八年七月三日

昨接一日限時信，快如面晤。賢弟煩冗在身，而能好整以暇，密行細書，長達數百言，至佩敬事之精神。此次新出書簡，質量皆遜於前，因書商配合其宣傳，急急求速，書中闕失，未及校正者纍纍。幸獲名序之引人矚目，行銷仍不惡耳。

所論世道之衰，言之太息。吾人所能爲力者，惟求盡其在我而已。我之一再出書，既無衒鬻之志，更無牟利之心，斤斤自期者，廣博同道之共鳴，對當前運會，稍效潛移默化之功，於願足矣。今雖告老，而俯仰無媿，本色猶存，自足自樂，有帝力何有之感，此則大可告慰於賢弟者也。

令友張公曉峯，前曾以大學國文講座相約，當卽婉謝。上星期日，又派其中文系主任張壽平教授蒞舍重申前約，我仍懇切告以自量才學，不足爲人師，與其遺羞於後，孰若藏拙於先爲辭。然對其一番盛情，終感歉歉也。

至言文章，實非我所長，差足自信者，不弄筆墨，不講廢話，句句眞誠，字字可解，如一池秋水，清澈見底。受人重視，殆卽在此。

賢弟文理，綽有文人氣息。但望嗣後作書，勿拘拘限於文言，爲求表達情意，何妨文白相雜。於成語典故，或非習用之字，必須眞確了解其本義，再爲引用。因吾國文字，素重傳統義法，任意杜撰，易致語病，不可不愼也。試就此次來書中學例略說之，另詳別紙。賢弟得暇，且向辭書細心查證，無殊補習一堂國文課也。一笑。

致在學青年陳明榮君 五十八年七月五日

此次聯考之役，得心應手否，敬祝勝利如願。君尙憶及四閱月前，自板橋赴中和途中，有老者不識途徑，承君引導之事乎。又憶臨別時，有贈書之約乎。此老者，卽今與君通問，並寄書之人也。果爲何許人，讀其書便知。鄙人對君當日之親切熱誠，印象至深，料君定出賢父母之門，學行必不凡。國家未來之楨榦，有厚望焉。故當日回寓，卽欣然踐約裹書付郵，冀結微緣，而示區區屬望之情。後以許久不見還雲，頓悟寄時悤遽，誤投成功中學去矣。遂轉函建國查詢，竟候至一週前始得復。今知尊址，此復所示者也。計其時已瀕大專聯招期，君當爲綢繆應考而忙，不欲無端致擾，因稽延於今，乃了心願。君習文科，想亦喜愛古文。暑中得暇，且讀我書，於作文、爲學、立身諸端，不無可供修養之助也。專此，順訊侍安，並頌德業日新。

復鄉後進周君志仁 五十八年九月十三日

郵惠方物文旦，並來書，均於十日照收，謝謝。近一星期來，注力於高考文卷之評閱，遲復爲歉。往歲有文字神交林君治渭者，臺南敎界中人，曾一再以此方物見惠，今復得君之贈，是僕與此物有緣，而彼此皆素昧生平，亦巧事也。惠書信手拈來，情見乎辭，尤以對爾師承道之仰慕，若朝夕難以忘懷者，知君爲多情念舊之君子，敬佩曷旣。

僕生無所長，而好善彌切，凡對刻苦有志者，俱樂與爲友。故平昔過從中，不乏忘年交，爾我幼同遇，長同道，且與爾師承道爲莫逆，憑老馬之資，貢一得之愚，乃義之所在，亦同氣之所感，無所謂「愛鄉」「愛屋」也。況與人爲善，固區區素志乎。承道於僕，自來自居師友閒，觀其字體風格，與僕當年所書之逼眞，可知其爲人爲學，受僕之影響爲何如。

所論不平事，有「回看推車漢」之喻，此中頗具哲理，是無上修養。果能長此作如是觀，不求樂而自樂，不求福而自福。須知世閒不平，滔滔皆是，不平中尙有更不平尤不平者。人生不過百年，那來許多閒氣爭不平耶。拙著「實用書簡」論辯類，第卅五首，與陳立夫論天命一書，試再讀之，大可供深長思也。

書末以對內子之稱謂見詢，鄙意交貴以誠，不在虛文，一是聽便。因內子已居花甲，姑之姊之無所不可。尤有言者，僕閱高考文卷已中斷將十年，本屆因老友之情邀，重爲馮婦，所閱文卷，如君之通順者幾絕無僅有。國文程度之每下愈況，令人痛心。君文字在一般水準以上，還望不斷求進，備爲復興文化而致力。怱此將意，順頌秋安。

再復周君 五十八年十月六日

疊書均悉。所附文稿，亦已拜讀。恕我言直，代作陳情書一稿不甚妥，此類文字，貴能明暢，以情動人，最忌拖曳冗複，眞意隱晦。其中以竊字作代名詞用，尤爲大誤，盼細心檢討，力求其所以，此進步之道也。

「十七歲」與「悼友」二文，援引往事，娓娓道來，已臻於拙作「學文之道」之第一步驟，（見拙著「我生一抹」增訂本「一九一叢稿」）甚好甚好，望繼續努力，可漸躋於作家之列。但有一事不可不知，所謂文章，有應用與傳世之別，前者指表達已意於人而言，後者必須其事其理其文足以垂範於後，始足以當之。君方盛年，有志竟成，前程無量也。俗忙，恖復不備。

唁老友毛君悼亡 五十八年八月十七日

繼和學兄：別來人事卒卒，音問鮮通。比接赴告，（十二日午後由總統府轉來）驚悉尊嫂仙逝，不勝遙念。弟於悼亡爲過來人，一時淒苦萬狀，猶在憶中。推之常情，當亦同然。但兄今日膝前兒女，定省無缺，天倫之樂，度可略紓悲懷，此則勝於弟當年之慘狀者也。我等已瀕桑榆晚境，得自寬處且自寬，千祈爲未來歲月珍重珍重。弟春初退休，如有敎言，逕寄寒舍爲捷。

復陳君嘉其有志 五十八年八月二十六日

明榮君：接二十日自警官學校來書，欣悉君考取輔大，竟舍之而投身警官學校，志可嘉，行可敬。青年學子而皆如君者，復國建國，指顧閒事耳。

所論一般青年不務實際，不肯喫苦，的乎一針見血之言。無怪結幫作惡，日出不窮，貽害社會，以致自害終生，眞可痛心極矣。自來成大功立大業者，莫不從脚踏實地苦幹中得來。諺有云，「喫得苦中苦，方爲人上人」，卽此意也。君天資英敏，性情忠厚，益以堅志勤修，必能得同學之敬愛，師長之賞識，他日學成用世，必能受社會之尊重，前途事業，不可限量也。勉之，勉之。孝親報國，端在乎此。

承告讀拙作「我生一抹」，有不解處，請向辭源查詢卽得，請教老師尤佳。書中有「信念」一則，君可細細讀之，於人生見解，不無啓廸之作用。三民書局文庫選印此書，較爲充實，不妨重購一本如何。另有「實用」「應用」二書簡，亦經出版，均用文言寫成。貴校圖書館或已購備，亦未可知。聞大專學子，購者不少云。附印品數紙，可供爲文之參考也。我星期日大都在臺北仁愛路二段四十九號小女之家，君得便可過此談談。其家電話三三三三五八號，找鄭太太卽姜小姐便是。

復周君勉其努力求進 五十八年九月一日

志仁鄉弟：接上月廿日來書，知君係一發憤自强之人，雖未多受教育，而文理尙淸楚，在今日言，亦屬難得，還望持志邁往，力求進益，藏器於身，得時則駕矣。鄙人少時環境與君同，奮鬥不懈，因而養成倔强之性格，至老不變。涉迹政壇四十餘年，惟求盡其在我，保其本色，不忮不求，無怨無尤。告老以來，自足自樂，人情依舊。所以能爾者，未始非得力於此。

拙著「我生一抹」，純爲現身說法之作，人生哲理，俯拾卽是。後出二書，名與前異，實無不同。果能細讀，所得有在文字以外者。一抹中「信念」「三六」「別解」之理論，乃鄙人處世體驗之結晶，幸勿等閒視之。旣體會其深意，又於實際修養不無裨益也。紅包思想，萬望必去，壹是盡其在我爲上。

寄贈大陸陳迹一册，自印一抹一册，前以供淸玩，後以留紀念，有便北來，歡迎過談。

復神交賈君 五十九年三月二十三日

玉慶君如晤：接來信，知君生長書香之家，乃一好善有心之靑年，可愛可敬。鄙人平生喜與同道者砥礪德業，垂老而猶然，故多忘年之交，其中神交且不少。前詢身世，意卽在是。蓋我亦爲有心人，而樂與人爲善者也。

拙著「我生一抹」，盼作修養書讀之，於爲人處世作文皆有裨益，如示以心得感想或質疑，則竭誠歡迎。

讀君文字，明白通順，是可造之才。得暇多讀、多作、多查參考書，如字典辭源之類，來日造就，必有可觀，勉旃勉旃。

至信中謂「封面江山異生」云云，不審指何書而言。莫非所購「一抹」非三民文庫本乎，還請見告爲幸。悤悤不盡，順訊日安。

復季君致箴勉 六十年二月十三日

國昌鄉弟如握：上月二日書，早經誦悉，未能免俗，月來爲度歲而忙，致稽裁答。承告有事於國貿協會，日奔走市廛閒，甚好，既得與當地商賈多所交接，應可加深對商情之瞭解，不特能成個中行家，於增廣應世經驗，不無裨補。拙著「我生一抹」信念中，生活卽教育之義，卽指此等場合而言。試再展讀之，可供解嘲也。又謂利用清夜讀書習字，乃人生無上修養，賢於以博賽爲玩樂者遠矣。惟習字貴有恆，臨帖貴勤看，始獲實益。至所臨某帖之眞贋如何，事關賞鑑，不必重視。區區鄙見，貢君參考。令友李君鐵夫，近有驥展否，託代道念。

復王興同小弟　五十九年十二月廿三日

十七日來信已悉。上次過訪相晤，見爾身體結實，又無嗜好，良慰。所事雖爲工務，而貢獻社會則一。蓋職業祇有勞心勞力之分，固無高下貴賤之異也。孟子不云乎，舜發於畎畝，傅說、膠鬲、管夷吾、孫叔敖、舉於版築魚鹽海市之閒，是顯例耳。賢弟應以此自慰自勉爲要。人生如寄，光陰易邁，所望設法成家，早獲歸宿之所。來日還鄉，且可以慰堂上白髮也。春節前後，工務例多休止，能早來數日更好。所云携帶土鷄一節，此閒選購甚便，不必客氣。將來通信文字，以達意爲上，勿拘拘於文言。引用典故，在其眞意未明前，萬勿濫用。文章貴能明白通暢，使人無一字一句不可解。我書特色，卽在於此。如能多讀，便可悟得行文之道，請試之如何。

復神交歐培榮君　五十九年十二月廿四日

讀來信，知足下好善而好學，敬佩無任。環顧今之所謂公務人員，非盡瘁溫飽，卽耽好玩樂，其能致力進修者，可謂鳳毛麟角。足下從公，不忘讀書，卓然獨異，是行健自强之道，前程無量也。承示訂閱「建設」一年，甚好。此爲從政學者所創辦，闡揚固有文化，不遺餘力，與一般以牟利爲目的之刊物有別。其內容不標榜學術，而學術氣味甚重。惟所載拙作，則多抒情記事之文，與學術無與。謬蒙偏愛，謂擬補購已往載有拙作之各期，因事過境遷，恐難如願。茲檢出弟所收藏僅有之五册，及其他零稿數葉，以奉足下，亦寶劍贈英雄之微意，一笑。得緣枉顧，至誠歡迎。但望先約，免屆時相左。

唁老友陳兄喪妻 六十年八月十四日

旪兄：頃聞尊嫂因車禍喪生，不勝驚悼。橫逆之來，祇有歸諸命運，是誠無可奈何者也。所望達觀爲懷，節哀保重。專此致唁，容當趨奠執紼。

勉宗親某君人貴自强 六十一年七月十八日

十五日來信已悉。承贈新出郵票二套，花錢如許，謝謝。盼嗣後省錢買書，此等郵票，我可自購也。問我云云，願貢直言。凡服公職，最以勤愼忠誠爲至要，暇則從事進修，於自身學識，力求充實，久而自能邀上司之賞識，自能得開展之前途，成功大道，端在乎此。若圖人事關係而得志，往往貽人口實，不足爲榮，且亦不可靠也。君年輕，望勉之。

嘉勉鄉後進姜君之省察工夫 六十一年七月廿四日

文奎宗弟如晤：向者疊接來書，藉悉爾我少同遇，長而同志，又同道，喜慰無既。所言鄉前輩徐何二人，一已下世有年，一尚健在，君與之素無往來耶。前輩先輩，確乎不可混用，然一時筆誤，通人難免，君於誤後而能卽時自覺，足徵日常處事之用心。吾人進德修業，全視此等省察工夫如何以爲斷。無怪君以普通學歷，而文理淸順可觀也，不勝敬佩。拙作據情是尙，屛絕虛誕，所以能博人之重視者，或卽在此，君讀後能示我觀感乎。盼切盼切。日來天暑意懶，恕遲復不一。

勉鍾姓小弟努力向上 六十一年十二月十七日

瑞祥小弟：賀年柬至，恍如面覿。想爾今日已成爲雄赳赳氣昂昂之少年軍人矣。可喜可賀。歲月易逝，去爾辭行，忽逾四月。此四月中，身心獲益，定必無量。因此校爲我國培育優秀空軍幹部之地，一切敎學設施，迥非尋常學校可比。知爾賦性善良而能孝，所望及時努力，壹志求進，蔚成出色專才，他日效勞國家，卽所以報親恩也。勉旃勉旃。

前十月來信收悉，勿念。恩復，祝新年快樂進步。

箴老友勿鬧閒氣 六十二年九月五日

鼎兄如握：昨示有「以此責難，請勿爲罪。」語，老兄未免小看姜某了。區區責難，有何所謂哉。我如果是那種人，則二十年前，在舍下演鬧劇時起，老兄便非我友了。

我自問雖無所長，而喜人爲善之心，始終不變。更有足以自負者，涉世以來，寧人負我，從不負人，所以養成無所愢之性格，似有頂天立地之神態，我兄或看不順眼罷。

時不我與，我等老矣，情迫桑榆，多往開想，莫鬧閒氣，莫尋煩惱。一切認命，認緣，認因果。佛家有言曰，「欲知前生因，今生受者是。欲知來生果，今生作者是。」能作如是觀，怨尤之心，不泯而自泯。

弟老境日顯，運筆日拙，以後望多面談，少費筆墨。放屁之言，出自至誠，悤悤不盡。

唁李君喪妻 六十三年四月十日

改之先生有道：向接手書，並翦報數片，敬悉。先生以垂老之年，而遭鼓盆之戚，恩愛半生，一朝永訣，自是人情所難堪。幸高志洒落，能寄情於吟詠，且子女在側，團叙天倫，當可略抒悲懷也。所示詩篇，俱爲情見乎辭之作，不勝欽佩。弟人事卒卒，稽復許久，甚歉。附拙稿二紙，求教亦以報近狀也。

復一華君 六十三年六月七日

今晚自北投歸，接讀大作，「悼羅將軍文」稿，論一般水準，够格了，送出去便是。但恐有累盛名，意良不忍，遂撤開案頭若干待理事，將大稿略施點竄。注意略字，大致如是，如衡以古文尺度，尚須多加功夫。爲求無疵，還盼細細琢磨之。此次點竄，亦大費事，下不爲例。

至言我文，其特色一如我人，讚譽過當，變成客套，便無意義。我前此所以檢寄一二稿奉閱者，意在報賤狀之一斑而已。

唁桃園宗親喪母 六十三年七月十四日

生和 金顯 宗親同覽：比聞尊堂老伯母之逝，全福全壽，定升生天。乃赴至愆期，不及致禮，特此告歉，並候禮安。

致丘秀强先生 六十三年七月廿八日

此番賢昆仲假名刹善導寺，爲尊堂謝太君誦經超薦，孝子不匱，永錫爾類。冥念太君在天之靈，亦庶乎以有子爲慰矣。特申唁忱，並候禮安。

諭僑美外孫女鄭佳圓 六十四年二月廿一日

圓孫如見：爾來第一信，一月三十日到，第二信二月十日正逢舊除夕到。謂以此拜年，而「適時抵達」，眞湊巧之至。婆婆所給爾壓歲錢，已交爾母代存。

前後兩信，所談事不少。估計字數，在千五百以上，信手拈來，文字明暢，條理秩然，一般大學生，不過如是，我有此外孫，亦足自矜矣。所述種種見聞與感想，知爾對新環境，新事物，能細心觀察，且加以深思熟慮，求其所以然，此乃做學問之唯一要件。最實際之學問，即由此得來，勉之勉之，將來必有不凡之成就，可爲預券。爾初進學校，言語隔陔如何補救，邇來畧能應付否，甚念念也。

來信引用「每逢佳節倍思親」詩句，原指遊子思家之情。實則家人之思遊子，其心情正相同，且有甚焉者。如爾去國後，我每見院中胭脂花，即憶是爾前年所栽。十見十憶，百見百憶，昔之視若無睹者，今則見花如見人矣。

爾謂寫信欲用毛筆而無筆云云，此大可不必。須知一切文字之功能在應用，祇有中國應用外，更可作藝術。爾今日在求學，求應用足矣，不必求藝術。求應用重在效率，鋼筆、鉛筆、原子筆、無所不可，工商業社會，非用毛筆之環境也。

爾有意隨時告我所聞、所見、所感、甚善甚善。但望在可能時爲之，萬勿因此而躭誤功課，或正事，此點切切注意。來信末尾引用聯句，原爲六言，聯文曰，「爆竹一聲除舊，桃符萬戶更新」。此爲古老春聯，公公幼時即習見之。

再者，爾去年離家前夕之留言，給爾母、爾姊、及我二老者，我都看過。一句一字，皆含情萬鍾，爾母爾姊，固感動萬分，我讀後亦不禁心酸欲泣。並非悲傷，而是深感如此一個可愛的乖孩子，一旦離別遠行，有不勝依依之情也。最後我要叮嚀數事。一、交遊起居，一切愼重。二、代我向令姑丈姑母問好。三、封信漿糊，愈少愈好。四、「如見」套語，不可用於尊長。公公手復。

唁宗親子望兄喪妻 六十四年十二月十九日

赴至，驚悉嫂夫人蓮英嫂仙逝。彼此久曠通問，不審是否宿疾作祟，抑或新恙爲禍。享壽七八，可稱福人。惟在兄以恩愛老伴，一朝永訣，自係情所難堪。事關天命，莫可奈何。伏望達觀爲懷，保我餘年。況兒輩克紹箕裘，卓然各有所成，爲其父母者，對國家、對社會、對家族、皆可告無媿。嫂夫人靈而有知，亦當含笑於地下矣。人生百年，吾人能有今日，毋以上比，豈不大可自足而自慰乎。率此奉唁，恕不一一。

述況類

——自述所爲或報近況者屬之——

致畏友陳先生 五十八年五月五日

敬頌弇兄嫂雙茀：弇寓詳址，詢自程君世傑。此次儷駕歸國，事後始知，迎駕行列，是否有弟在，固亳無影響，而弟則深以未盡我心爲歉也。當日曾擬修書致意，旋念久遊新歸，諸多待理，何必以虛文相擾，遂爾遲遲奉候，近已部署粗定乎。

報載弇影，仍富昂揚之氣，故人不老，忭慰無任。聞兄聲言，目下尙須靜養，避再勞於揚道，甚是甚是。積年體驗，人生價値，康寧爲尙。否則一片空虛，了無意義。故弟告老以後，雖匏繫衡門，頗以此自足，亦頗以此自樂也。

去年六月，復兄一書，十二月寄塵拙著書簡一册，當達弇覽。拙著問世，居然不脛而走，書商懇商續集，不日又將出書。承高明、方豪、邵德潤、諸先生爲之序，揄揚備至。回溯當年，多蒙拂拭，仰止自勉，不敢有怠。今乃幸獲當代方家之垂青，飲水懷源，所以拳拳於兄者，寧有已時。相別二載，擬登門一拜，乞示我以期何如。拙著出書，立即寄奉求教。

復鄉弟毛君談生平並贈書 五十八年五月十五日

漢光博士鄉弟足下：來書誦悉。足下少離父母，而能自立自强，勵志於學，此乃最難能可貴者。居今日而言青年模範，微足下而誰與歸。鄙人生長素室，苦學未成，服官四十餘載，深媿建白。見後進之出人頭地，中懷懽慰，如自家子弟之有成者。故前昨得佳訊後，立與吾家次烈聯名致賀，無非略表區區樂人爲善之赤忱而已。年華似水，鄙人已告懸車，一身窮骨，兩袖清風，差足自慰者，謹身刻厲，本色猶存，過從知契，不乏賢豪，道義相尚，久而靡渝。往歲嘗筆之於書，名曰「我生一抹，」生平行迹，略備於是，茲檢寄一册，盼抽暇覽之。並願聞高見，俾有所改進，幸甚幸甚。足下謂擬擇日枉顧，衷誠歡迎，但請先約爲妥，免臨時相左，空勞玉趾也。

復陳先生 五十八年七月十八日

立夫尊兄：上月廿三日手示，早奉悉。花谿同仁於結緣紀念日，謁令先兄果公墓，老少集者七十人。王宣、李宗黃二老，年逾大耋，亦犯暑與焉。且有專程來自中部者。共難情誼，歷如許歲月而不渝，發乎誠，循乎義，難能可貴矣。

同仁所擬刊之紀念册，暫定名曰「花谿結緣三十年，」已集稿十數篇，無非念舊抒情之作，妙品不少。出書期當在八九月間，兄如以爲並無不便處，則請賜題數行，以資同仁之景仰何如。

關於文化學院邀約敎書事，深愧無學，實不敢自誤誤人。幸自休致以來，朝暮營營，無殊平昔，而自足自樂，頗有帝力何有之感，此則可告慰尊兄者也。

前昨報載尊況埋首著作之辰，晤及三民書局主事劉君振强，懇囑代陳一事。謂尊兄歷年揭布報刊之文章，可否輯爲叢稿，以充其文庫。此君書香子弟，英年有爲，其於出版事業之抱負，至可敬佩。鄙意亂離生涯，存物不易，果有留稿，交書商刊行之，無異廣代保存，計亦良得，未審尊旨如何。

至前所奉告黃伯老曾自動爲弟謀於某公，使展所長，其對某公云，我非代姜某謀職位，乃爲老兄找好幫手。某公曾懇切表示，定必借重，此春初事也。弟對此事，果有借重意，則義不容辭，否則不願垂老而求自鬻也。

復陳先生 五十八年十一月十一日

賜書，早已誦悉。邇來佳況，時見報章，就生存意義言，晚年歲月，康寧第一，幸而致之，卽無上鴻福也。尊旨以爲然否。

花谿同仁紀念册，新近出書，費時三月，苦情可想。茲檢奉五册，乞察收。倘蒙有所指正，尤爲企盼。中載長篇，內容奇豐，而皆出自平昔不習文事者之手，誠如尊題所云，「佳作出自眞情，」否則決不能如此動人也。在編輯時，爲存眞起見，非萬分必要，不予改動。惟其中對弟獨多偏愛之語，深感難以爲情。弟平生常以不可求而致者爲寶，是亦寶也。竊嘗自惟，旣擁多寶，何嘗非鉅富之家。故近日與一豪舉，斥資萬九千元，於舍下置電話一具，號碼九七九六六六。自此親故通情，彼此兩便。尊兄如有所遣，隨時電示可也。再前聞黃伯老曾向兄提及弟事，此公對弟之關切，舍緣分外，別無解釋。

復陳先生 五十八年十二月五日

上月十三日復示收到，贈書一緘，早奉悉。二日惠寄大作二篇，亦經拜讀。歷觀兄之論著，大都不離經書，且頻頻以創見警世，至佩兄於發揚固有文化之貢獻，獨放異采。淺薄如弟，曷敢贊一辭。惟見所引論語里仁篇，「君子喻於義小人喻於利」二語，誤「於」爲「以」，當係紀錄或手民之誤，然無關宏旨也。

拙編花谿紀念刊面世後，所聞反應尚不惡，而新近左曙萍兄之來信，尤可見一斑。其信原文，另紙鈔奉。三民書局亦有意編入文庫中發行，（此事目前不予考慮）此乃緣於當前消閒性刊物之泛濫，一朝而有意義深長之作品出，便令人矚目所致。是於世道人心，不無影響。縱屬微末，良用自慰。但不審尊兄對此書之觀感爲何如。

別來半載餘，時於報章知動靜，偶於螢光幕上瞻丰采，深慰故人之不老，有裨政敎之匡濟者無限。忝居愛末，亦叨霑餘光焉。

弟退休將匝歲，憑道義因緣，人事卒卒，無殊往昔。馬齒雖增，頑健依舊。所感跼蹐者，欲藉餘年多所觀光，終以平民之身，不便滋甚。頗欲謀一虛銜以欺世，不情之請，原屬可恥，但吾志不在求事，故强顏一道，伏乞亮而敎之。幸甚幸甚。

復旅美鄉好毛君 五十八年十二月二十日

鴻猷兄嫂安善：廿年不見，一朝接天外來書，快如面覿。故人情重，在遠不遺，感念感念。兄以異才，既建懋勛於國家，復培育如許兒女，俱成楨榦，默數儕輩中，能望項背者幾人。尤足羡者，令郎漢光昆仲，少離顧復，而能自立自强，出人頭地，爲邦家光。視夫世之不肖子女，甘心下流，而累其父母之重憂者，彼此相形，則賢伉儷豈非大福人也哉。

弟無才無學，食祿半生，又無建樹。十數年來，凡見親故子弟之卓然有以自見者，輒馳書致賀，聊申忻慰，蓋亦所以寓鼓勵後進之意，藉補己過而已。令郎漢光之榮膺博士，事同一例，區區秀才人情，竟蒙故人重洋齒及，我媿何如。弟德鮮福薄，獨子陷大陸，八九年前，一度通問後，雁杳魚沈，生死莫卜。今之魂牽夢縈者，天庇佛佑，有生之年，能重回大陸，與兒孫團敍一番，於願足矣。

茲郵奉拙著三種，新編書一册，別來賤狀，粗備於此。賢伉儷弄孫之餘，披覽一二，於祖國人事，或可略覘其概也。歲月逼人，轉瞬年邁。弟退休將匝歲，憑道義因緣，親朋過從，一如往昔。尤以頑健不衰，隆多嚴寒，仍能每晨冷水沐浴，爲相識所樂道。花甲老妻，亦慶無恙，相依爲命，自足自樂，此則可告慰故人者也。

平生體驗，人生價値，健康第一。入晚年後，尤然。否則生命之存在，有何意義，想兄當有同感，特筆一道，還望珍重。

致留美舊從遊江君 五十八年十二月十六日

德曜賢弟如晤：日月其邁，賢弟去國，忽忽四月矣。比接賢夫人惠寄年柬，頓憶賢弟自美來簡尙未復也。此簡係九月八日發於柏克萊城者，十二日到達。其時超正爲趕編一紀念刊物而忙，不克早復，歉歉於懷。賢弟値盛暑之際，爲赴國際之會與深造，僕僕萬里，甫卸征裝，卽撥冗詳告出國經過，及旅途見聞，長達千言，厚誼摯情，可感可感。

超休致以來，憑道義因緣，人事卒卒，無殊往昔。而邁齡頑健，尤引以自慰而自足。故雖有某方當事人物，仍以老馬爲可識途者，超則漠然視之，不欲輕諾之也。玆郵所編紀念刊物「花谿結緣三十年」一册，可備案頭消閒之資。其中不無史料價値，賤狀如何，亦可於此覘一二。

賢弟之於電機學，在國內已著聲譽，經此後之深硏，更必有驚人之造詣也無疑。他日東歸，言此道者，惟權威是尊，泰斗是仰。科學界之光，亦我國家之榮也。謹爲預賀。

此閒雖已隆冬，尙未嚴寒，彼邦此時，或已冰雪載途，非裘不暖乎。中年以後，保健第一，至望爲前途珍重。

復陳先生告所志　五十九年一月十二日

年前十八日賜示敬悉。中有「四十五年之老友應無事不談」語，讀之深滋感慨。共難當年，記憶猶新，曾幾何時，已瀕桑榆，人生人生，眞如逆旅過客也。但兄志業昭昭，舉世共仰，弟則隨俗浮沈，依然故我，清夜自惟，惶媿莫名。

向之所妄想者，乃欲得一欺世虛銜，藉便平日之行動而已。若志在求職，而仍朝夕聽鼓，未免示人以可憐，雖窮不敢濫也。

兄前所允爲三民撰「一而十」一書，劉君言已預定編次爲文庫之第一百號。慕兄重望，深以得尊著爲榮。月前報載赴韓事，定奪否。

致陳先生　五十九年一月廿一日

十二日所上寸緘，度邀尊覽，深慚無能，遲暮之年，猶以一己行藏，有勞故人之關切，思之惶然。

比接國史館館長黃公聘書，聘弟爲「特約纂修」，載明專辦總統勛績之纂輯事宜。謹案「特約」云云，殆即古大臣在家票擬之故事乎。其實憑弟頑健之軀，尚能任勞無愳也。頃與黃公約，準於下周前往報到，究竟如何從公，容探明後當再奉告。

復旅美宗姪女告乃母病況 五十九年二月十二日

小青如面：俗諺有「平安即是福」之說，接上月十四日來柬，知爾等大小安好，良慰。我夫婦在此，相依為命，所以能自足自樂者，亦端賴叨親友之福，幸獲無恙耳。

我常謂同輩男女中，惟爾母福相福人。年來雖一再告病，而愈顯其福之不凡。無論病時之得良醫良藥，轉危為安，而若子、若女、若兒媳、若兄弟妯娌、諸親屬之關切，皆令識者所歆羨。尤以爾父之服事體貼，無微不至。七十老伴，情如初戀，固為薄俗所罕覯，梁鴻復生，豈能是過耶。非天生福人，曷克有此。

爾謂誠禱上蒼，為父母延壽，孝心可佩。爾家有積德，當能如願也。爾又謂喜讀我書，甚好。因書中所陳，不外為人處世之道，故問世以來，行銷日廣，以書商之懇商，曾出續集曰「應用書簡」。今付平郵寄出，另附拙編「花谿紀念刊」一册，盼爾夫婦抽暇讀之，對祖國政情人事，亦可覘一斑也。

前日為舊正月初五，我夫婦往爾家拜年，爾母已能自由行動，雖重聽帶上耳機，仍可對談。近服中藥，頭暈亦愈。想不久可全復矣，知念特告，順訊大小都好。

復宗弟叙家常 五十九年三月十六日

濬弟如晤：前接來書，適值俗冗，故遲復。旅台二十年，所遇族人，寥寥無幾。曩在大陸，與令堂兄里峯、麗謙、昆仲，頗有過從。令尊福曜叔，亦常晤及。民國十一二年閒，我家曾租住西塘埨里峯之餘屋，其時我方執敎衢州，不知弟已否出世。二十六年春初，先母葬故里禮賢之墓地，乃請令尊所勘定者。今如猶在，當近百齡矣。拙著「我生一抹」一書，述及家鄉事不少，弟讀過否。此書自前歲充實內容由三民書局編入文庫後，行銷日廣，不審貴校有無購備。看弟文字，亦有根柢，讀我書如有所感，盼見告爲幸。幾時北來，歡迎過談。

復旅港老友施兄 五十九年三月廿四日

十九日航簡，廿二日奉悉。年前惠寄各函，均先後到達，祇以無甚要事，遂置而未復，竟因是致勞錦注，殊感歉然。

所云「年來形迹雖疏，而思念之殷，實未嘗一日去諸懷也」，彼此彼此。我輩年事，已迫桑榆，所望有生之日，能回大陸與親故歡敍一番，沒世以前，勿爲病痛所苦，於願足矣。

當年弟自港乘永生輪渡海時，同輪有府中舊僚三人，花谿共難一人，（鄧翔海於五十四年謝世）皆已先後作古。其他親故相識之以病以老以死者，指不勝屈。新近吾家次烈之夫人，亦告謝世。見人事之無常，返觀自身，叨天之福，幸獲無恙，自足自慰之情，與日俱增。內子信佛綦篤，更隨緣自在。故弟退休以來，我倆夫婦，以身無牽罣，作息遊樂，隨意所之，頗有帝力何有之感，此則可告慰故人者也。

仲兄今日，任重而多勞，撰文、演講、酬應、開會，是日不暇給者。兄謂前曾去函而無復云云，愚見臆度，非忙卽忘，二者必居其一，決不至如一般顯貴人物之薄於念舊之情也。弟與深交久，敢爲進一解。

賢伉儷年來屢有不適，自係垂老之常情。惟據弟積年體驗，如經常能作勞其筋骨之事，於健康最有裨益，乞靈藥物，其效甚渺茫。兄家久習於城市生活，要革舊慣，非大決心不可。弟以一生習勞，自惟身心狀況，猶是當年。晨起冷水浴，嚴寒不輟，兄信否。茲直白道之供參考。

姪輩消息如何，時在念中。

與魯籍宗親談緣 五十九年八月二十六日

雩峯宗親閣下：惠寄文藝三期，謝謝。古有「白頭如新，傾蓋如故」之說，人生遇合，端繫乎緣，由來舊矣。拙作淺薄，能邀謬賞緣也。疇昔酒樓飲宴，意外歡敍亦緣也。鄙人讀書不多，而信緣彌深，故涉世以來，凡事盡其在我，不忮不求，不怨不尤，不憂不悶，一言以蔽之，隨緣而已。茲檢奉「大陸陳迹」「半環記」「花谿結緣卅年」各一册，皆平生隨緣之產物，不吝敎言，感德萬分。

復旅港施兄 五十九年十月七日

上月八日航簡，十日奉悉，俗冗稽復乞諒之。前倩李君榮植所帶呈者，意在示相念，不腆之物，何足掛齒耶。

此次惠簡，典實古字，纍纍滿目，想見老兄近年耽於文事，故能提筆卽來，可供欣賞。腹儉如弟，甘拜下風。然亦足徵淸躬之健康有以致之，良慰良慰。

以言作字，弟之苦惱非外人所得知。右腕早已謝筆不用，從左雖已二十載，握筆揮寫，終嫌艱澀，不能得心應手，每有所作，必先試寫百十字始能成行，不便殊甚。兄所誇獎垂露懸針云云，祇有祈之來世矣。冥想天不忌我，右腕功能無恙，則今日或能與名家一較短長，亦未可知。內子學書，累於家事，終不免一曝十寒，難期有成。偶有珍視之者，乃以其出自巾幗之手，物以稀爲貴耳。

弟不學而顏厚，近受至好鼓勵，復有所筆，檢塵黃埔、紀念、客卿、抒感數則，作爲我之近況報告看可也。

前年問世之拙著三種，自分淺薄，居然見重於士林，行銷日廣，大出意料，筆便奉告。悤復不盡，順頌雙安。

致舊同寅謝君 五十九年十一月一日

齊家志兄足下：彼此人事卒卒，難得一見。吾家毅英，屢爲弟言，每晤足下，輒蒙齒及賤名，何其念舊之篤也。回首黃埔，忽忽四十餘載，同時共事，今存者無幾，足下勛望日隆，對當年故人，猶未忘懷，可敬之至。弟退休將二年，叨天之福，一切無恙，差可告慰。近受老友之鼓勵，興至則追述往事以自遣。茲檢寄數紙，請足下覽而教之。其中「黃埔」「行營」二則，乞就所知者正其謬，補其闕，至感至感。

致周監殷先生 五十九年十二月一日

不相見者幾度春秋矣。因內子曾晤尊夫人，得聞起居佳勝，良慰。弟生於戊戌之歲，忝與先生同庚。彼此逾稀齡，幸皆老而未衰，亦算叨先人餘福。若言天倫之樂，生事之給，弟則萬萬不及也。惟生性知足，自來無所妄求，故雖告老，壹是如常。視夫世之一朝退職，皇皇不知所之，甚或牢騷滿腹者，竊喜不同流俗，克葆我異。又以拙作「我生一抹」問世後，頻致不虞之譽，新結神交亦不少。獻醜之作，而能見重士林，殊非意料所及，此則可告慰知己者也。月前一度電談，時神馳於左右，用布區區，聊當面晤。

復宗姪告以尊人往史並論讀書 五十九年四月二日

濟勝宗姪：三月杪加重一緘，已收悉。賢姪念念於先德事蹟之是求，孝心可嘉，亦可佩。我與令尊宗銘先生，生前僅有一面之緣，約在民國十年前後，我執敎八師，令尊以北大學生過境，曾蒞校參觀。時我訂閱北大刊物，偶見署名「衆慣」之作品，或告此卽「宗銘」之諧音云云。所知於令尊者，止此而已。至言任敎八中事，恐在北伐以後，胡之德任校長時。因我於十四年秋間，未離八師以前，無所聞也。

五四時代之北大學生，大都年逾七十，歲月無情，人事日非。賢姪既有意搜求令尊之事蹟，須及時爲之，如吾鄉先進子水次烈二先生，與令尊同學，當可知若干有關掌故也。

來書所提及之鄉親楊公文洵，是我之叔岳，早謝世矣。鄭國瑞卽國士介弟，毫無消息。所云貴同學之父張筠谷君，居同村，晤及時當代致候。

前所寄贈「花谿卅年」一書，內載我之往事近事不少，來書一再關懷賤狀，是否此書未達，抑未讀。此書亦可供修養參考，讀之無害。

日昨寄還文稿收到否。恕我年邁，精力有限，自身事且虞不了，實無餘力旁騖其他。且對橫行書稿，益以草率字體，久視則頭痛，不得不請曲諒。幸此類專門著述，重在內容，不在文字，賢姪以爲然否。

承告對拙著書簡之評論，謂「眞是爲文、書信、修身三足資焉」，足徵賢姪讀後頗有心得，良慰良慰。惟就內容言，「我生一抹」一書，自首至尾，事無鉅細，莫非眞切人生之寫照，涵深意，嚴結構，洵乎篇篇可讀。尋常應用之文體，粗備於是。故問世以來，行銷日廣，且有遠至海外者。賢姪果視書簡爲修養好書，還望於此書多致意焉。如有質疑，當傾誠以報，瑣瑣不盡。

復旅港老友施兄 六十年一月六日

公孟兄：今年接讀臘八航簡，敬悉老兄於世尊成道法會禮讚之餘，祝及天外故人，情何其厚，叨福叨福。所望我輩道義深交，廣邀佛庇，有生之年，重獲歡聚話舊之日，此則馨香禱祝者也。

歲序云更，又長一齡，白髮雖添，而頑性頑軀，依然故我。無奈人事日繁，支用難節，瞻念來茲，不知何以爲繼耳。上年十一月十四日大函，是罕覯筆墨，曾鈔入日記，今承詢及，一翻即得。謂弟書圓勁，置案頭資觀摩，云云，不知從何說起。豈眞情人眼裏出西施耶。怪事怪事。又謂曾於公立圖書館中，見有拙著，乞示爲何種版本，至盼。

附奉翦報一角，上載文字，乃弟代某兄作者。特寄兄一看，以示我倆到老，尚有文字因緣也。

致方嫂林君璧夫人 六十年四月八日

君璧賢嫂粧次：前昨一度電談，快如面覿。欣聞尊體體氣佳勝，尤為喜慰。人入晚年，健康即是福，敬祝康彊逢吉，能及見孫曾滿堂，蘭桂競秀，豈不善哉。

憶去歲曾數度趨訪，均未一值，此次造府又相左，人生聚首，似關定數焉者。弟人事卒卒，懸車以來，仍有日不暇給之感。果何為而然，亦不自知其所以。一俟得閒，當再專誠奉訪也。

前承告令郎漢平姪竹報，謂近在紐約州立圖書館中，曾見印有弟之藏書鈐記之十三經索引一書。云云。弟不勝驚喜，念念於懷者累日。此係抗戰前大陸舊籍，當年良伴，竟歷浩劫而猶存，為故主留鴻爪於海外，而又為通家子所得見，亦可謂奇緣也已。

至關弟當年藏書概況，拙著我生一抹中曾有記述，標目曰「泣書」、「曰沈書」，不審嫂看過否。書之卷帙，無慮千百數，其精裝巨帙如十三經索引者，有萬有文庫中之十通、佩文韻府，及其他各類大辭典，與文史諸書，以百十計。抗戰作，悉數委棄京寓，依常情論，流落在東為當然，而竟出現於泰西，箇中蹊蹺，眞有匪夷所思者。為此擬請函令郎平姪，向該圖書館探詢其書之來歷，及有無其他印有同樣鈐記之書本，有則列舉見示，是為至盼。所以然者，絕無他意，一以資留念，一以求知當年舊物，尚存人閒者究有幾何，於願足矣。區區可憐心情，想當邀賢嫂與平姪之亮察也。專此布悃，順頌健履。

致旅菲神交張建華申述實情 六十年五月二十七日

建華志兄閣下：嘉貺上品香皂，暨十八日大翰，已於前日先後收到。萬里厚情，不知何以爲謝。承示令友郭君，曾在臺購去拙著書簡相贈，不勝驚喜。竊揣郭君定爲吾道中人，不然，決不致錯愛此書以贈友也。彼既與閣下善，亦願結爲天涯神交，時通聲氣。他日有緣聚首祖國，識途老馬，所不敢辭，便代致意何如。

上月二日惠教，所以遲遲作覆者，誠如尊測，欲倩代筆以報。今閣下體貼人情，囑勿求代，至感德意。內子學書，以累於中饋，初入門而未登堂，果辱謬愛，當商其近月內獻醜數行也。至鄙人之左腕書，雖久歷年所，仍苦不能把握。有時似尚可觀，有時無異塗鴉。而懿親契故，往往喜其風格別具，頻頻乞書。其以才學自負者亦有之。如惠教所提之羅佩秋其人，是一例耳。羅名時實，爲考試委員，又爲文化學院名講座，亦即鄙人之老友也。

竊想凡喜吾書者，殆先哲所謂有所愛則有所蔽而然。爲求藏拙，從不敢率爾以應。特檢塵拙著「我生一抹」續稿一紙，內載題贈故事，可證吾說，乞覽而教之。再前奉贈拙著「補編」「半環」二種，諒蒙慧覽。倘有任何教言，竭誠歡迎。

尤有進者，鄙人告老以來，人事卒卒，一如往時，稽覆希見亮爲幸。

與老友王兄通問 六十年十月十九日

澤湘老兄：昨先寄拙稿一束，諒達。世變海桑，不堪回首。佳訊突至，知故人無恙，曷勝歡愉。弟退休亦踰二稔，而以道義因緣，人事之煩冗依舊。習聞休後冷落無俚之說，弟靡所感也。且頑軀未衰，渡海以來，幾與醫藥絕緣。見故舊之續續病廢而逝，深感人生唯一可貴在健康。今既叨天之厚我，頗以此自足而自樂，是則差可告慰於老友者。承囑訂期良晤，實獲我心。下旬二十六日，星期二，兄得暇否，盼儷駕同臨寒舍一敍。雖無嘉肴，却有旨酒，大可細斟慢酌，互傾積愫也。爾我有緣，離亂天外，能獲良晤，快事快事。前寄拙稿，乞便中擲還，屆時能通一次電話最好。悤此奉覆，餘容面縷。

致誼甥毛君告以與乃舅之關係 六十年十一月十日

君强如甥覽之：月初把晤，歡愉累日。令舅王汝翼鷺洲先生，今如健在，年已九十有四矣。人生遇合，不可思議。彼此之生，天南地北，當年竟緣同官樞府，結爲至親。彼既忘年而弟我，我子其子，以養以教，寖至成材。數十載閒，相互關切，情逾骨肉。君爲令舅所鍾愛，我之誼子培桐，又卽君之表弟，我今所以甥君，是順理成章事，固亦令舅之志也。

君知我於三十餘年前，我知君暨君室鄧清瑩女士，亦已廿餘年。爾我結緣，不謂不深。乃亂離天外，迄今始因吾友楊君鋭之介而相晤。聚合何時，冥冥中似有定數焉者。

曩在大陸，與令舅書簡往還，先後無慮百數，播越流離，片紙無存。惟卅九年旅港時，所接發自蘭州之六通，赫然尚在，敍契濶，論出處，談修養及家常，文情兩至，感人殊深。其中念念於君者，至再至三，具見愛君綦切。特複印寄爾珍藏，亦所以示予之不忘情於令舅也。不宣。

復旅港老友公孟兄 六十年十一月十九日

十六日航函拜悉。九月惠簡忘復殊歉。鄭夫人帶來嘉貺，當即照領，敬謝。誠意之加，皆屬可貴，無所謂俗套與否也。區區生日，承牢記在胸，具見摯情。弟於此事，自來不願隨俗。凡親故有所饋，朝至而夕退，毫不通融。所以然者，固在貫澈吾畀生之異，亦妄冀刺激陋俗，聊盡我心而已。

我等今日，老而未衰，亦算叨天之福。處境雖嗇，以視貧病交迫，孤苦無依者，似覺幸運多多。能作此想，豈不知足常樂，又何荒涼蕭索之有。老兄深諳內典，倘以吾言爲然否。

近來局勢反常多變，前途如何，言之心煩。今且談談個人快慰事。弟生日前後，先後接外孫輩之賀函，一片天眞，各如其分，非常可喜亦可貴。

長孫佳月高三，文曰，「親愛的公公，我想我不必說什麼祝壽的賀辭，因爲仁者壽，乃是必然之理」。

次佳圓初中二，文曰「…明天是您七十晉四大壽，我們無以爲賀，也不能親自向您拜壽，只有以這短短一封信，向您祝賀，並獻上一壽字，以表達我無盡的賀意，我在此恭祝您與日月同光，山河並壽。」

三佳華初中一，文曰「…您平日待我恩如山，情似海，在您七十四大壽的今天，却無以爲賀，謹獻上此短短的一封信，以表我的心意，祝您萬壽無疆，永遠快樂。」

幼佳好國小三，文曰「…我祝您福如東海壽比南山。」

以上所鈔賀詞，一字未易。措辭格調，各自成面目，此一快慰事也。

八月間，因老友曹翼遠兄之懇邀，曾評閱本年高普考國文卷近四百分。成績之劣，幾令人不能置信。其通病，一、文不對題，自說自話。二、理路欠清，語無倫次。三、胸無點墨，滿紙胡說。閱畢之日，便過小女家，適諸孫在，乃以考題面試之。讀高三者用高考題，「科學發展與現代化。」初中二用普考題「勤儉與建國。」初中一則新出題「運動之益」限七十分鐘，出人意外，立意結構，皆在所閱考卷之上。而文氣之流暢，引用成語典實之恰切，尤爲難能可貴。見後昆如此秀出，中懷快慰，有不可言喩者矣。

致老友蔣兄 六十一年一月三日

堅忍我兄：別來無恙。辱惠新年賀卡，暨貴公司新出曆本，敬謹拜領，謝謝。若干年來，寒舍日曆，皆兄所賜，朝夕對視，與兄形迹雖隔，頗有靈犀一點通之感也。歲月催人，我等已迫桑榆，幸身心未衰，豪氣猶在，大足自慰而自樂。如兄之諸郎跨竈，蘭桂競秀，尤令人歆羨，此時此地，賢伉儷亦誠福人矣哉。弟退休後，以文字因緣，新結神交不少。前由三民書局刊行之二三拙作，居然以再版三版聞，是亦意外收穫也，特以告慰老友。專此，順頌雙福。

致僑美宗姪小青 六十一年一月廿七日

賀年卡收悉，謝謝。一別又數度寒暑，遙知賢伉儷諸事順遂，良慰。當前歲爾母謝世時，我曾爲爾父之未來而杞憂。乃鰥居以來，因得有爾兄弟姊妹及諸叔姪輩孝弟心之滋潤，竟使其樂而忘憂，如常度日，老人之壽而康，卽爾後輩莫大之幸福也，可喜可賀。我賴先人積德，厚叨天庇，與爾父同健，爾嬸亦無恙。最足自慰者，人之退休，恆苦冷落，我則親故之過從依舊，爲相識所稱道，此種道義人情，乃人閒至寶，不可求而得也，特此告慰遠人。

致旅美至交吳兄通問 六十二年八月十一日

耿青兄嫂儷覽：不通音問，忽忽十五六載矣。頃由李夫人處，略聞侴況，謂係得自吳元俊女士之函告者。患難歲月，心情之苦，非思親人，卽念至好。況當年兄嫂之所以厚我者，無微不至，戴德感念，豈同泛泛。久別故人，一朝獲悉其佳況，中懷忻慰，莫可言喻。弟七十退休，賴道義因緣，人情如舊，溫飽無慮。內子信佛彌篤，中饋之餘，習字養心。雅女三女一男，長者已入大學，幼則將升四年，一切託福順遂，可告慰。回首港穗，恍若一夢。默數相識，下世者多少，而我等依然無恙，誠可自幸而自慰矣。因風寄意，甚望復通聲氣也。專此不一。

復旅港老友施公孟兄 六十一年十月十三日

雙十航簡，隔宵便到，速矣哉。賤辰將臨，徒增身世之嘆，而兄居然人情一番，何其見愛之摯也。大陸浩劫，親故孑遺中，能記吾之生日者，恐絕無僅有，於此益見盛情之可感。然慶生之學，乃俗事也。弟自來不喜與世浮沈，尤以此時此地，視俗尚浮華者，無異燕雀處堂。蓋身既在莒，任何榮華，皆毫無意義。況區區一己之生日，有何足慶耶。故在今言，吾身吾家，能粗安已足，他非所驚也。

避地於此，瞬逾廿載，幸叨天庇，頑軀未衰。當年老兄所謔「送快信的」之情態，今猶依然也。望七老妻，亦健朗如常。至親戚串，則一帆風順，如壻家諸孫，更一一躋身名校，爲熟友所艷稱，此則可告慰故人者也。

拙著一抹，應書商之請，增訂重刊，不日出書，連自刊併計已五版矣。淺人淺作，竟不脛而走，殊越意料。此閒新閣新政，口碑之隆，前所未有，筆便並及。順頌賢伉儷同健同樂。

復吳中英兄 六十二年三月十一日

前接手翰，滿紙摯情，快如面覿，恕我俗冗遲復。承示佳況種種，曷勝忻慰。此時此地，既敍天倫，更獲箕裘，賢伉儷之福，視如弟者，豈可同日語乎。令幼女佳期有定，務請先期見告爲幸。

拙著問世後，以文字因緣，獲結新友神交不少。聲聞過情，且惕且慙。其實浮沈四方，未嘗學問，差堪自慰者，凡所云爲，率性而已。此次手翰，居然有執卷問難之想，兄誠撝謙，弟何敢當。至言書法，改習左腕後，原已勉可應用，而年來則爲此事而苦惱。一管在握，輒感艱澀萬狀，必試寫百十字，始能成行。有時愈欲求好愈不好，幾欲大哭一場。天何相阨，吝予成全。思其癥結，固在宿傷，而歲華逼人，不可抗力，是眞莫可奈何之事也。

所幸頑軀依舊，醫藥無緣，望七老妻，亦仍勞作如常。見同輩之以老以病以逝者相屬，大足自得而自樂。一身輕鬆，任意所之，親懿遊好，過從頻頻，始終無閒。離亂歲月而有此，亦人生之大幸矣。

往歲，弟撰「花谿紀念刊」之「前言」，曾有「再過十年，同仁之光景果如何。」之語，意在切望同仁珍惜今日，得緣相敍，莫吝一行。本年團拜，不見駕至，悵惘獨深。今與兄約，嗣後有事北來，及早示知，當屬老妻薄治家常飲饌，邀三數共難舊雨，小敘一番，互傾積愫。人入晚境，有花堪折直須折，莫待無花空折枝。實告故人，休倖雖薄，溫飽無慮，勿爲我作節省度日之計也。

兄謂近正點讀廿五史，至佩老而好學。弟生平讀書，祇求其能爲我用已足，他則匪所顧。所謂不求甚解者近是。蓋恐過於傷神，得不償失。我等老矣，養神至上。區區鄙見，提供參酌。日來整理積牘，檢得舊稿一束，計前年者三紙，去年者九紙，一二有關文字切磨外，大都報述賤狀，特寄故人看看，可當面談，看後棄之可也。

王帖無論行楷狂草，以內子之偏好，已搜集齊全。兄所預約者，請轉贈他友，或以寄海外令男女公子，作爲弟所贈何如。盛意心領，敬謝敬謝。

致旅美毛君通問 六十二年三月十六日

鴻猷兄如握：春節賀柬，送竈前夕至，在遠不遺，厚情可念。惟以人事卒卒，遲復爲歉。年來凡兄所與毛神父長書，神父均轉以相示，因而得悉旅況佳勝，老福無量，至慰至慰。

書中所述種種，大多聞所未聞，旣佩我兄對於世局觀察之卓見，更佩念念於祖國之赤忱。黃鐘毀棄，徒喚奈何。弟坐食待老，忽逾四載，幸頑軀粗安，親懿遊好之過從依舊。時有所事，尙無孤寂之感，是則差可告慰故人者也。適逢振翔神父又有美洲之旅，特煩代致此箋，略中拳拳，並望珍重，順頌雙安。

復吳中英兄 六十二年四月十三日

惠翰，並新出「歷代名碑帖鑑賞，」拜領半月矣，不自知何所忙，屢欲覆而未果，得毋有勞錦注乎，歉仄何已。

謹案所惠碑帖，與弟舊存之「歷代碑帖大觀」台中興學出版社印行大同小異，今以過承厚愛，而得同物雙備，則弟夫婦此事可以分家，各擁其一矣，一笑。

來翰盛讚弟僑台之三大收獲，祇「體健」一端，可當之而無愧。「左書」則勉可應用而已，不敢言有成。前所告有時因苦於不能得心應手，幾欲放聲大哭，乃近年實情也。至論「著述」，如弟之不學，更無從談起。一二詹詹小集，無非暴我心聲，告無罪於世，兼以垂後昆。其所以幸免覆瓿者，是區區不欺之誠，有以博人之同情耳，謂士林推重，猥何敢當。

承示近讀錢穆史學名著後，而自感未嘗讀書，中心愧恨，有淚潛滋。此與弟前讀方豪自定稿巨著時之心情，正如出一轍。然而不必自悲，如吾二人者，平生好善，於公於私，盡其在我，無負於社會，無負於國家。以視世之罔顧廉恥，惟利己是圖者，豈不足以自得而自慰乎。兄以爲然否。

弟近受老友立公之囑託，爲其所著「迎頭趕上」一書作編校工夫，不日蕆事，卷首「敬告讀者」數行，乃弟所代筆。一俟出書，當寄兄先睹爲快也。筆隨意往，不覺已數百言，暫止於此。

復旅港老友施兄 六十二年三月二十日

十五日惠書，十七日奉悉。我輩今日，得知故人「賤軀無恙」，便是佳訊，故弟之欲以先聞者，卽此語也。

春節而還，幾無日不在冗忙中，歷歲已然，近似加甚焉。以言人事，誠不無擔負之感，顧亦可獲無窮之慰藉，此非過來人或不甚了了乎。

所云生活程度飛漲之說，因受世界金融風暴之衝激，此閒亦不例外。幸個人生活，素「普羅」，行乎「普羅」，縱受影響，仍可維持。祇望天賜康寧，弗生意外，如老友雪巖上月搭乘公車，因急煞車而跌碎坐骨，眞乃無妄之災。

當年同仁，將退休者不少，餘亦逐漸將退，惟曹君翼遠則更上一層，榮任考委已半載矣，兄知否。

歷次惠書，恆有祝頌著述語，視弟爲文人乎，作家乎。椎魯如弟，而可稱文人作家者，則天下文人作家，豈不車載斗量也乎，兄亦可謂濫稱濫頌之人矣。一笑。附印品三紙皆與賤狀有關，兄閱後棄之可也。

示僑美鄭甥 六十二年八月三日

紹青覽之：上月杪接讀廿三日來簡，知爾順利到達，以及到達後種種情形，良慰。說來亦算奇蹟，以爾一介與我同樣無正式出身之人，居然出國，別圖發展，而我以望八退官，居然有一至親開始發展於海外，眞非夢想所及。至望天賜鴻福，在生之年，有團敍南京之一日，於願足矣。不意料今後爾必甚忙，我處可不必來信，爾有竹報到家，爾家大小，自當隨時告知我二老也。如此次越洋電話，通後不久，我卽得悉。爾平時難得與人通信，要注意一事。凡對方已知之事不必再提，凡對方所關心者，不妨從詳。

此次華孫考取建國高中，想爾已接報。其總平均在八十七以上，有此成績，可稱優異。而我最欣慰者，作文甚爲出色。考後默出全文，親友見者，莫不讚爲難得。今檢寄影印一分與爾看，並請爾姊國愛評評，果如何。

爾之子女，個個可愛，個個大有前途。此乃由於爾家積德，及爾夫婦忠厚待人之所致。我爲爾子女起名月、圓、華、好四字，大家祇知爲一句吉祥成語，而其實別有含義。月代表美，圓代表福，華代表才，好代表順。爾知否。

水雅不失爲賢妻良母，爾對家事多多放心。祇望爾牢記我常說的一句話，人入中年以後，健康第一。少煩惱，多運動。勞動亦運動也。我深信大陸必能重光，臨別交爾二書，內印紅圈者，盼爾暇時多求瞭解。此中含意，將來自能明白，有不懂處，請教爾姊可也。

我二老身體都不凡，我在此多道義至交，爾所素悉。我之一切，毋勞遠念。爾姊、爾甥、爾諸親戚，代我道好，悤悤不盡。

致旅港老友施兄 六十二年九月十八日

春間一度通問，轉瞬秋又盡矣。賢伉儷福體可好，姪輩消息如何，念念。敝夫婦朝夕窮忙，依然故我，可告慰。

此間有所謂光輝十月者，乃政府民間忙碌之季節，每逢此季開始，慶典連連，各項活動，日不暇給，直至次年春節而後止。故一臨十月，卽有年迫歲近之感。兄居海角，自無動於中，弟則於今爲烈。是同樣歲月，在心理上之修促，彼此固有異也。近以意外因緣，曾與僑美之當年同事沈展如一通聲氣，亦已古稀老翁矣。

覆旅港老友施兄 六十二年十月七日

接二日惠覆，欣悉麟月二姪佳況，恭喜賢伉儷老運亨通，漸入蔗境，歆羡之餘，爲之歡慰無旣。但不審何時成家，子女幾許，盼示一二爲幸。

弟之賤辰，承兄牢記無誤，並將爲我禮佛祝福，何其過愛之甚。尊庚少我多少，誕辰何日，弟迄今莫悉究竟，兩兩相形，歉慙同深。人生眞如夢，憶弟花甲之歲，對至好辭壽，曾有「流水年華，諸至好轉瞬卽居吾齡，爲免他日自尋厤煩，此時此地，不談此事，」之語，彷彿猶昨，忽忽十有六年。向之欲壽人者，今皆垂垂老矣，言之慨然。

舍外孫參加本屆高中聯考之作文，確甚出色，今檢奉打字稿一分，請兄看看果何如。所考取之建國中學，爲此閒同等學校中水準最高者。吾人見後昆之俊秀，自覺無上忻慰。

至弟自身，年來因區區文字因緣，亦時獲不虞之譽。近有公敎耆宿前輩作家，居然以弟之片語書評爲足重，特刊專葉，藉資宣傳。天文台報廣告中曾連載之，兄閱及否。其所刊專葉，奉陳一閱。但弟終以聲聞過情而不安也。

此次爾我通問，心靈感應，不可思議，亦惟我等之交誼始有以致之。至望在生之年，能重得把臂談心之樂，默禱天佑，如願以償。專此拜覆。

復旅美舊同事沈展如兄 六十二年十二月二十一日

十二日手示，今日到。上次八月廿六日示，同月卅日到。屬事遲遲未報，累兄久盼，我罪我罪。然亦有說，因前寄刊物，以爲三數星期可達，候兄覆至再報不遲。詎料一候竟如許時日，還希見諒。其實弟之候覆，亦如兄之「無時或已」也。一笑。

公孟住址未動，仍爲摩囉廟街卅五號地下。慕迦自去國後，迄未通問，所附通訊處，係其壻曾霽虹君所告者，不知現有變更否。

先後拜讀來示，忻悉蘭桂競秀，樂敍天倫，薄福如弟，歆羡何極。尤以學貫中西，能隨時地而宣揚我固有之文化，最可欽佩。關於拙著「我生一抹」之成書，極爲偶然，說來令人不能置信。所記大陸種種，純出追憶，兄所云「收集、編次、保管」等，絕無其事。他日兄得讀原書，當可釋然。書中有「出書」一則，劈首句曰「積年體驗，一事之成，莫非偶然。」弟對人生一切，皆作如是觀。今得與兄互通音問，亦偶然也，兄以爲是否。

違難以來，叨天之福，寒暑無犯，醫藥絕緣。年雖老邁，而豪情尙在。問世書刊，以眞切見重於讀者，再版三版，口碑不惡。道義故交，往還依舊，朝朝暮暮，不知何所忙，終感日不暇給，與一般退官之苦於無聊難遣，大異其趣，是則可告慰老友者也。率復不盡。

復旅美林君璧夫人 六十三年十二月二十九日

君璧尊嫂芳覽：惠寄年柬，並示佳況，拜悉。博士之母，頤養於孝子博士之門，萬里海外，團敍天倫，融融洩洩之情，可以想見。嫂亦福人也哉。漢平世講，驥展何所，其細君學位相匹否。敬祝早慶得子，則可使賢奶奶更添含飴弄孫之樂也。弟夫婦終歲碌碌，不知何忙，幸叨天庇，健履如恆，差堪告慰。拙著「一抹」，讓與書商後，已刊三版，增訂不少。「佳訊」一文，亦編入書內，爲博士母子留一永遠紀念。卷首另添立夫先生序，約共增三萬言。弟前所擬奉陳者即此，並非新著也。書付海運，或需數旬可達乎。恩此，順頌居安。

示鄭甥紹青 六十三年二月三日

新春航簡今日到，一別將七月，爾在彼閒種種佳況，我都先後聞悉，甚慰甚慰。我二老一切如恆，勿念。春節前，我曾邀約至好老友十數人，歡敍於萬禧大酒樓。伊等異口同聲，讚我生活行動，絲毫未變，視一般退休後衰老頹唐，與世隔絕者，大不同，我亦自以爲然，此可告慰也。

舊曆歲尾，報上鼓吹不送禮，不拜年，然而我之親友拜如故，送如故。此乃不可求而得者，道義情感之可貴，於此見之。

我深信命運，更深信國家。對於生活問題，漫不爲意。因命中註定，不富亦不貧。只要國家存在，必不致棄我於不顧。況自來習於刻苦，需求不豐，益以歷年點滴所蓄者，總可暫資挹注，目下無慮也。

某友對我忠心，理當不變。憑其才能及社會地位，前途尚無量。新近變賣產業，係一時不得已之應急辦法，不足慮也。

物價激烈波動，世界同然，如有積蓄，我以爲保値之道，莫若存黃金。此閒金價，月前六萬，今已沖破八萬大關矣，不審美國如何。

復旅美方嫂 六十三年三月二十八日

君璧尊嫂安善：疊惠芳簡，先後奉悉，俗冗，恕遲復。月之十日，弟自郵局購航簡歸，途中忽萌念前由海運寄奉一書，不知如何。及抵家門，而芳簡適至，承告書已到，心靈感應之奇妙，洵有不可思議者。所示姪輩佳況種種，不勝忻慰。德門鴻福，箕裘斯盛。少雲地下有知，當亦頷笑自慰矣。

兩簡鈔示詩篇，拜讀後，至佩嫂於舊詩之根柢，大有可觀。惜弟對此道，未涉門徑，勉能欣賞，而不知其所以然，無從奉和，疚慚同深。近有文友見過，特以嫂詩求教，伊謂兩簡所錄者，就聲調論，後勝於前。律詩之要，貴能對仗工整，前簡三律，如削去頷頸二聯，改成七絕則更佳。至後簡二首，既以代柬，必其對方能領會者爲是。不然，殊失意義，且有爲詩而詩之嫌。以上云云，可供賢嫂參考否。

王君大任爲忙人，弟曾寄去尊詩請和，彼允稍後當與嫂一通消息云。沈君銳，字展如，現以字行。僑美作寓公，亦享含飴弄孫之樂。其寓址見簡尾，彼能文能詩，今後大可與嫂唱和一番也。

謬荷厚愛，屢屬作書奉獻，至感盛意。但內子累於家務，已久不執筆，恐一時無法報命。弟則左腕從事，終不能得心應手，祇有徒呼負負矣。

物價劇漲以來，凡恃固定收入爲活者，觸目驚心，日喚奈何。嫂寄迹異域，或尙無此感乎。瑣瑣不盡。

復老友王澤湘兄 六十三年四月十四日

基北郵程，依例當日可達，遲則越宿。此次惠書，竟延三朝，兄知其故乎。請閱附封，乃一字之差耳。新店新莊，南轅北轍，而郵差一試便中，其英斷固可佩，然亦徵居處與賤名聲望之不凡也，笑笑。

今日例假，弟趁早即之臺北，夜歸得讀惠書，情文兩茂，不忍釋手。弟寒家子，自惟無才、無學、無能，竟蒙老兄之謬賞，殆眞奇緣也已。感荷感荷。

關於同鄉會事，目前惟求其有，不必苛求。尊論云云，陳義過高，恐非一時可幾也。至言左腕作書，弟年來最大之苦惱，即在此。因歲華逼人，運筆日艱，愈欲速愈不速，愈求好愈不好。有時幾欲放聲大哭，實情如是，信否由你。而惠書竟謂縱橫揮洒，令我啼笑不得。

有意過我長談，得便最好，專誠不必。先約最好，有時我夫婦不在將奈何。

復神交李士昌君 六十四年一月二十日

鄙人不慣無謂虛文，逕稱賢弟何如。十五日來書，前日到。拙作問世以來，謬承海內外賞識之人，大抵中年以上，且於國學具相當修養者。賢弟年事甚輕，居然另眼相看，並賡予揄揚，足徵天姿與見解之不凡。在鄙人是文字因緣，亦可謂天涯知己，其欣感爲何如耶。

拙作各書，乃生命力之宣洩，初無名山之想。以言文章，殊鮮勝人處。差足自矜者，惟眞惟實，不舞文弄墨，不無病呻吟，不著廢話，不用贅字。有情有理，讀之親切而已。拙著我生一抹二六五頁「學文之道」一文，不審賢弟讀過否。

承詢「大陸陳迹」，非賣品，係鄙人刊以留紀念者，今寄贈一册。陳迹本身，無足珍，而題跋則大可觀。因所題者，皆當代人物之眞蹟也。「觀人稽古錄」，爲吾友之讀書鈔，容找到時再寄。至所云「其人其事」，係十餘年前工商日報副刊中一專欄之名稱，並未單印成書。

再者讀拙著遇有疑義時，請隨時函告，因其中舛誤字句，尚待考正也。又他日北來時，歡迎惠顧暢談。舍下電話，可隨時聯絡，恩此不具。

復神交李君 六十四年三月二十六日

士昌先生閣下：嘉貺銀耳並手書，廿三日收悉。羈於瑣務，不克即覆爲歉。鄉承惠書，見措詞與書寫之恭，意爲剛出大專之門之青年，故以賢弟相稱，及貴同仁沈小姐過訪，始知閣下乃兒女成行之好學君子，一時失敬，出於無心，希亮之。

我之贈書於人，原爲等閒事，而閣下居然「不敢稍忘」，復亟亟惠以嘉貺，何其篤厚而重情也。且敬且謝。

辱問有無再出新書之計，願掬誠奉告。書商以拙著口碑不惡，確曾屢有此請，而自愧無學，更非作家，實不敢濫竽欺世，徒貽恥笑。惟偶有應世之作，以自成面目，往往得不虞之譽。閣下於此類文字，果承偏愛，當不時寄奉參考也。

先後來書，文理尙可，遣詞用字，盼多加工夫。在未查證確解以前，萬勿輕用。辭源辭海等參攷書，不可不備。悤此，順頌敎安，沈小姐均此。

復旅美舊雨吳君 六十四年十一月三十日

中英兄嫂雙好：儷駕初履彼土時惠書奉悉，遲報爲歉。

昨晤令親朱溪，聞旅況順適，並審出月卽言歸。道義故人，又將聚首，良慰良慰。屈指握別，倏踰半載，遙想賢伉儷芳躅所之，勝蹟名都，當歷不少，見聞增益，尤不待言。甚望唱隨之餘，妙筆同揮，固爲壯遊留鴻爪，亦以餉世之夢縈嚮往而不得之人也。

當儷駕行後不久，有貴舊屬楊蕙心女士者，以流暢文字，揚兄行誼於「暢流」，似係因讀前期拙撰贈言有感而作。平實敍來，如接謦欬。弟曾電知令親，卽購該刊以寄兄，不識達覽否。此種由衷之作，毫無企圖，最爲可貴。兄得此舊屬，亦足自慰矣。弟與伊人素昧平生，心儀其所爲，曾數度通問，儼然神交，是亦一段文字因緣也。

慨自空運神速發展，地球幅小，天涯若毗鄰，國內子弟，紛紛外流，年以千計。其不肖儇子，一習異俗，輒數典而忘祖。歷歲來，視父母如路人之故事，耳不絕聞，而令子女純孝天稟，學成業立，不忘倫常，乃賢伉儷莫大之收穫。兩兩相形，人生幸福，莫逾此矣。今後林下歲月，引此自足，其快樂爲何如。

人事無常，花谿人物，近又弱一個。當年佩公，已於上月杪以舌癌卽世。本月十七日火葬，同仁集者二三十人，相見之下，皆垂垂老矣。憶七年前，予撰結緣紀念册前言，有「再過十年，同仁光景果如何」之語。追往思來，眞不勝「如夢幻泡影」之感。

弟新著「累廬聲氣集」，不久可出書。自惟鄙陋，藏拙不遑，此次所以再度獻醜者，實由於書商之情懇。熊公哲、曹翼遠、仲肇湘、三老友均鄭重爲之序，一切有緣，吾於此亦云。又兄前致弟長書，是至情之文，亦編入集內。把晤在邇，不盡覼縷。

致友好黃君　六十四年十一月三十日

炳光我兄偉覽：久違矣，敬頌潭府百茀。弟以五八年告老，憶兄離府，在弟告老前，如許星霜之更，祇於往歲藝館畫展，曾拜讀大作，而迄未一晤，別時容易見時難，眞古今同慨也。自今春國喪，因與令友祖生同行謁靈，畧聞尊況後，屢萌走訪「四海」（專校名對方任職於此）之念。比承嘉惠，盛情萬千，益欲面達念忱。奈人事卒卒，日復一日，不克如願，中懷歉悵，與日同深。數日後，將有事於北郊，償願之期或卽在下周乎。

茲檢奉拙著二册，零稿數葉，及近出「暢流」一期，別來賤狀，粗備於此。如蒙教正，至誠拜嘉，望之望之。

弟厚叨天庇，頑健猶昔，人情往還亦依舊，差可告慰。惟運筆銳退，作字日劣，歲月無情，莫可奈何。悤此將意，順叩雙安。

祈懇類

——有所懇商或邀約者屬之——

上某公薦賢　五十八年三月十日

某某公鈞覽：違教久，敬頌公私順遂，潭府百福。某等謹以至誠，向公陳一事。吾鄉人士中，有某某者，公識其人否。此君飽學能文，言行不苟，係當年某元老之隨從秘書。某元老極器重之，時諮以大計，多稱意，乃某等所深悉者。其後供職某院，在某老當事時，亦視爲異才，獎許有加。聞十年前，曾在某地偕李某奉謁崇階，備蒙渥待，想公或猶憶及。前歲退休後，虔信基督，腐心著述，頗有驚人之作。惟以狷介寡交，依祿息維生，日陷艱困之境。某等知其情，憐其才，敬其人，而苦無力紓其困。素仰我公位高而望重，愛才而尙義，特舉以告，願藉大力有以道地之。爲桑梓惜才，卽爲國家養士，所以感公者，豈止某等三數人而已哉。臨池不勝禱盼之至。專此，佇候德音，順頌崇安。

致邵君德潤催序稿 五十八年四月二十六日

俗有萬事皆備只欠東風之語，此次拙作待兄一序之情境，差近似之。老夫望眼幾穿矣，佇聽德音，必待到手而後已。寒舍不日又有文酒之會，兄當然與焉，一俟期定，立即以電話奉告。

致蕭化公託介周君 五十八年五月二十八日

月來數度走謁皆相左，悵悵。去年七月，「建設」載周君紹賢「論中國文學前途」一文，超讀後曾向公談及，作者此作，有見解而用心苦，所揭理論，在在根據事實，是一脚踏實地人，公亦以爲然。本年四月，又讀其「追念熊十力先生」之作，尊師重道，情溢乎辭。與超長憶素所師事之毛勉廬先生之情正相類。故彼此雖素昧平生，而深有同氣同道之感。比於積年雜稿中，見有熊先生遺書鈔一紙，既知其爲周君之恩師，特另鈔一通，並綴以跋，乞費神代爲轉致。想周君得此，必視爲可珍之紀念物也。

致張先生懇辭任教事 五十八年六月二十一日

曉峯先生尊覽：乞恕山野之性，有方雅命，告罪告罪。本日上午，貴院中文系主任張壽平教授，枉顧寒寓，盛道先生垂愛之德。其本人亦懇懇申殷切之情。士爲知己者用，果量力能勝，誼無可辭，乃自知甚明，論才論學，皆不足爲人師，與其遺羞於後，孰若藏拙於先。區區微願，向曾坦陳左右，不再贅。伏維賜諒是幸。專此，肅叩道安。

致徐君薦舊從遊　五十八年五月七日

某兄處長安善：弟生平不妄求於人，且已致職告老，而當年徒屬，仍不免有所屬望於弟者，是亦莫可奈何事。貴屬中徐某其人，爲弟之舊從遊，比聞與兄有雅故，哀懇向兄一言，俯憐其困境，賜調臺北。弟明知人事循規，不可造次，而今復言者，因知其歷歲來，貧病交厄，家累尤重，一朝離久居之地，困難必多。望兄秉仁愛之懷，以可憐心情，在可能時爲之道地，功德無量。妄瀆清神，歉慚同深。悤悤致意，恕不莊不備。

致虞右民兄索稿　五十八年六月二十五日

日前拜讀所示花谿詞稿，於史蹟、風物、時事諸義，兼而有之，至佩倚聲能手，大足以資留念，當轉寄王兄彙編去矣。獨惜同仁中之諳此道者寥寥，弟亦以未涉門徑爲慚。不然，步韻奉和，或更寄他調，湊成專欄，豈不甚好。兄佳作豐饒，曷多惠若干，以光篇幅。

致羅兄有所懇託 五十九年五月廿七日

萬類兄偉覽：弟老矣，以爲尋常求人人求之事，庶乎可免，而告休後，仍不斷有之，殊越意料。今之欲求於老兄者，詳滕箋，所陳云云，不無情理，敬懇就可能範圍內有以成全之。惺惺相惜，亦功德事也。弟與此君，具有人事文字兩重因緣，質言之，亦弟之信徒之一，故爲一說。悤此，順頌雙安。

與吳鑄人兄索稿 五十九年六月七日

追述果公之稿，至望撥冗速成之，了却彼此一樁心願也。弟勞碌成性，一事未了，終懸懸不已。務乞鑒諒，不勝大願。本期「建設」所載拙作吾家次烈夫人墓表，兄閱及否。出人意外，傳聞東大中文系得之，居然選以授學子，弟眞受寵若驚矣。茲塵近稿黃伯老八十壽言一首，是別出心裁之作，兄試覽之，可給幾分，乞不吝敎正爲幸。

復羅兄懇對某事從權處理 五十九年六月十一日

昨拜讀賜復，對敝友事，有曲予成全意，至感厚我之深，更佩處事之周。惟以文卷示外人，得毋有洩密之嫌乎，笑笑。原簽遵命檢還，並附朱君近函一通，供貴屬主管參酌。愼重名器，固爲人事要義，然偶有順理成章者，稍予從權，亦未始非公私兩全之功德也。尊旨以爲如何。

致舊雨楊君兌之託代探一事 五十九年九月十七日

前日儷駕枉顧，又辱厚貺，隆情稠疊，媿無以報，歉歉於懷。

比接道義交劉君函，對弟有所懇託，其內情詳附函，不贅。弟於此事無能爲力，知兄與前途因緣不凡，特以轉託，冀成其美，請便中一探前途之記室中人，是否可能。好在事關文化之推行，謀之有成與否，毫無所謂也。

劉君爲有爲青年，不類市儈，其所經營之書局已十八年，出版書籍將近四百種，基礎穩固，一是循正道而行，在士林中口碑不惡，在書業中矯矯不羣，故樂爲之介。如何乞酌奪示復。

致陳先生代懇爲戴孝園先生八秩冥誕撰紀念文 五十九年十月五日

立兄尊覽：前昨寄奉寸緘，並附勘正表，不識已達左右否。茲另陳一事：本年十二月四日，爲孝園先生滿八秩冥誕，黃季陸先生發起編印紀念刊物，已徵得各方紀念文字十數篇，連近年所搜集孝園先生佚文共約七萬言。紀念文字尚在續徵中，編事則委託陳天錫老先生負責。頃接其來信，謂「陳立夫先生與孝園先生在公誼私交上，均異常親切，瞭解孝園先生必較他人爲深，敢請先生爲之代求。因悉其健康進步，能多應約演講，故不揣冒昧，作此懇求，敬乞善爲說辭。」云云。敬此轉陳，伏候德音。

致王宣先生代友有所託 五十九年十二月一日

德齋先生長者賜覽：久違矣，乞恕冒昧，敬代陳花谿舊屬諸葛君上鈞院陳情書副本一份，事由詳書內，不再贅。此君忠厚拘謹，不善交際，夏間退休，聞知其內情者言，確乎橫受主管人之無理苛待，吃虧匪輕。至盼長者俯念花谿舊誼，主持正義，設法俾其得直，而稍紓生活之威脅，受惠者自當永感大德也。

致宗親伯彰先生邀飲 五十九年四月八日

伯老宗長會覽：此番佳節祭祖，勝地敍親，盛會雖逝，餘歡猶在。伏想宗長亦具同感也。內子素梅，隨超浪迹四方，於烹飪一道，略有心得。喜見福體之康强，蓄意奉邀試嘗其習作，已非一日。茲定於月之十九星期日中午，在寒舍薄治家常蔬饌，特請宗長屆時枉駕一敍，並不吝品評之。其意至誠，幸勿見却，如何，佇盼賜復，以便另邀次烈、春華、梅英、諸宗親奉陪。專此，恕不備不莊。

邀徐浩然兄陪客 五十九年八月二十七日

浩然兄嫂儷覽：九月一日中午，吾家特邀振翔兄妹便餐，至盼賢伉儷作陪，因天熱室小，僅另約熊婆及次烈數人。家常菜肴，雖不及兄平昔之豪宴，而出自至誠則一也。屆時請早臨，如可繞道板橋，偕主客同車來最好。連日電尊邸，均值駕出，故草此箋。

致陳先生求教 六十年一月七日

立兄尊覽：昨轉郵陳著「遲莊回憶錄」諒達。茲再寄姜一華「孫子研究」一篇，鄭重聲明，絕無他意，祇因其中涉及易經與明儒性理之學，能頭頭是道，弟驚為奇才，亦今日軍人中之瓌寶，至盼尊兄抽暇片刻試覽之。區區看法有誤否。此君衢人，師禮事弟，非學生也。怱此不具。

致左兄煩為舊僚某君事盡力 六十年二月廿四日

曙萍兄雙好：春宴歡敍，轉瞬三周矣。茲以舊僚某君事，有所懇於兄者。某君往歷，兄當素諗，上年自農行退休，尚有待遇事未了。知兄為唐董事長之莫逆，並與弟相善，特囑轉懇，冀償所願。情由詳附件，恕不再贅。乞念七年共難之誼，宏施同情之德，向唐關說一番，請其在可能範圍賜予照顧。以彼今日，言重九鼎，對此類待遇，果能遵照中央決策，從權從寬，則霑惠者奚止某君一人，是亦功德事也。如何，佇候德音。連日晨晚，屢欲藉電話陳情，不知何故，先後撥尊號無數次，皆僅有鈴聲而無應，爰具此箋以聞。某君來件附奉。

致陳先生邀飲 六十年三月九日

立兄尊覽：前昨手札敬悉。兄曾聞否，內子擅烹調，尋常菜肴，能成佳味，相習朋好無不知。故寒舍有雅敍，聞邀必至。當年梓銘與君武爲常客，不久下世之伯老，亦喜與。雖非盛宴，却饒人情。今値春暖，將行故事，以月之十八日中午爲期，此係黃季公所選定。應邀者已有許靜芝、姜次烈，諸友。痴想兄嫂如肯降駕同敍，不獨可嘗內子親調羮湯，且可一觀異生克難之實績。然此原屬痴想，以兄重望，或仍有多所不便乎。順筆道之，示我相念。

復旅菲神交張建華先生有所請教 六十年三月十日

建華志兄閣下：接來書，喜媿交迸。不求聞達，而海外得知己，喜也。未嘗學問，而虛聲竟聳人，媿也。

閣下吾黨志士，投身殊方，致力僑教，有造於吾國文化復興者無限。忝居同志，佩仰曷旣。不佞備員中樞，位非顯要，辱蒙囑書相贈，稍綏當圖報命。茲有先須請教者，見知因緣，書刊乎，傳聞乎，不吝詳示，則願此後結爲神交也。寄塵拙作「補編」「半環」二種，盼正之。

致張建邦夫婦邀飲 六十年三月十一日

小紅建邦賢伉儷如晤：前所約以十八日中午為期不變，春暖時節，邀親故歡敍一番，乃寒廩積年慣例，雖非盛宴，却饒人情。此次賢伉儷之應邀，係屬初度，大可一試別具滋味之家常肴羮也。親故來者，多知名或素諗。屆時盼啓駕稍早，因午途不暢，駛車恐難如意耳。悤此，順訊雙好。

致成惕軒兄邀飲 六十年三月十九日

惕兄文豪雅覽：一昨所約星期六，即下旬二十七日中午。屆時請啓駕稍早，因二重道上，車輛往來，日見頻繁，亭午尤甚。有時需滯難行，令人心焦。便晤馬曹羅三公，乞代致意為感。弟今年邀約，所以延至今日者，乃鑒於春節前後，家家酒肉，恐諸公見油膩而生厭耳。拙著一抹問世以來，意外之至，佳譽未衰。三民劉君，慫恿增補，一如當年文豪之勗勉成書。苦於腹儉，不有實事，無從著筆。近以與鄉友閒聊溯往，聯想所及，得瑣憶數則，因筆之資回味。奉塵打字稿一紙，乞正其疵，容當恭備上好花生米請客也。

致劉子英兄邀飲 六十年四月二日

子英我兄偉覽：上月兩度邀飲，無非欲使兄多識一二時賢名彥而已。卒以重視職守而不果來，舉世滔滔，能如兄之敬業者幾人，佩仰佩仰。月之十一日中午，寒廬又有雅集，所約皆道義故舊，竊揣雖非宿好，或已知名。請屆時偕尊夫人同臨一敘，可藉結相識之緣也。專此奉約，順頌雙安。

致留美方郎漢平託查一事 六十年五月三十日

漢平賢姪如晤：月前嘗詣令堂候安矣，臨行交我一寫就通訊地址之函封一，今得與賢姪一通聲氣，此封之因緣也。歲月易邁，不見已六七載，佳況種種，時於令堂處略聞其概，至慰下懷。賢姪以英年英姿，壹志向上，近且出其餘緒，發爲文章，來日造詣，至不可限。令堂固獲無上歡慰，令尊九原有知，當亦莞爾而笑也。

關於賢姪在紐約圖書館見有我之藏書事，曾致書令堂，略申驚喜與想望之情。聞原書已轉賢姪，不再贅。茲所欲知者，該館現藏中文圖籍中，鈐有我之藏書章者，十三經索引外，有無下列各書，特煩賢姪費神一查。別無用意，祇求知此消息而已。不情之請，至希亮之。

辭通、開明版佩文韻府、十通、人名大辭典、地名大辭典、辭源、以上萬有文庫本中國通史、上古史、近古史、四史、資治通鑑、清代通史、十三經注疏，（以上皆爲精裝巨帙何種版本已失憶）又萬有文庫平裝二千册。上列各書，一律鈐藏書章。專此，順頌學安。

致陳先生求墨寶 六十年六月一日

立夫尊兄安善：乞恕多事，敬爲神交張君建華，代求墨寶些些。奉陳宣紙二幅，一作備用。寫時取橫取直，及字之大小，悉聽尊旨。此君僑居菲京，以文字因緣而結交，任敎僑校，亦黨員也。據謂搜求當代名家書法以來，謝冠生張維翰諸公已與之矣。仰慕重望，故以是請。椽筆有便，爲之一揮如何。

另塵拙稿二紙，至盼賜覽而正之。又三民劉君，念念於兄之「一而十」，囑代探脫稿有期否。專此，順頌雙安。

復陳先生論事並介紹陳君 六十年七月廿三日

立兄尊覽：十五日大示敬悉。前塵拙稿「拾遺」之後半按語，已分別酌予補充，向之欲語還休者，乃鰓鰓過慮，恐觸忌諱耳。尊作論中華文化必然復興，語語發人深省，自是救世至言，以視某名學者之空談人生，其意義相去遠矣。顧蒿目時艱，險象逼人，當事者不有驚人之舉，以變世道而振人心，吾恐復興云云，長爲紙上談兵，奈何。附奉舊作「抒感」一首，以示一孔之見，始終如一。兄閱後得毋哂弟之迂拙乎。

攻易姜君，前過訪時，曾就案頭紙筆信手揮寫心得二則相示。弟莫解所以，請賜覽之，果何如。

另有一事奉瀆。花溪同仁中陳某其人，兄之族人也。當年之入三處，此亦因素之一。近爲弟言，擬得閒專誠奉謁，並無所干，祇欲償聆教之宿願而已。並謂既幸而與兄同里同族，竟無一親謦欬之緣，不能不視爲憾事。云云。其言懇切可信，特爲先容。至其爲人及與弟之交誼如何，盡在附稿「犯難」之中。

致鄭昌祚夫人邀飲 六十年十月廿八日

昌祚弟夫人粧次：月杪中午，寒廬便飡，所約皆宿契，務望屆時偕兒媳及桐、見、兄弟早臨。異鄉親故，藉以相敍，且使後生得多接前輩之風範，其爲義更遠勝於區區飲饌閒也。

致王兄邀飲並謝指正近稿 六十年十一月三日

澤湘兄：向者，正望快晤，而延期之報至，悵悵無任。偶攖風寒，諒早平復。本星期日，七日中午，約有舊契三數位過訪，室人薄治家常飲饌以待，屆時至盼老兄枉駕一敍。尊嫂同來尤佳。前塵拙稿，補續一抹承費神賜覽，盛意可感。弟寒家子，學無師承，實亦無學。偶有塗抹，祇抒心聲，眞切外無足觀，斧正處所以啓發文思者良多。古人有一字師，今兄亦我師也。且處此舉目鄉愿之社會，而能得直友如兄者，豈非人生之大幸歟。甚願嗣後多多請益，不識兄能不見棄否。

致老友濮兄索文債 六十一年一月十一日

孟九兄如晤：惠寄新出「松江鄉訊」，業已拜讀，內容體製，短小精悍，文字亦清新不俗，知兄居中領導，無怪有此佳績。大作「雜談史量才」，固屬貴鄉掌故，實乃我國近代史之重要史料。此類筆墨，還望嗣後多作，公之於世，是亦充實精神生命之一道也。尊旨以爲然否。

再者，上年十一月閒，承示因讀中副「從書簡看東坡」一文，而引起從書簡看異生之靈感。弟曾復函催生，懇即以妙筆寫出，而迄今聲息杳然，不知究竟如何。弟固無時不在翹企佳音之早頒也。專此不備。

致劉子英君邀敍 六十一年二月二十二日

子英兄春節好：年來逢節，輒拜厚貺，實於心難安。當時尊价蒞舍，弟適自外歸，悤遽閒以三民書局新譯古文奉贈，作兒輩讀物，但未及署款爲歉。茲補上題署紅簽一條，望貼卷首留念。三民書局整理舊籍，有偉大計畫，此書譯註，其發端耳。本星期二十七日中午，弟邀約君强闔家大小及其愛壻，至舍閒便餐，藉觀我家傳統之作風。特請兄屆時偕嫂夫人賞光一敍，萬望勿却。我等生不同地，而遊同方，志同道，殆有緣焉。彼此眷屬，能得閒相接，亦南北文化之交流也，兄以爲然否，一笑。

致毛甥邀敘 六十一年二月二十三日

君强清瑩賢甥儷覽：此次電約率子女及壻來我家餐敍，曾特邀劉君子英伉儷參加，茲將邀函復印寄爾一閱，藉可明瞭集敍我家之用意也。惟有一語切囑，爾等來則來耳，勿再有所破費爲要。因俗套諸事，我素不喜，眞誠之言，無折無扣。不宣。

復長老陳先生勸勿勞駕枉顧 六十一年四月二十七日

伯稼先生長者：疊奉尊翰，知大著行銷佳況，具徵長者之懿親遊好，雅重道義，嗣後出書，不患不如理想矣，良慰。

所示「擬稍緩趨候多談」，深感長者過於多禮，實令對方難安。超自來直道待人，不慣假話，請長者易地以處，作何感想。果有所命，寄一條示，當卽前來，萬萬勿勞大駕。超厚叨天庇，頑軀未衰，舉止敏捷，猶是當年也。悤此，伏乞珍重，不備。

致陳兄邀敘 六十一年五月七日

一昨趨謁時，見與衆賓議事，不敢多談。十三日中午，欣欣之敍，必至者有熊公哲、黃季陸、方豪、高明、成惕軒、羅萬類、仲肇湘、徐汝誠、邵德潤諸至好，聲應氣求，與流俗酬酢，迥然不同。屆時如無他約，盼枉駕一敍。何如。

致陳先生懇爲一抹作序 六十一年十一月十日

立兄尊覽：前昨覆示敬悉。拙作「我生一抹」，自編入三民文庫後，口碑不惡，近將三版。書商爲欲使此書成爲文庫中之標準本，毀版重排，懇弟爲之儘量改正補充，現正待最後校正，計較原書加多四分之一，名曰增訂本，大約出月可出書。竊想如得兄一序，則所以爲拙作增重者，何殊萬鈞。而世故作梗，遲疑不敢請。比見賢勞於復興文化者，龍馬精神，猶是當年，乃恃愛直陳，乞有以賜予爲禱。數行可，數言亦可。率情奉瀆，伏惟諒而察之。專此，順請雙安。

致胡維敏邀餐敍 六十二年二月十九日

維敏姻兄嫂雙好：本週末中午之約，意在請賢伉儷一覘吾家風，雖無盛饌，而意至誠。同約者，紹誠紹誠昆仲、及松青等，咸允偕夫人俱。彼此至諗，毋須用其客套。令三郎務必同來。生長異域之子弟，使與鄉前輩多所交接，不無教育意義，且可藉知我對後生所以身教之道，極盼屆時早臨，萬勿視爲流俗之應酬也。悤此不一。

致吳君遨叙 六十二年三月二十日

敬基兄安善：我等共難於三十年以前，歷浩劫而無恙，而猶未散，亦人生奇緣。邇歲來，彼此人事卒卒，難得良覿。下周末卅一中午，請偕夫人同蒞寒舍一敍。故人六七，隨意談心，家常飲饌，老妻所擅爲。廚下瑣屑，亦有熟手相助，切勿視爲嚴重之舉也。行出至誠，務望屆時雙雙至，幸甚盼甚。謄稿一，賤狀與心情差具於是，希一覽焉。專此，順頌儷福。

致張先生請教沙漠南移之說 六十二年四月二十六日

曉峯先生賜覽：年來數遊華岡，知先生之賢勞，不願造次奉謁。瞻仰偉績，心儀曷已。乞恕冒瀆，敢有請教於先生者。超之老友嶺南曾君，近方從事吾國疆域之著述，關於沙漠南移一說，欲求其究竟，而苦問津無門。素聞先生精研地理，必知其詳，因囑超代爲求教，伏懇撥冗賜示一二，至感大德。超得於天者厚，懸車以來，依然故我，向承關愛，耿耿在抱，並以奉慰。專此，順頌道祺。

致方神父談重要史料 六十三年六月十二日

杰人神父先生道席：奉上吾家次烈所寫「記民治主義同志會」稿一篇。次烈係當年該會之中堅分子，本稿以受在臺之當年同志一再慫恿而寫，距今將逾半載矣。弟近於無意中得見之，乃本黨革命過程中之重要史料也，頗訝其何以等閒置之。且所記故事，十足表現其時參加同志之革命精神，不惜犧牲，不畏艱苦，惟以共趨目標爲歸，大可爲時下重現實計利害者之當頭棒喝。故不俟其本人同意，先寄先生一看。如有同感，盼即付諸先生所重視之刊物揚布之，何如。

復老友濮兄 六十四年一月二十一日

孟九兄如握：惠書並「松江鄉訊」，先後奉悉。歷年所見兄之抒情作品，信手拈來，句從字順，妙喻疊出，讀之如啖哀家梨。偶而論道說理，談言微中，才華照人，弟則甘拜下風也。

拙著書簡中，渴望有一篇兄所允作「從書簡看異生」之文，以增光采。而屢索不應，徒喚奈何。今天賜良緣，兄亦有志「出出鋒頭」，以「改削」所作傳文稿事見囑。此類文字，確別具格調，既承雅命，誼當貢其所能。但息壤在彼，兄文不至，弟按筆不動。奇貨可居，志在必得，毋謂異生小氣也。哈哈，哈哈，佇候德音。

申感類

—身受其德惠而申感念者屬之—

復長老陳伯稼先生謝贈詩　五十八年二月十二日

連日俗忙，乞恕稽覆。長者何其厚我，如許高年，尚斤斤於往還細節，懷願枉顧，何敢當。弟既懸車，無拘無束，又託福頑健，以後晤覿，不虞不易，至望長者爲福體珍重，縱有妥伴，勿勞玉趾於途車之頻頻也。

所賜排律廿五韻，語多獎飾，且感且媿。自惟庸朽，半生碌碌，羌無足稱，而竟承長者逾情之厚愛，不知幾生修到。全篇情致豐饒，氣韻自然，一望而知出自斲輪老手，的爲時下罕覯之作，又無異爲吾身添富。感德之忱，豈言辭所能達。

添富之說何，蓋弟平生以爲人世閒凡可求而致者不足貴，不可求而致者無價，無價寶也。弟本寒士，自視則甚富，但非財帛，而乃多無價之寶。今長者之所賜，弟亦寶視之，故云添富。惟爲弟而費清神者如許，弟誠添富矣，於心終懍懍焉。謂將另繕，配以鏡框一節，萬懇從免。形而上之心靈，勝於形而下之俗物不止萬萬也。日來酬應不斷，屢欲趨候而未果，得閒當專誠一拜。敬此奉覆，順叩健履，並祝春節安樂。（按贈詩見本書「德音篇」）

復長老陳伯稼先生 五十八年二月廿三日

十九日賜書及贈詩新稿，早奉悉，謝謝，遲復為歉。長者筆蹟，皆可留念，似不必另行打格重書。至所改字句，當然後勝於前，但一再為此費神，殊令受者不安也。其中尚有一二存疑之義，容俟當面請益，事非急要，遲早無妨。弟從未學詩，而朋輩往往有贈作。不久前，余天民兄曾寄題書簡一律，玆鈔奉長者一閱。其詩曰：

作者多如鯽，異生獨出羣。江山鍾秀氣，翰墨染仙雲。
善狀難言境，能抒至性文。累廬書簡在，開卷有餘芬。

猥以朽庸，而承老友之謬愛如此，舍緣分外，別無解釋。長者以為然否。春節前夕，俗有守歲之舉，寒舍則於新春後五六日內，有守春之例。因防遠客不時至，不能不在舍恭候也。故專誠趨拜，恐須俟六七日之後。

致老友吳萬谷兄謝贈精箋 五十八年三月七日

辱貺印有尊嫂書畫之精箋一束，世界影藝一張，昨已拜領，欣賞之餘，至感厚情。賢伉儷天生妙才，皆以詩文書畫鳴於時，眞可謂不折不扣之一對璧人。椎魯如弟，深以有此良朋爲榮也。敬此奉達，聊申謝忱。

復鄒君佛雄謝贈詩 五十八年三月七日

讀惠書並佳章，且感且媿。弟苦學未成，從不敢文人自命，偶有塗抹，鄙倍譾陋，不足見大雅，而承朋輩之謬愛，往往致不虞之譽，殊越意料。先生文筆不凡，倉卒成篇，已甚暢達，加以洗鍊，當更可觀。如荷重書見惠，留資紀念，則所願也。

日前有耄耋長老，寄贈排律廿五韻，弟謝函中，有「人世間凡可求而得者不足貴，不可求而得者無價，無價寶也。異生本寒士，而自視則甚富。但非財帛，而乃多不可求而得之寶，長者所賜，當亦寶視之，是無異又添富矣。」之語，今於先生之所惠，亦如是云。特此奉達，聊申謝忱，俗忙，乞恕遲復。

復沈老之萬先生 五十八年四月七日

大示拜悉。辱賜名筆，厚情萬鈞，何日忘之。前此奉謁，見長者容顏腴潤，不減當年，而今恭覽尊書八行，筆力强勁而神充，絕不類出自高年之手，敬以難老人瑞爲祝。賜筆謂供寫作之助，讀後慚感無任。弟未嘗讀書，自分椎魯，平昔强顏操觚，但表心聲，從不敢自居述作。年來以戔戔小品，獻醜問世，居然博能文虛名，實越意外。深思所以，非賴長老友好之謬愛，時賜揄揚，決不能致此不虞之譽也。拙作「我生一抹」，自編入三民文庫後，已告再版，去年新出「累廬書簡」，銷路亦不惡。近應書商情懇，續集又將出書。惟此三書版權，已一併出讓，書非我有，故無以廣贈親朋。今特購一册以獻，乞長者不吝斆正，幸甚盼甚。

謝高明先生賜序 五十八年四月十九日

淺人拙作，得文豪一序，光寵之加，有不可勝言者，念之念之。

謝方豪先生賜序 五十八年四月廿二日

電話中獲賜序之訊，如奉綸音，喜不可言。檢塵有關文稿數紙，供立意之參考何如。

謝邵君德潤惠序 五十八年四月三十日晨

尊稿簡鍊凝重，極具分量，筆力學力，皆斐然可見。文末謙言受業，益顯勝藍之感，爲書增光，爲我加榮，幸何如之。

復徐君謝盛情 五十八年五月十六日

某兄處長賢者：讀十四日惠敎，驚喜無任。蓋前書奉瀆，區區初意，聊盡對後生一片垂憐之心而已。竟承賢者不棄，鄭重相復，允爲推愛設法，此時此地，如此風義，滋可感矣。是以驚喜之餘，竊自忻幸，庸朽之人，亦得與賢者爲友也。

附塵不日面世之拙著序一帖，別來賤狀，可於此見之。然對友好之過愛，終感無以報德爲慚。於我兄之不棄亦云。

復陳老謝購吾書以惠後生 五十八年六月十二日

稼老長者：捧讀手敎，敬悉近注力於回憶錄之撰述，以耄耋高齡，竟能朝斯夕斯，累旬匝月而不息。且於遠年往事，單憑記憶而追溯之，神思不衰，期頤可必。長者亦具異稟人哉。

此次新出拙著，方高諸序，揄揚過量，而內容殊不足以稱之，甚歉慚也。不識長者之觀感何如，還望直言敎之。弟所自信者，無論長書短簡，皆出至誠，皆不外立身處世之道，皆力避陳腔濫調之詞，故發行以來，口碑亦尙不惡。手敎謂購以分惠後生，謬愛吾身而及書，至仰長者用心之仁厚，感念感念。比遇書商，告以前出一抹已再版云。拙人拙作，居然能見重於世，亦吾生之幸事也。特此奉慰長者。

復老友吳萬谷兄謝獎飾並贈書 五十八年九月廿四日

讀十八日手教，惶汗無地。淺人厚顏之作，鄙倍是懍，而兄竟與蘇黃曾左並論，豈敢豈敢。意者，過承謬愛，而有所蔽耶。或賢者獎善，隱隱含鼓勵耶。辱惠法書逸雲集，及倣古精箋，遞到有日，延復爲歉。是二物者，皆非凡品，當什襲珍藏，藉志雅愛。

致老同事魯君謝贈書 五十八年四月九日

魯山大哥偉覽：向者，弟懸車前夕，接尊著「文賸初輯」，適別有所忙，置而未讀。山野之性，不欲以撫拾飾詞以爲報，故稽復至今，乞亮之。尊著皇皇鉅篇，而名曰賸，又標之以初，想見述作之富。椎魯如弟，眞有望洋向若之歎。近以半日兩夜讀之終篇，文與詩聯選讀，雜纂則全讀，恕我淺薄，管窺所得，文以辭藻勝，詩以自然勝，聯以奇巧勝，雜纂以濃趣勝。綜而論之，非才華卓越者不足以語此。惜勘誤欠周，異字疊見，然無關宏恉也。爰申敬意，順頌雙福。

答神交李君申知己之感 五十八年十一月七日

鐵夫同志閣下：讀先後來書，語多過獎，媿不敢當，但知閣下今之有心人也。細味大名，與鄙人之號異生，實異曲而同工。想見閣下孤憤强毅之氣，撲人眉宇。意者，亦吾同道耶。但吾垂老，祇合匏繫矣。年來厚顏獻醜，襮其平生，所以告無罪於社會，聊盡我心。視夫世之自衒、自鬻、自媒、甚且資以牟利者迥殊。辱承藻獎，感媿何如。謂有暇枉顧，衷誠歡迎。惟請事先示知，免彼此參商也。寒舍電話九七九六六六，臨時電約亦可。來書信手拈來，清暢可喜，具徵讀書有得者。信札文字，在求達情，微疵無傷。閣下富好善之心，賸近稿數首供參考，餘容面縷。悤此，順候秋安。

復羅兄謝贈精箋 五十九年一月十四日

佩秋兄偉覽：辱賜特製精箋，雅致可愛，謝謝。惜質地過嬌，墨淡患滲，濃則澀，非媢其性者恐不易用也。

尊翰謂弟未去文人積習語，讀之喟然。渡海以來，契好之贈此類箋者，當年有萬君默，係其所藏民初舊都出品。去歲有吳萬谷，即本箋。二君見贈之雅意一如兄，故人盛情誠可感，而如弟之鄙倍無學，竟謬邀朋輩以文人相視，實有聲聞過情之愳。尤以改用左腕，往往十九不能稱心。上天忌我，徒喚奈何。用此精箋，終嫌暴殄。恃愛直道，而對雅意則不敢忘也。悤此，順頌雙安。

謝黃公隆遇 五十九年一月二十日

季公錧長尊覽：不才白屋書生，疏於酬世，近蒙紆駕枉顧，竊喜隆遇。今又奉頒特約纂修之聘書，尤感榮幸。後此公有所命，自當盡其在我者以爲報。謹準於本周四晨九時，趨前聆教。專此陳聞，並叩道安。

謝劉先生爲紀念刊宣揚 五十九年二月十三日

國瑞先生台覽：方豪神父邀宴大利之敍，瞬逾二月矣。前承惠寄圖書季刊，時正値俗忙，稽謝爲歉。鄙人所編花谿卅年一書，原係舊同仁紀念結緣之作，成於倉卒，闕失難免，謬蒙雅愛，在貴刊中以方框專欄惠予宣揚，至感榮幸。敬此申謝，順頌猷安。

復神交林君謝嘉貺 五十九年九月二十日

治渭先生安善：壹昨接讀尊札，感媿交并。疊歲佳節，輒辱遠惠，何厚我之至耶。珍貺於望日適時而達，亦算巧事。承示與某名流所貢於元首者同品，尤感盛情。憶曩歲備位扈從時，在北伐軍次，在抗戰陪都，元首食用之方物菓點，亦屢嘗其味。哈密甜瓜，印象猶新，今處休致歲月，以先生之因緣，而獲一溫舊夢，自惟遭際，差足自慰矣。笑笑。

致袁金書兄謝邀宴 五十九年十月二十七日

一昨悅賓雅集，滿座詩文名家，成惕軒吳萬谷二先生尤佼佼可師。弟以椎魯野人，溷迹其間，雖自慚形穢，而深感榮寵之德也。敬謝敬謝。前寄奉拙著「應用書簡」，諒達左右。素荷謬愛，願聽教言。兄離府任今職，論時不過經年，而聲譽揚遐邇，大足爲府僚之光，且亦示人曾受領袖薰陶之幹才，畢竟不同凡響也。

謝毛君贈醋 五十九年十一月二十七日

振炎兄：謝謝，蒙惠名醋二巨瓶，早由王君縉達交來，厚情頻加，媿無以報。此物的乎珍品，揭蓋則香溢，聞香令人饞，弟固視爲開胃之良藥也。頗欲以告同好，但不審北市有分銷處否，乞便中向其產地一探如何。

謝陳伯稼先生贈書 五十九年十二月十九日

大著遲莊回憶錄，拜領有日矣，皇皇鉅篇，以俗冗尙未細讀。然粗略涉獵以後，所獲印象，似無異一部近代史之縮影，於典章、政教、風俗之演變，皆可於此覘其迹。視夫世之號稱回憶，而徒爲自身留鴻雪者，迥然異趣。周序結末所云，「此乃先生之長編自傳也，簡編族譜也，試院編年略史也，當代人物志也，黨國大事記也。」之語，實不足以盡之。如拙著「一抹」之鄙俚無物，竟蒙在尊序中齒及，而與名作並論，媿何敢當。謹案大著載述，才及中歲，已如此豐贍，嗣後續出，定有更勝者無疑。世逢離亂，身躋高年，而能成此鉅製，亦人間之奇蹟也哉。可喜可賀。早應陳此區區，聊申謝忱，因邇來爲跑三堂而忙，致稽延至今。三堂者，喜堂、壽堂、孝堂也，一笑。再，立委蕭贊育先生，聞長者回憶錄出書，亦欲一睹爲快。盼贈其一冊何如。寄立法院或中山北路一段一二一巷九之一。順叩健履。

謝陳淩海兄惠贈影印吳稚老墨蹟 六十年七月十七日

辱惠稚老法書集，敬謹拜領。蒐羅之富，印製之精，視五十三年黨史會所編之墨蹟，不可同日語，誠希世瓌寶也。厚情如此，不知何以爲謝。猶憶二十餘年前，還都後不久，尊夫人瓊妹，曾以稚老篆屛見貽，文曰「山古刻石日高暴書」，往日種種，俱付浩刼，此屛迄今獨存。弟於稚老生前，未嘗一盡侍生微誼，而以賢伉儷之故，竟得長親其手澤，藉申仰止之忱，是亦奇緣也。兄以爲然否。歲月易邁，新春一晤，倏爾盛夏，敬以府上大小安吉爲頌。附拙稿「佳訊」「拾遺」二紙，聊報近狀而已。

復陳明燊小弟謝贈元老墨寶 六十一年一月八日

明燊小弟英覽：接七日自警校來書，快如面覿。知君讀拙著而有得，忻慰無任。所附令尊親長老墨寶一幅，是龍飛鳳舞之作，求之於今，不可多得，敬謝敬謝。看跋語及印文云云，又知令尊親乃革命先進，開國元老，耄耋之年，而有此筆力，具徵秉奇氣，能永壽，期頤人瑞，定可預卜，謹爲德門慶。

回憶中和邂逅，忽忽三載，警校受業，進益必多，學成有期否。甚望得暇過我一敍也。

再者，承告令尊親謂拙文可作課本，囑君務必精讀一節，鄙人至感榮幸。請轉告令尊親，鄙人無學，而甚虛懷，如蒙教正，傾誠拜嘉。專此，順祝府上百福。

謝陳仲經先生贈書 六十一年七月二十六日

大作「琴樓吟草」，早經拜領，賜小女者亦轉去。超與女何幸，而得厠名卷中，深感附驥之榮矣。敬謝敬謝。猶憶二十年前，惕老卸職院長時，同仁送別簽名軸上之序言，聞係出自先生大筆。典雅古樸，不同凡響，想平日類此文章必不少，此次梓行本集，如選粹附錄之，豈不更爲可珍乎。專此致意，乞恕遲復。

復旅美鄉友毛君謝告鄉訊 六十一年八月十一日

鴻猷我兄如握：上月杪，接廿五日惠翰，藉悉小兒近情，喜極感極。斷訊已十年，自經紅兵之劫，以爲凶多吉少，一朝聞其無恙，患難中之可喜者，孰逾於此。然皆食兄對友熱情之賜，其感德爲何如耶。年來傳言，大陸居民，悉被迫他遷，骨肉星散，遠及邊徼。而觀令姊與吾兒二家，迄猶安居本鄉，似我江山情形，不如一般傳言之甚。豈其統治方式，或因地而異乎。此事頗値吾人之研究。弟於小兒，知其平安已足，不欲他求。祇望兄致意令姊，請其便中留意小兒之消息而已。

歷次尊翰所談種種，皆爲此間所罕聞者，至佩兄之有心與卓識。還盼多多惠教爲幸。國運屯邅，惡鄰惡訊，逼人而來，大勢如此，聽天由命。悤此，順頌儷福。

示毛甥謝壽 六十一年十月二十日

强甥清瑩雙覽：所惠名畫，喜氣迎人，珍品也，謝謝。關於生日事，賢伉儷之種種盛情，我甚感念。但望到此而止，後勿復提。

天相中華，果能重回大陸，爾等與龍桐昆弟聚首同壽，豈不懿歟，豈不懿歟。

附複印致港友公孟書一牋，盼以示兒輩，使知號稱異生之老人，其所以異於流俗者，亦自有說，而且始終如一。專此，不盡。

謝陳先生賜墨寶 六十二年一月三十一日

立兄尊覽：墨寶三幅，廿八日拜領。承賜留念二語，浩氣生於集義 壯志原爲求仁 含意至深，弟已裝潢張之，擧頭在目，如時親謦欬也。

給劉鄭二君者，當日卽送去，伊等得之，喜無量，感無量，囑代申謝忱。

歲月遄邁，春節又臨。叨天之福，依然平安。內子沿例製備節食數色，今郵奉小許，與尊兄嫂共之。兄記弟言否，如視同世俗之送禮，則非異生之所願聞也。悤此不一。

致陳先生謝盛宴　六十二年十月廿六日

立兄賜覽：寄奉載有評介大作之剪報一紙，及日昨欲發未果之寸緘一分，乞察收。前日尊邸盛宴，不僅齒頰留芳，而當年共難故人，得歡敍一堂，尤令人念念不忘也。

致徐之潤申謝忱　六十二年二月十九日

之潤我兄：前承遠道見顧而失迎，歉悵兩深。所惠珍物，鄰婦當日卽交來，超曾數次致電尊寓，欲申謝忱，而終不得達。今乃查明號碼已換，並知日常從公在台中，周末則回北，如此僕僕往來，想見奉職之賢勞，可念可念。自兄榮任今職後，時於報端見嘉猷，又嘗聆宏論於電視，一派踏實作風，是政治革新之基，超忝居告老先進，至慶吾鄉後起之有爲也。道謝盛情之餘，率此致意。

復楊君謝贈方物　六十二年四月五日

力行兄如握：發自元晦樓（金門勝蹟）手簡，月初拜悉。貺物亦於同日遞到。適舍下有雅集，卽以餉嘉賓，啓封雖已半碎，而本質未變，仍香脆可口。千里相遺，惠及我友，亦巧遇也。細察形似，與家鄉麻酥糖同類，所異者，其糖質一脆一軟，一塊狀一捲帶狀耳。家鄉糕點，闊別已久，驟睹此物，曷勝蓴鱸之思。而今兄履是邦，擧目大陸，當難免故國河山之痛，寄情翰墨以抒壯懷，以勵人心，企予望之。弟連朝無事之忙，乞恕遲覆。

謝友人贈名醋 六十二年六月廿九日

振炎兄好：日昨特翠送來嘉既眞醋二瓶，拜領之餘，深感邇年來兄於此物，不斷賜與，一如人民對官府之納稅然。在兄誠爲厚情，弟則於心何安。今據實奉告，舍下此物，尙有存貨，一時無需補充。嗣後弟未討索，請勿先惠。願與兄約，一言爲定，千萬千萬。令愛賢壻夫婦，佳況如何，時在念中。附奉陳立夫先生新著一本，暇時覽之，保可得若干新奇見解也。

復新交丘君謝奬飾 六十二年七月五日

秀强先生偉覽：向承惠教，奬飾逾量。並謂將拙著列入進德修業之書，以作家教範本，榮寵之加，感愧感媿。拙著問世十年，口碑載傳，如先生之所爲者，洵乎不乏其人。自揣淺陋，而竟獲不虞之譽，殊越意外。實則凡所陳說，率性抒情，徒留鴻爪，祇通人雅言，無足比數，尙祈先生不吝教正爲幸。所云有意枉顧，不勝歡迎。孤陋之人，極願一聆教益，藉廣見聞。惟舍下僅敝夫婦二人，常不時他往，務請先約時日，俾便恭候，免臨時空勞大駕也。俗冗稽復，乞垂亮焉。耑此，順頌著安，府上百福。

謝紀神父重視拙作　六十三年一月十四日

紀神父道席：本月十三日，貴刊竟將鄙人致令師吳神父拙簡，及近作許先生八十壽序，一同刊出，並爲拙簡特製眞蹟版。自惟譾陋，深感榮寵矣，謝謝。此序率性之作，文無足取，其事則爲史實之最可徵信者。故此閒名刊物如暢流、建設、浙江、皆競相選用，稍後卽面世。今貴刊率先布之，受人矚目，自在意中。特懇補惠數分，擬以交被壽方留念，亦所以紀主之恩賜也。

謝沈老贈粽子　六十三年六月廿三日

萬老長者道席：昨日午後，承令親申太太送到長者所賜粽子時，適有客在，知爲名製，當卽分食品嘗。無論材料、包紮、鹹淡、火工、樣樣到家。尊夫人之傑作，眞名不虛傳，而長者之厚情，尤可念也。專此申謝，順頌雙福。

謝林君饋金 六十三年七月六日

治渭先生足下：讀四日惠書，並附千金匯票，駭然又欣然。自惟鄙陋，神交以來，愧無有裨於足下者，何以突施厚贈，所以駭然也。浮沈四方，頻獲古道友，薄德寡能之人，而偏多奇緣，所以欣然也。足下此次之得稿酬，正宜爲佳作揚世賀，今乃移以爲弟壽，無功而受祿，試易地以處，將如之何。況取與之道，在拙著各書中，實例不少，足下或留有若干印象。玆爲吾行吾素，敬以奉璧。區區之愚，還希亮之。而盛情千萬，則永銘於心也。尤有進者，林下生涯，猶是當年，人事卒卒，日鮮暇晷，賸近稿諍老友書一紙，可睹賤況之槪也。

謝旅菲神交張先生厚饋 六十三年九月三日

建華先生閣下：辱惠名貴衣料双幅三大碼，於本月廿二日拜領。閣下何其厚我之甚耶。越二日，接奉十四日手書，並悉另有金筆派克61型在途，一俟到達，當卽以聞。年來頻蒙嘉惠，耿耿於懷，而今又賜多珍，不知何以爲報。媿極感極。

猥以庸朽，志業無成，藉區區拙著之問世，居然邀不虞之譽，且廣結神交於四海，聲應氣求，所以助予惕厲者無限。而知遇之隆，惟閣下爲最。此種文字因緣，殆亦有數存焉。

竊想閣下旣是翰墨中人，復爲尙道君子，則弟所欲奉獻於左右者，不敢以尋常用品相餉，而願進所藏可供清玩之物三數事，備供案頭作良伴。儻亦閣下所樂聞乎。物單見後，裹紮一包付海運，遞到時，希卽示知爲感。

抑尤有進者，日月其邁，彼此神交忽忽四載，過蒙謬愛，時以想望丰采爲懷。盼寄玉照一幀，闔府更佳，置諸座右，可朝夕晤對也。此間埋頭建設，已成觀光勝地。閣下何時有祖國之行，倘得一圖良覿，豈不快哉。嗣後有需於走者，凡力所及，誼不容辭。實告閣下，我雖云邁，而奔走之役，仍能勝任如當年也。專復，順頌道安。

謝季君賀壽　六十三年十二月三日

國昌鄉親足下：別來無恙爲頌。向承惠柬賀壽，實不敢當。區區賤辰，自來等閒視之，足下竟牢記在心，如此盛情，感何可言。超生而有矯異之性，凡關陋俗事，其在人者從眾，其在己者盡心自勉，拙著中言之數矣。足下稍加留意，當可瞭然。附印稿三紙，卽所以表我盡心之作也。專此申謝，恕遲復。

與神交王君　六十四年三月五日

牧之先生偉覽：僕慙無學，而有「君子恥之」之累。比讀上月浙刊大文，謬荷榮寵，竟列僕於作家。自量椎魯，猥何敢當。然厚愛之德，中心藏之。知先生有道君子，如蒙不棄，請示居處，俾得閒可圖良覿，藉聆雅教也。專此，並頌撰安。

復老友王兄 六十四年三月二十一日

澤湘兄好：前以拙稿求教，厚荷不棄，剔刺除骨，精簡不少，亦添美不少。惟其有傷原意，違眞切，更面目者，雖典雅邁俗，爲保個性，不敢苟同。而其中改「和如春風」句之「和」爲「穆」，「盡職是務」句爲「莊敬自尊」，（此尊字不如用矢字）至精至當，心折萬分。此文將布之於「暢流」與「建設」，他日兄如得閒，復覽一過何如。總而言之，凡兄所正者，弟無論取否，皆甚獲益。如此良師，幾曾見之。言出肺腑，萬勿視爲虛套也。此次大示所責望於弟者，遲遲未報，非不爲，是不能。深恐過拂盛意，勉成一短文奉覽，乞是正後，擲交內子抽暇書獻。然我夫婦終緦緦以爲不足登大雅之堂也。

瑣務類

——凡不屬上舉各類之瑣事屬之——

致後進徐君 五十八年四月十三日

昨手交款額，又逾常率，前囑舍親璧奉溢數事，君豈忘之耶。我平生不願多累親友，對君盛情，當然深感，而過分厚我，終令我不安。務望以後按常率交我，免增我不安爲要。實告君，歷年來祿秩雖薄，因得故舊道義之支持，日用所需，足資挹注，萬一有虞不給時，自當直白相告也。

君謂對拙著「實用書簡」，曾首尾圈點細讀，不知讀後觀感何若。書中實情實事，眞言眞理，大可供處世讀書之借鑑。憑君天資，獲益必不淺。此書出後，確乎不脛而走，凡老年文人見者，皆異口同聲，歎爲今日難得之好書。相善老友，尤深喜之。自惟不學，而今居然因戔戔小品，而博虛聲，亦非始料所及也。

昨在席閒，曾有自認巨富之言，其理論見最近致萬里書中，茲將打字書稿一分，寄君覽之。

復文友會君 五十八年五月十二日

先後片函，均奉悉。何物蟲毒，竟尼台駕之行動耶。弟於假期，十九不在家，平日之晚，則常有未能免俗之酬酢，老友枉顧，竭誠歡迎，但請事前通一電話，免空勞玉趾也。

令友劉明山先生，對區區孤憤之論，居然大發共鳴，亦可謂天涯神交也矣。「實踐」似非公開刊物，弟尚未之見，不知主編爲誰。

拙著一抹，書商通知，已再版。書簡問世，銷亦不惡，續集即將出書，內有文壇巨擘高明先生、名史家方豪先生、後起之秀邵德潤先生爲之序，皆極具分量之作。尤以高序揄揚備至，目無餘子，喜愳同深。喜則見重於大家，愳則過承老友之過愛，聲聞過情，苦無實才實學以副之，奈何奈何。

復沈老報命 五十八年五月十五日

大示拜悉。弟不敢欺人，尤不敢欺長者。聯語一道，弟亦外行，尊囑事，另託行家代爲之，不審中意否。（聯文見後）鄙見此類酬應，其無特殊情誼者，以幛軸爲省事。不審尊旨以爲然否。

附塵書序一帖，其中首序作者高氏，係文壇祭酒，其立論大膽而痛快，是大文章，但揄揚過情，不足以當之，殊慚慚也。

好友日凋零，卅載川中，無限傷心悲往事。
傾尊常話舊，廿年島上，那堪洒淚痛良朋。（此聯輓川人劉幼甫 余樹芬先生代擬）

復文友曾君 五十八年八月十日

予之行也，如禹之行水也，行其所無事也。讀前日來片，不禁啞然，亦訝然，行其所無事之事，亦值得鄭重其詞而歌頌之耶。所附致王局長正誼書，讀後即投去。鄙意與不投等耳，投則盡心而已。

致成君言志 五十八年八月十四日

本屆高普考閱卷，又采及葑菲，至感關愛之切，但不審箇中尚有老傖濫竽否。當年觸目驚心，故毅然裹足，因具阿Q精神如弟者，不能不斤斤於此也。辱相知，特坦然一言。

致神交林君 五十八年十月十三日

治渭先生安善：辱惠名產文旦，昨已遞到，包裝完好無損。試嘗其味，果異凡品，厚情重誼，媿無以報。自往歲彼此神交以來，知先生有心人而好學，與時俗所謂老油條之公教人員，大異其趣。茲特寄奉極關近代史料之蔣廷黻選集一部，備供案頭翻閱之資。非敢云報，乃昔人所謂寶劍贈英雄之微忱而已。所云拙著底封首席參事字樣，是商人之生意經。實則樞府參事中，惟弟兼職單位主管，有首席之實，而無其名。虛誕之事，素不屑為，書商擅為之，亦莫可奈何也。此書銷路不惡，聞書商言，文庫各書，大都新出時買者較多，而拙著則經常有之。自惟淺薄，居然幸獲知音，殊越意外。告老歲月，頗能自樂。先生來北時，可枉顧暢敘乎，望之望之。

復桃園宗親婉謝邀觀祭典 五十八年八月二十日

金方宗親台覽：比接吉柬，欣悉此次貴處長祥宮「中元祭典」，輪我宗親當值，有演劇賽豬之舉，甚盛事也。承邀躬與其典，至感厚情。惟以天熱路遙，不克趨賀，祇遙祝神靈降臨，普祜眾親友平安百福，長慶吉祥。專此致意，並申謝忱。

復老友濮兄申說愆期情由 五十八年十月三日

孟九兄：賜書敬悉。中秋前夕起，以迄翌晨止，鑒於漫天風雨，處處災聲，無法踐峩嵋之約。（原約花谿同仁七八人於廿七中午在峩嵋餐敘）屢欲與兄通話改期，初則線壞，繼則線忙，及偶通而府上接話無人。不一刻，線又告壞，久久不復，中懷焦急，莫可名狀。不得已乃走遠處裝有自動電話之楊家，請其俟能通話時，代致罷約之語。而今接賜書，始知楊家竟誤傳鄙意，致累兄風雨中枉走一程，事出無奈，祇有怨天。因此次風雨，重新路上，積水齊肩，交通中斷者竟日。如此天變，衡以常情，約會作罷，乃當然事，而弟之焦急，是基於平素之作風，不能不求盡心耳。然於此等處，亦足見兄信弟之深切，以爲言出必果，決不有誤。今後當益自惕勉矣。以上云云，原欲電陳，知兄有事於外，故作此箋，實情如是，乞垂亮焉。

復老友曾兄談編刊花谿紀念刊事 五十八年十月五日

三省我兄偉覽：一昨賜書敬悉，乞恕遲復。弟居處塏塽，幸免水患，厚荷垂念，謝謝。但不審府上如何。大文甚佳，敷陳往蹟，足資同仁之紀念。而文中竟齒及賤名，且感且慙。不才如弟，祗有益自奮勉，冀無負老友之雅愛。所望時賜教益爲幸。此次從事編印紀念刊事，承同仁諸君子，熱忱輸稿，裒然成集，共得十萬餘言，大都精采之作，極具史料價值。如無周折，月杪可面世。自惟淺疏，失檢難免。他日能獲同仁之曲諒，則幸甚矣。

復後進周君志仁告以鄉掌故 五十八年十月卅一日

廿七日書已悉，近因趕編一紀念刊物，故遲答。承詢吾鄉先哲，就所知者，略擧一二如次。

一、徐存，卽前輩父老口中之逸平先生。南宋時名儒，與朱熹爲友，墓在邑城南門外某村。民初，予肄業書院時，嘗旅行於此，父老傳說其故事甚多。

二、毛尚書，明代進士，石門人，名愷，字達和，官刑部尚書時，以伉直執法不畏强禦名。

三六、柴大紀，（來書誤柴爲紫）清乾隆時人。家居南鄉長台，官至總兵，平林爽文之亂有功。聞台灣嘉義尚有遺蹟云。

予所知者止此，君欲知其詳，須查史籍。如有江山縣志，想當更好。所稱某史學家，謂毛一鷺與嚴嵩爲一丘之貉，恐牛頭不對馬嘴。古文中「五人墓碑記」，載有毛事。毛爲魏忠賢之私黨是實，時在明末。而嚴嵩當權，則在明世宗時也。再者，讀予文時，能注意結構造句用字之法，則可多獲益。以言修養，則一抹中「信念」「三六」諸則之理論，大可供細嚼也。

復僑港鍾教授通情愫 五十八年十一月十六日

應梅先生道席：接手教，快如把晤，暌違雖久，靈犀相通。溯羊城聚首，彼此方丁中歲，今則已迫桑榆，興念人生，曷勝逆旅過客之歎。展讀大著，至佩名山有託，可垂不朽。弟深慚椎魯，强顏獻醜，祇效勞者自歌。居然能邀世人之矚目者，有如「飫聞笙歌，而忽聽樵唱之悅耳，久饜珍羞，而驟進菜根之可口，」也。先生以爲是否。茲遵囑寄奉「我生一抹」及「補編」各一，此爲五年前所自印，今流行坊間者，多三民文庫本，內容大同小異。別後賤狀，粗備於此，不再贅。另奉書簡半環記紀念刊共三册，統祈有道不吝教正，千萬千萬。府上尊況，時在念中，敬以安吉爲頌。順叩著安。

致任事嘉義鄉好毛君告以好事諧　五十八年十一月十七日

振炎兄嫂雙覽：此番到嘉快晤，於令千金大事，得完滿定奪外，並聆兄當年于役塞北之光榮經歷，佩慰無任。弟昨偕內子專誠訪令親家朱老懇談，一切照尊嫂意旨行事。如何治裝，則聽兩小自主可也。以聖誕節爲期，適逢吉日，彼言甚好。此老素稱固執，此次如此開通，可喜之至。惟其處世作風，與弟同調，自家有事，不願驚動親友，故佳期宴客，對我方五席當然歡迎。彼則祇肯請一席而已。此亦甚好，聽他罷了。所惠旨酒，歸後即開飲獨賞，其味之醇，來台廿年，前所未有，謝謝。

答神交常山季君通情愫　五十八年十二月二十六日

國昌鄉親同志如晤：自來吾江常二邑人士之旅省外者，大都視同同鄉，故以鄉親相稱。貴邑前輩中，有江金斗，李春芳，徐致祥者，皆爲鄙人當年衢師同學，君識其人否。

讀此次來書，知君亦曾久歷戰陣，效勞國家。今雖解甲，而愛國之心不替。且好善求進之志，躍然紙上，殊堪敬佩。

拙作諸文，莫非抒我心聲，竟獲鄉親同志之共鳴，忻幸何如。鄙人平生，事事盡其在我，榮枯否泰，聽之於天。所以能自足自樂者，惟此而已。來書過獎，謝謝。悤復，順頌年禧。

復劉君論所贈題字 五十九年二月十九日

松壽兄如握：讀上月杪惠書，藉悉令友彭良潔先生，對拙題奉賀嘉禮之字，備加讚賞，不勝惶媿。猶憶當時原擬倩人代筆，因期促自書，乃病手久疏，勉能成字而已，所謂功力與章法，皆無從談起。竊揣此類題字，事過卽撤，而兄至今仍張諸室，如此珍視，過蒙寵愛矣。頃以題賀戚友之喜慶，筆紙兩便，特另題一紙奉贈。論字尚不足登大雅之堂，祇其排列勻稱，較前所題者略爲順眼已耳。

與陳先生白近事 五十九年四月二十三日

立兄賜覽：年來疊於電視新聞得瞻尊影，是形迹雖疏，情同時親謦欬也。二周前，恭聆中山堂上講孔孟之道，兄於某女士讀稿畢，發揮餘論，語語砭世，動人肺腑。論及時弊，意氣昂揚，無殊少壯，具徵清朗已復，私衷良慰。自兄歸國，凡所言行，益爲世重，其見諸公論者，南韓之行，所以加深彼此文化之交流。國醫節論醫之文，所以解積年國人對於中西醫之所蔽。本屆中全會之提案，所以端正沈溺之人心。近倡「人理學」之說，所以闡揚孔孟思想之精義。之四者，皆攸關文化復興，皆應大書特書者也。

弟近撰宗嫂王氏墓表，昨由楊友先代求敎，承爲指正之處，至佩精當。此類文字，關於字句之安排，儘多仁智之見，然其種種不成文之義法，終不可違也。

又春節前夕，蒙派專人致厚貺，拜領之餘，深感不安者累日。弟生平所爲，祇求盡心，不問其他，兄何尚不知異生之所以爲異生耶。弟之於兄，終慚感德無從，萬望尊兄永以異生視異生則幸甚矣。紙短情長，不盡不宣。

復神交王君家雲 五十九年八月十五日

家雲先生閣下：接手書，知閣下亦爲有心人，讀拙作而起共鳴，喜吾道之不孤。鄙人才識譾陋，媿無所長，偶有塗抹，莫非攄我心聲而已。以言書簡，其先出名曰實用者，分量較重，盼閣下再購讀之。如荷教言，傾誠拜嘉。茲奉贈陳迹、半環、花谿各一，收後惠復。郵票十枚附還。所云應章、松青諸友，皆深知我者也。悤悤，恕不具。

復曾兄共惜幹才金氏之死 五十九年六月十一日

定一兄：示悉，人事眞無常，一個活潑潑地有爲幹才，瞬息間幽明異路，實無話可說。昨在喪會聽人報告，屢有顯位厚祿之緣，皆不肯就，而惟事業是徇，不禁感慨萬千。歸來立卽寫俚句輓之。句曰：

志高行潔，但知做事，不知做官，所重在素抱，今也幾曾見過。

才大學優，用之有為，舍之有守，竟死於非命，天乎何阨斯人。

弟於此道非所長，乞有以正之為幸。尊作當然無不可，然不加註，恐人莫明所以。又死者生前，叔我是實，謂其伯我，兄誤記矣。

復神交歐培榮通問　五十九年七月十三日

培榮先生閣下：惠書敬悉，因目疾遲復，希亮之。尊款如數奉璧，所以然者，細讀拙著各書，當明悉鄙人之為人，恕不多贅。但盛意則永永在抱也。觀閣下對於此事所云為，知閣下好學而好善，亦吾道中人，與當世俗士大異其趣，欽仰無任。自此結為神交，歡迎之至。

拙著問世以來，居然見重士林，殊非意料。承讚文筆精鍊，確有見地，實則唯一特色，在內容之求眞求實，可為信史，精鍊其餘事耳。一抹中「信念」「三六」二則，於處世之道，敢言是平生力行之結晶，還盼閣下少留意焉。

日前閣下至考院所晤者是舍姪，而非吾兒，鄙人身世，如荷關注，請於拙著中求之。茲寄贈往歲自印一抹二册，內容與三民本大致同。殿後親故題跋，係道義之聲，閣下覽之，倘亦可起共鳴乎。又附近稿二首，盼不吝教正，幾時北來，歡迎惠顧快談。

致僑非神交張建華 六十年六月十一日

建華志兄閣下：五月杪寸緘諒達，茲寄奉陳公立夫墨蹟一幅，題曰「謀事不可不愼，見事不可不明，處事不可不公，任事不可不勇。」嘉言壽世，至可寶也。前此閣下惠教中，有「求人之事究竟不易」語，今陳公負中外重望，而鄙人所以輕易能請其書贈者，自有深切之因緣在。不審閣下讀拙著各書時，曾留意及之否。另附陳公近札複印一分，可留爲紀念。至內子獻醜之作，請稍待，決不食言。

致陳先生 六十年七月十二日

立兄安善：上月承示大作「溫故硏新」一文，弟早於報端及四月號浙刊先後拜讀。竊感兄以「從根救起」問世以來，所發布之言論，其所以鍼砭時弊者，更爲深切，俟積相當數量時，再集刊一次何如。

日前蒙爲僑非同志所寫條屏，筆力雄健，可徵永壽。四句嘉言，尤足淑世，已有謝信至，是多結一文字緣也。

昨塵拙稿「佳訊」，諒達尊覽。近以意外因緣，又成一文曰「拾遺」，事關當年軍政，至懇有所賜教，幸甚感甚。

敝鄉友姜君一華，上星期曾過談，謂讀易經有心得，秋涼，當趨謁領教。云云。專此奉達，順頌雙安。

復劉友婉拒屬書 六十年十月十二日

松壽兄如握：前接來書，藉悉讀拙稿而有所得，兄固有心人，僕則深感榮幸矣。自惟生平，眞實是務，情卽隨之。凡讀吾作往往起共鳴者，殆繫乎是。兄以爲然否。年來謬荷厚愛，一再囑書，具見摯情。所以遲遲無報者，實以左腕作書，究遠遜於右。每執筆，輒興「我嗟塗鴉手如棘」之感。果强顏獻醜，將使兄平添困擾。張之乎，不足爲兄榮，置之乎，揆諸恆情，似又歉然於僕。旣如此，則兄何貴有此哉。抑尤有言者，僕之雅故中，見僕書札，習用常簡，誤爲從儉，時以特製仿古精牋相貽。僕悉置未用，蓋恐書箋不稱，難免見譏方家，罔知自量，豈不自詒伊戚。今對雅囑，始終不敢率爾從事者，亦爲同一緣由。志在藏拙，別無他意，惟知我者亮之。

復沈老讚其强記功夫 六十年十月二十一日

之萬先生長者道席：不知意外俗冗何其多，承賜「藝文志」已有日，稽復乞亮之。大作「北伐前江浙軍政內情紀實」一文，其中有關當時軍政內幕者，乃近代史第一手好資料。原原本本，非親與其役不能道隻字。去今將五十年矣，單憑追憶，而詳盡如此，至佩長者之强記，亦永壽之徵也。可喜可賀。文中敍及夏超獨立事，謂在民國十四年初夏云云，據弟所憶，乃在十五年北伐興軍以後。此點請再考證之，何如。細讀全文，漏校之字尚不少，要作史料，須再精校一番。又此類長達數千言文字，爲加强其功能計，以分段標出子題爲佳。既可引人注意，且使讀者得較深之印象也。區區愚見，特供參考。恖復，順頌福安。

復沈老告以大文中有誤記處 六十年十月二十五日

廿二日尊示祇悉。民國十四年，超尚在衢州省立八中師範部任教，秋深始應毛師召赴粵。時孫傳芳爲督辦，夏超省長，省境內一片承平景象，記憶猶新。其後夏之獨立，確在十五年北伐興軍以後，絕無錯誤。大約在北伐軍已迫武漢，孫入贛佈防之秋，夏獨立所以謀響應也。立委姜紹謨親與其役，知之最詳。所言大事記之類，依超所知，失實者不一而足，此乃一例耳。超爲求眞求實之人，故不憚辭費以聞。

致沈老告以大文誤記事 六十年十一月十四日

之萬先生長者：承贈本月「藝文誌」，拜讀所載大文對北伐前後艱險史實，原原本本，不蔓不枝，至佩長者寫作之能耐。惟其中難免失實處，願擧數事於次，供長者勘誤之參考。因其時超正在總部任機要工作，對此數事，印象甚深，自信明確，不敢知而不言，有負長者殷殷之望。

一、民國十六年蔣公時稱總座，第一次下野，在八月中旬，千眞萬確。所云四月十八，係國民政府奠都南京之日也。

二、十七年總座復職後，總部之參謀長爲李濟琛，而非何應欽。及三月杪，總部大部分人員，隨總座出發北伐。李坐鎭後方，前方參謀長職務，則由第一集團軍總參謀長楊杰主持之。因總座係兼第一集團軍總司令也。超猶憶及總部駐徐州時，李曾有電請假，擬回粤一行，總座批復，俟濟寧決戰後再說。云云。李爲當時之參謀長，是又一證。

三、第四集團軍總司令，自始至終，均爲李宗仁，絕非白崇禧。十七年七月北伐完成後，總座在平所召集之編遣會議，李即以四集團軍總司令之身分參與者也。

四、大文敍濟案特詳，但未提及何成濬，不知是否遺漏。當濟案發生後，最初與日軍辦交涉者爲何氏。因不得結果，總座乃下令撤退。時超於午刻奉命率電務員先行。立夫隨總座稍後出濟城，天將黑，總部人員會集黨家莊。拙著「我生一抹」曾記其略，可供參證。故敍濟案時，何氏交涉無效一層，似不可不提。

附近作拙稿黃埔、行營、拾遺、乞正之。

致友人王君告以平生之爲人 六十年十一月十五日

前承枉顧，藉悉早讀我書，頗有知己之感。但有所囑，而先之以厚貺，實令我啼笑皆非。須知我乃以異自命，雅不欲與世俗同流也。生平處事，祇求盡心，他非所問。凡有請於我者，無不量力而爲，能成與否，相見以誠，絕不敷衍，自昔已然，老來無渝。此所云云，請再從我書中印證之，何如。令郎事，據教部熟友見告，對市立學校，卽有聯繫，而不便薦人。且風氣所趨，非有特殊因緣，薦亦無效。此是實情，不獨學校爲然。鄙見令郎旣已成材，大可埋頭進修，從考試中求出路，則前途較有希望也。不審尊旨以爲然否。

復蔣院長謝贈法帖並建議 六十年十二月二十日

蔚堂院長先生尊覽：本月十七日大函奉悉。辱賜新印「懷素自敍帖」普及本一册，亦經拜領，盛情至感。

承示發售價五十元，視鳳吟閣所印行之懷素千字文特價尙需八十元，廉宜多多，眞可謂名實相符之普及本矣。

所感美中不足者，歷代名家題跋，割略未印，不知何故。此帖之足珍，題跋亦爲重要因素。假使添印全璧，而倍其價，甚至再倍之，則購者必不至斤斤計較數十元之價款也。謹秉求善之義，重陳獻曝之誠。惟明公察焉。順頌道安。

致鄉友祝君謝贈方物 六十一年三月十七日

茂松鄉弟：別來無恙。月前承枉顧，而未獲一晤，深爲悵然。貽我方物，至感厚情，謝謝。歲月易邁，當年嘉禮共影，瞬將十載，遙想賢伉儷鶼鶼鰈鰈，定有若干兒女繞膝矣。室家之樂，自在意中。乃彼此久違，鮮通音問，不審年來從公何所，還望以佳況見告爲幸。專此，順候雙安。

復長老陳先生屬爲其書作序 六十一年九月六日

伯稼先生長者道席：捧讀賜書，謂頹喪之餘，竟緣弟一行登門而稍振，何見愛之深切也。一昨之行，係以陪外孫上大學之便而奉謁，知大駕有事外出，具徵健履如常，私衷良慰。惟驟聞賢昆季之病況，則又爲之悵然。至望天相吉人爲祝。

承示大著因佳緣頻頻，不日將圓滿出書，長者傳世有資，是大可喜事也。敬賀敬賀。所云第六編有待於弟者，不審尊旨果何屬。序乎，跋乎，則已有邦道、學燈、飛鵬、諸名士之作，於書中要旨，及長者卓行，闡揚無遺，弟何敢妄贊一辭。且山野椎魯，何補於大作之重。況弟平生所爲，皆行乎其所不得不行，止乎其所不得不止者。如往歲長者八十之拙序，卽坐是而來。强而行之，往往徒勞無功。語出肺腑，幸乞長者亮之。

至謂書中交遊一目，弟名亦在附驥之列，自惟小子，謬荷榮寵，猥何敢當。許壻何棉山之喪，想已接訃，屆時弟必往奠，得閒當再走謁，毋勞枉顧。敬此奉告。

復遊美老友王兄 六十一年十月三十日

蒲臣兄：承示壯遊之樂，兒女之孝，眞羨老兄鴻福。所望秉怡豫之情，揮生花之筆，眞切書之於書，使天下奇觀，德門懿行，與親故及一般世人共享之，豈不盛歟。東鄰不德，棄我如敝屣，當時喁喁之望，以爲我政府必有所以振人心之擧，而一陣雷聲後，似又天朗氣淸，海外僑胞之失望，勢所難免，前途如何，祇有聽天由命而已。

致劉君談印書事 六十一年十一月廿五日

振强兄：此次拙著重刊，得陳公一序，書之聲價自又不同。但以其言之重，或有疑非自作者，爲求徵信，擬將其來札眞蹟，縮小製版，附印序尾，如何請兄決之。又此書印就後，三序及弁言，加印二百分，工料由弟負擔。悤此不盡。

與宗親文奎告我友之所以視我者 六十二年四月十四日

文奎宗親如晤：昨日電談，意有未了，頃以筆便補述之。前接續稿時，隨即轉羅兄，內附一條，略曰，「弟不才而愛才，此君雖未足稱才，而好善求進，總算難得，頻以聞兄者，天日在上，別無企圖。」末尾二語，原為戲謔辭，而彼竟鄭重其事，親筆陳情，懇懇之意，溢於言表。特付複印，寄爾作紀念。此足徵彼此閒之情誼，亦可徵我友之視我為何如人也。

致陳先生求教 六十二年九月七日

立兄尊覽：月杪寸椷諒達。囑代筆事，自揣實無把握，曾商請熟友某教授捉刀，成而大失所望。空泛俗套，猶在其次，字句安排，尤多可議，不得已窮搜枯腸，勉擬如次。

蒼蒼四明，挺生菁英，恢弘其志，堅忍其名。

靖獻黨國，卓犖出羣，稀齡不老，松柏長青。

淺俚之作，不識可用否。其實此類文字，由兄隨意揮灑幾句，更能貼切自然。前見題吳稚暉法書集寥寥數十字，何等氣魄，何等出色，何等貼切自然。弟今所代者，充其量平穩而已，終不若兄之出筆驚人也。專此，順頌雙安。

復僑美陳小姐 六十三年十一月廿七日

玲玲如孫覽之：日月其邁，去年此時，爾正歡度蜜月也。九月本月，先後接讀來書，知爾種種佳況，喜慰無任。羈於俗冗，不克即覆爲歉。

爾與我之長女孫安娜，同年出生，往嘗得其留影，碩人其頎，似爾姊妹。故年來每見爾時，輒恍惚如見我娜孫。猶憶在爾嘉禮堂上，登台致詞之頃，立我前者，玲孫乎，娜孫乎，更恍惚莫辨。此種心情，惟我自知，他人固無由瞭解也。

靜焉以思，爾生長台灣，我之兒孫盡陷大陸，一苦一樂，奚翅天壤。是就此言之，爾乃幸運中人，益以天成嘉耦，見寵翁姑，同堂而居，融融洩洩，非有厚福，焉能得此。而今又傳懷胎之喜，預見爾之夫母兩家，同慶添孫，將視爾爲幸福之徵矣。可賀可賀。

昨過爾家，爾母正爲爾綢繆育嬰用品而忙，似請有鄰媼相助。此係爲父母者所最開心之事，生兒育女之意義，即在乎此。

附來儷影，暱倚車側，想見鳳凰于飛之樂。出既有車，則鶼鰈相隨，豈不羨煞人也。他日爾父母渡洋探親，大可暢所欲遊矣。又見愛女孝於親，並孝其翁姑，其稱心快意，爲何如耶。

本年五月，覆爾長書，曾致殷殷之望。而疊書一字未提，莫非郵誤，抑或讀後毫無印象，便有以告我來。悤此，順訊雙好。

復長老陳伯稼先生 六十三年七月十二日

九日尊示，敬悉。所記親歷扶乩事，是人間奇蹟。如此年湮代遠之故實，而長者以九十遐齡，於當時咒語、詩句、時地等，竟能歷歷追憶之，亦是奇蹟。謂欲補入回憶錄，殊有必要。文則題字稍繁外，餘皆明暢如畫，第以仰體長者求善之心，尋骨蛋中，備供參酌，乞恕僭妄之罪。至言湘俗實情，詢及內子，伊五歲離鄉，毫無所知，請垂亮。附近稿一，長者覽後，得毋笑異生之憨直過甚乎，願有以教之。

致浙江同鄉會胡理事長 六十三年十一月一日

維藩理事長閣下：鄙人貞元朝士，懸車已五載。今夏我鄉會新會所揭幕，得稔友黃兄立懋之介而識荆，悤悤一晤，度已渺然。而鄙人對閣下之心儀則加深。因自七年前入會以來，知閣下所以貢獻於會者，傳之口碑，載之刊物，皆令人欽佩無旣。昨以元首萬壽，晨偕內子過會所壽堂，竟不期而與閣下結同堂共拜共影之緣。人生巧遇，眞有匪夷所思者。玆寄奉拙著「我生一抹」一册，並無所干，亦古禮相見以摯之微意而已。

另媵複印箴友函稿一箋，箇中情節，與會所捐款有關，其中因緣，容得閒可面談。鄙人雖慚無能，而見會中執事諸君子對公益之熱忱，頗欲以無名英雄之身，略效綿薄，此箴友事之所由來也。

致江山同鄉 六十三年十一月二十日

我江山旅台同鄉，獻身各界各業，卓然有成者，歷歷可指。彼此既具鄉親之誼，竟乏定時歡叙之緣。而後進子弟，無論鄉土風光，並父兄輩與親故之所自來，亦感茫然。鄙人等有鑒於此，爰從事江山旅台同鄉公益基金之籌集，擬以孳息所得，先自聯誼着手，漸次及於同鄉之公益事宜。果能戮力同心，則衆擎易舉，成功不必自我也。

頃承衆鄉親之熱烈贊助，慷慨認捐，已得基金新台幣壹拾伍萬餘元。商請姜君紹誠（台灣銀行業務經理）負責收款；毛君趙璧（聯合報總務室主任）負責保管。以後如何運用基金，容俟適當時機，召開大會公決之。

我等有幸，浩劫餘生，而得在台共享自由安樂之福。乘此發軔爲同鄉謀公益，不僅奠後進團結互助之基，且爲我等勝利還鄉，留一永久紀念於此也。素審台端篤於鄉誼，念舊情殷，至祈大力贊助，廣爲宣導。俾我同鄉，踴躍參加，共襄盛舉。捐輸之多寡早遲，悉聽各自之意願。目下要圖，聯誼爲上。附奉調查表五份，請自塡其一外，餘以分發鄉友，塡寄毛君彙收。

與舊雨吳君 六十四年三月七日

中英兄嫂儷覽：出國行期定否，寄奉打字贈言稿一束，盼以此示兒輩，使知父執中竟有平素不輕許人之姜某，獨對乃父致敬愛之忱，有如此者。俟內子得暇時，當屬其另用精箋寫呈，以了宿諾。弟作此文，得自靈感，無論立意、措辭，看似尋常，而實極不尋常。以兄智慧，定能領悟其所以然，甚望示我觀感也。上文贈言見本書「贈言篇」

贈言篇

引言

贈人以言，不自今始。其為義無非致敬愛，陳忠告，期互勉而已。然其作也往往出於己之所感，有不能已於言者。此則略異乎是。其於所贈者，大都以事為經，以情為緯，而終之致其頌禱焉。才人學士，錦心繡口，多優為之。似予不學無文，何足語此。乃自中歲後，親懿遊好，恆以文事相責。偶有塗抹，輒許為情致清新，面目別具。於是索者頻至，而予儼然能文矣。本篇所錄，卽告老以後作，其中一二舊稿或為友代筆，從未刊布者，則附綴於末。凡所敷陳，俚言淺見，實等下里巴人。謂以登大雅之堂，抱慚深矣。

舒城黃伯度先生八十大慶獻言

歲庚戌之仲夏，舒城黃先生伯度，壽登八十矣。不肖如超，謬承厚愛，敬具佐觴之辭曰。時賢之稱老者至繁，而先生獨以老字顯。凡識先生而與有舊者，無論尊卑，言及先生，輒稱伯老而不名。稠眾之會，先生至，伯老伯老之聲盈耳，其成專稱，已歷年所矣。

予知伯老，在抗戰還都後。時伯老方官社會部，予則備位樞府，其文郎昌漢世兄，因與吾兒炎龍同卒業南渝高中，數相晤於寒舍，乃略聞伯老之身世。蓋亦簪纓子弟，以革命書生而從政者也。洎政府渡海，予以犬馬之資，重入樞府，值伯老典掌文書，尋又襄佐華陽綜理府務，得晨夕承欬者十五六載。至佩神思敏捷，一如盛年。周旋肆應，接者翕然稱服。知其所以靖獻於國家，與夫獎掖朋從者，纍纍難盡。今且述其往歲違和時之所歷，以見一斑。

當前歲違和時，年已七十有七，偶以積勞罹肺炎，就療榮民總院，綿歷三閱月。中嘗以垂危聞矣，而親故交遊，趨院探視者紛紛。一時冠蓋載道，如赴盛會。總統蔣公，亦屢遣左右致關切之忱。旋得華陽之啓導，至誠信神，乃轉危爲安。計先後問疾留名者盈千，院中執事，習知其情，歎爲得未曾有。如是者，莫之爲而爲，莫之致而致。是則伯老之所以爲伯老，觀此不已思過半乎。其能永壽，其能不老如盛年，亦可於此得消息矣。中華民國五十九年六月穀旦，江山異生姜超嶽敬獻。

題贈方杰人神父

名神父杭州方豪杰人先生，念其幼年體弱，北堂劬勞特甚，而悟母難日不曾有何紀念爲非是。因於花甲之歲，梓行所著「中國天主教史人物傳」一書以贖過，並廣徵交遊爲之題。風木哀思，乃孝心之見於事者。慨自西風東漸，功利是鶩，蚩蚩編氓，言孝、知孝、能孝者日希。先生負當世重望，此時此舉，空谷足音，大足以奮人心，振末俗，書之有裨於世，其餘事耳。而賢母黃太夫人在天之靈，亦庶乎慶有子矣。五十九年雙十節江山畀生姜超嶽拜題於台北新莊。

贈劉君振强經理

余生交遊之有商人，自南通劉君振强始。君之識余，乃緣拙著「我生一抹」爲之媒。因初見拙著，以其情文兩至，遂懇商充其所編之三民文庫。既刊行，口碑不惡，復以書簡爲請。兩書問世後，三數年閒，藉結文字緣者，實繁有徒。而深契如宿好，君其一耳。由於時讀余書，得習知余之爲人。於是相見以誠，於是而知其所經營之三民書局，宗旨正，管理善。出一書，舉一事，在在不離正道，在在以復興文化造福社會爲歸，蓋君係踐履篤實，愛國家，尙道義之商人也。以視一般夸言欺世，惟利是圖者，迥異其趣。故樂與交，久而敬之。近以見余爲友好題册葉，喜左筆世所希，亦乞書數行備觀摩。乘一時興會，率塗本箋，聊答雅意。然終自感厚顏可哂也。哈哈。

江山姜超嶽五十九年冬行都。

贈江子德曜

舊從遊三衢江子德曜，於民國五十八年八月，以身爲國立台灣大學電機教授，獲國家科學委員會資助，赴美深造，並參與渥太華國際無線電會議。逾歲歸，自溫州街台大眷舍，移家景美萬盛街之新居。地處空曠，風光宜人。屢乞書數行張其室。予乃節錄客冬十二月十六日，與君通問稿，囑室人素梅代書之，所以留念，亦殷殷致期勉之情也。

德曜賢弟如晤：日月其邁，賢弟去國，忽忽四月矣。比接新年賀片，頓憶九月八日惠簡尙未復也。此簡係發自柏克萊者，郵程僅五日。時僕正俗忙，稽延至今。賢弟盛暑遠旅，跋涉萬里，甫卸征裝，卽撥冗詳告此次出國始末，及旅途見聞，縷縷千百言，具見摯情，可感也。賢弟之於電機學，在國內夙著聲譽，今得更深造詣，則後之言此道者，當尊權威，仰泰斗無疑。是科學界之光，亦我鄉邦之榮也。時維隆冬，秋意猶在，遙想彼土，或已冰雪載途，非裘不暖乎。人入中年，保健第一，至望爲前途珍重。

德曜賢弟新居補壁。江山異生姜超嶽五十九年新秋台北。

贈天水毛甥君强

君强世家子，隴右耆宿王汝翼先生之愛甥，名將徐汝誠將軍之舊屬。三十八年來台後，從事軍機，見器於上峯，因得長北市警局督察者五載，黽黽翼翼，以精勤不苟聞。迨國境出入管理局改制之明年，乃拜命副局長焉。

君强北方之强也，而肫摯篤厚，出自至性。夫人鄧淸瑩女史，名門閨秀，賢慧而守禮。邇歲來，伉儷舅事予甚恭，歲時令節，存問頻頻，兒女輩尤敬禮有加。見者或異其事，以爲予籍江山，何以忽有北甥。推知君之相稔，亦難免驟來南舅之謎。

今值君强伉儷華誕雙慶，不爲流俗岡陵之頌，特錄三年前致君之第一簡於后，以張君强之室。可使親故了然於此中因緣外，藉申我二老忻祝「壽考且寧」之微忱也。舅氏江山異生撰舅母周素梅書六十三年中秋。

六十年十一月十日致君强第一簡

君强如甥覽之：月初把晤，歡愉累日。令舅王汝翼先生，今如健在，年已九十有四矣。人生遇合，不可思議，彼此之生，天南地北。當年竟緣同官樞府，結爲至親。彼旣忘年而弟我，我子其子，以養以敎，寖至成材。數十載間，相互關切，情逾骨肉。君爲令舅所鍾愛，我之誼子培桐，又卽君之表弟，我今甥君，是順理成章事，固亦令舅之志也。

君知我於三十餘年前，我知君暨君室鄧淸瑩女史，亦已二十餘年，爾我結緣，不謂不深。乃亂離天外，迄今始因吾友楊君銳之介而相晤，聚合何時，冥冥中似有定數焉者。曩在大陸，與令舅書簡往還，先後無慮百數，播越流離，片紙無存。惟卅九年旅港時，所接發自蘭州之六通，赫然尚在。敍契濶，論出處，談修養及家常，文情兩至，感人殊深。其中念念於君者，至再至三，具見愛君綦切。特複印寄爾珍藏，亦所以示予之不忘情於令舅也，不宣。

蔣先生堅忍七十正慶序

民國建元夏正第二癸丑某月某日，爲吾友堅忍兄七十正慶之辰。兄自北伐而還，以受當軸器重，宣力於政工、社敎、航空、地方行政、黨務、軍政者，垂四十年。嘉猷懋績，昭昭在人耳目，超屬故人，且述二三逸事以爲侑。

予初識兄，在民國十五年六月。時國民革命軍總司令部新成立於廣州大元帥府舊址，予自黃埔調此。未幾兄至，同列幕僚，同司機要，同行北伐。欽兄才志不凡，遂結相知之緣。

兄名「堅忍」，行亦如之。當年「五三慘案」作，總部進駐濟南舊督署方數小時耳。兄以公適在總部，與立夫養甫二兄及予同室而處。聞砲聲隆隆，兄切齒揮拳曰，我中華男兒非報仇雪恥不可。吾叩其道，答以端自宣傳。未逾二載，而所著「日本帝國主義侵略中國史」問世矣。一時洛陽紙貴，喚起國人愛國與抗日決心者無限。兄於東文非素習，且身負重寄，不遑寧處，爲貫徹初衷，殫精慮，歷艱辛，卒底於成。兄生平於事堅忍不拔多類是。

十九年，隴海大戰將作，武漢復設行營，予奉調仍掌機要，旋爲秘書。時湘鄂境內，匪勢囂張，所在蠢蠢欲動。兄則出任剿匪宣傳處處長，馳驅軍中，艱難肆應，無間晝夜。爲加强宣傳，嘗創報刊曰「奮鬥」，編撰諸務，獨肩其重。不辭勞，不避怨，有作，所以鼓舞士氣，指導思想者，皆著效於當時。兄生平於事竭智盡忠多類是。

兄於五十四年九月三十日，以國防部次長退役。時予備位樞府，同樓從公。是日午後，兄戎裝詣予，話舊辭行，既，恭送及門而別。逾時，偶過兄室，竟仍兀然在座。笑語予曰，爲示有始有終，必俟退値鐘鳴而後行。兄生平於事不苟絲毫多類是。

兄德配之賢，兒女之眾，最爲朋輩所樂道。當其負重於空軍官校時，年才三十許，膝下已四五人。二十二年夏秋間，吾之京寓累廬有曠室。兄挈眷寄居若干月，其融融洩洩之情，洋溢戶內外。伉儷閒之相敬相愛，尤令人歆羨。梁孟復生，不是過也。兄生平云爲足爲世則多類是。

大陸變色之明年七月，時予猶滯寓香島，嘗與兄通問矣，旋接發自鳳山覆書，中有言曰：「國族興亡，吾輩有責，決心與台灣及本黨政府共存亡。再作奮鬥，不成功，便毀滅，別無他途可循」。斬釘截鐵，氣壯山河。此眞當年可歌可泣之心聲也。欣逢誕慶，特追述之，以祝難老，以博一粲。並祝天相中華，寰宇早靖，我等老友，有結伴還鄉之日也。今吾以此爲壽，兄當爲浮一大白。六十二年十月江山姜超嶽敬祝。室人周素梅書。

嘉興許先生靜芝八十壽序

予與靜芝兄交，始自國民革命軍北伐元戎幕，屈指四十有八年矣。最令予不能忘焉於兄者，厥爲民國三十九年，在總統蔣公復行視事後，示予與台灣共存亡之決心。往値七十之慶，曾略述其事以爲壽。今歲次甲寅，兄八十矣。縈廻當年，不能忘焉於兄者寧止此，情之所之，且賡述二三，藉資侑觴。流俗之頌，恕不屑爲。

行憲前之國民政府，固皇皇設有文官、參軍、主計三處矣，而府務重心，則在文官處。其下雖分文書、印鑄二局，而處務重心，則在文書局。洎總統府成立，職稱有更，實多依舊。兄自民國二十年，前局長楊熙績卸任後，以秘書兼局長者，幾逾十八載。故歷任文官長，秘書長，胥倚爲左右手，府中有所施措，兄鮮有不與其謀者。當三十七年徐淮會戰失利，人心皇皇，政府之於百僚，與議疏散，如願回籍待命，則優給若干月之俸金，一時請待命者紛紛。予自分秘書一職，所任匪重，爲仰體政府之處境，正謀退思，忽奉命率幹員以是年十二月初飛粵，假名考察，密爲遷都部署。時秘書長吳公鼎昌，予於三十四年十月，自侍從室調府任秘書後，交接甚疏。竊惟同僚中幹才濟濟，如此重任，何以屬意於予，久久莫釋。迨事過境遷，乃知壹是出自兄之策畫，而假當事之命以行者。予之與兄，性格既背，志趣亦迥殊。自十九年備位樞府參事，旋又兼政務官懲戒委員會秘書，同列幕僚，歷有年所。平昔相處，公私間不無齟齬，相習僚友，咸知吾二人貌合神離。不謂臨決大計，兄竟能公爾忘私，盡蠲舊隙，庸朽如予，雖非其選，而為事擇人之美德，則永永可念也。

曩在首都，總統府奉職人員，千數有奇。三十八年一月，總統蔣公為促進和平，宣告退位，府中人員星散者過半。若干單位，以主管人離任，幾無形瓦解。如管政務之第二局，管軍務之第三局，管典禮之第四局，管總務之第六局，向為數十人，十數人者，僅剩三數人，一二人。惟管文書之第一局，管印鑄之第五局，及人事會計二處，人員公物，較為完整。而第一局為最。故南遷諸務，如播越、安頓、調度、肆應，第一局獨任其重。時兄以局長兼副秘書長，又代攝秘書長，賓客踵接，夙夜在公。予本秘書，以使命所在，情勢所迫，凡關南遷事，無不躬與其役。中以府址之選定，從公人員之調整，及百十家眷舍之分配，最費周章。乃部署未定，又拜命兼任第一局副局長。際會艱虞，敢不黽勉以赴。一日，兄鄭重宣於眾曰，「身負重任，不遑兼顧，所有局事，惟副局長主之」。於是百務紛沓，一決於予，為求應變，快刀亂麻。予不告，兄不問者歷數月。俟新任秘書長邱昌渭氏接事後，怵於人事之日非而退。深感當時兄對予信任之專，俾得放手而為，盡其在我，私則告無愧於知己，公則告無罪於邦家，是亦令予不能忘焉者也。

自三十八年廣州共難時始，謬承不棄，以刎頸交相視。因而違難香江，以迄渡海東來，得兄之助力良多。身處困阨，雪中送炭者，固所至不乏其人，而憐范叔寒，則惟兄爲甚。東來之初，食宿無虞矣，猶續有厚遺，經予一再峻拒而後已。乃其後聞予有拙作將付梓，又以計，致予貲。及察覺，云以助梓者。實則已有備，無需外助，遂乘間璧還，交諸夫人手，夫人固莫明所以也。旋接兄書，語語懇摯，至爲感人。曰，「擲還之件，內子茫然不知所措，茲謹掬至誠再獻，必求賞收乃已。恃屬至好，望體王鷺老『自求心安，須求人亦能安，』之名言，鑒此摯情，勿使弟難堪。」云云。道義至誠，溢於言表，此民國五十五年十月十六日事也。予何幸，而獲交於兄，誰謂古道不見於今耶。似此厚情，如之何而使我能忘之耶。

吾二人交逾半生，且同宣力於中樞，彼此間可紀之事，累牘難盡。今據實直書，不覺已千餘言，姑止於此，留待異日。如蒙天佑，再度十春，至民國七十三年歲次甲子，而仍健在，當敬述可爲兒孫永永矜式者以獻。六十三年新春江山姜超嶽敬書。

壽義烏何仲簫夫人黃靜波賢嫂七十

抗戰當年，予與仲簫兄，供職於最高統帥幕。因共主人事業務中之一組，聯席從公，對坐七載。其時嘗戲草一文，列舉我倆身世之相同者，纍纍若干。僚好見之，亟稱奇巧。惜其文已佚，往撰「我生一抹」時，屢欲追記之，終感茫然而罷。比蒙何兄伉儷枉顧暢敍，知其夫人正逢七十，時靈感驟至，盤旋不已。俟其行後，秉筆疾書，立成壽言一首。不僅悉記彼此之所同，且益之所異焉。於題記雖似有閒，而情意則彌摯也。昔人爲文，不乏變體，竊願亦試爲之如此。

予與仲簫交，三十有五年矣，論彼此身世，其同焉者十。年華同，苦學同，爲父母晚出同。一籍義烏，一籍江山，生長民風强悍之鄉同。得有賢妻同。涉迹世途，初執教，後從政同。自量寡能，遇事不苟同。性堅毅，擇善固執，不喜逢迎，拙於酬應同。受知於黨國重鎭陳氏兄弟同。抗戰在渝，共事南泉花谿，共主一組業務同。

同既十矣，而有大異者四。予寒家子，以白身出山，仲簫則堂堂國內名學府滬江大學文學士，此一異也。獨子陷大陸，魚沈雁杳，吉凶莫卜。仲簫五男一女，先後深造於國內外，早以專家名，此二異也。儒美者男三女一，各用其所學，散居東西。伉儷二老，嘗渡洋探親，兒女承歡，幾忘歲月。樂敍天倫之餘，暢遊名都勝蹟而後歸。予浪迹半生，中以國難猝發，一度流寓英夷所據港九外，跬步未越國門，此三異也。仲簫爲人，和光同塵，隨遇泰然。予則滿腔孤憤，動輒不合時宜，此深慚不及之四異也。

今歲某月，仲簫夫人靜波賢嫂，七十初度矣。憶予識嫂時，猶在盛年，值抗戰艱苦之秋，寄居陪都南泉村外一茅舍。繞膝兒女，朝夕匍匐於巖壑田野閒，鞠育顧復之勞，非人所堪。而嫂宴然怡然，行所無事，最令予所難忘。欣逢誕慶，媿無以爲壽，特述與仲簫身世異同，以博患難老友賢伉儷之一粲。儻亦靜波賢嫂所樂許也乎。江山異生諆室人周素梅書六十三年冬仲臺北。

贈常熟吳子中英

常熟文物之邦也，吾友吳子中英世居於此。當北伐軍底定江南，以革命青年，率先受黨之薰陶而守志不渝者，中英其一也。

予識中英，始於對日抗戰時，共事最高統帥幕。幕下設處三，一主軍務，二主文書。其三主人事，即世所稱「侍三處」者也。處中業務，分組掌理，予拜命掌一組，隸官佐三十餘人，區爲三主管，位居上校，中英領其一。晨夕與共，歷時七載，默默耕耘，始終如一。

平居之爲人也。靜如處子，穆如春風，恂恂怡怡，從無疾言厲色加於人。所斤斤者，莊敬自矢，德業是修，人多以此敬之愛之。後入中央主持黨籍管理事，累積資料，號稱百萬宗，管理運用，繁瑣可想。中英埋首二十餘年，凡所獻替，有口皆碑。往歲我「侍三處」旅台同仁，舉行結緣卅年紀念，有紀念刊之作，執筆者數十人，抒情記事，各擅其勝，而以中英所撰萬言長文，最具意義，最感人。其題曰「記生活在滿懷希望的日子裏。」就當年之人、事、食、衣、住、行、育、樂、趣、諸端，以生花妙筆，繪影繪聲，歷歷追記之。一句一字，悉有自來。無異公私整體生活之縮影，讀之輒令人神往。事隔一世矣，而娓娓道來，如數家珍，此非篤於道，富於情，饒於才，忠於事者，不能爲。一隅三反，他事可知。中英中英，誠英華內蘊之人也哉。尤足稱者，得嘉耦呂順華夫人，賢淑明理，從教爲業，而不廢中饋之道。宜室宜家，融融洩洩，爲識者所歆美，讚爲今世之梁孟。中英中英，亦福人也哉。

有子名建，女若芷、若梅，皆以專家，驥展於海外。篤心孝道，奉邀乃父乃母渡重洋，敍天倫。將行，中英順華伉儷，索言留別。因述久蓄於中，及其室家之和樂，以白吾懷。並以示其子若女，爾輩之能有今日者，其來有自，匪偶然也，匪偶然也。江山姜超嶽六十四年春臺北。

敬贈老友澤湘兄

長沙王澤湘兄，予四十七年前北伐時伙伴也。深思好學，老而不倦。違難東來，嘗爲基隆市府首席幕僚十餘載，口碑彌盛。息影林下，一言一行，一仍古道。識者或訾爲狂士，予則以爲不然。如客歲致予手札曰：

兄之文采識力，尙非湘所特重。右臂不振而奮於左，又寫作不輟，造次於是。此其龍馬精神，鋼鐵意志，異生之異而無疇，心服口服，不能不擧降旛而輸誠也。湘以長子、長孫、長外孫，食息八十年來，四體不勤，五穀不分。以視君子自強不息，湘則渺矣遠矣。乃更以多問於寡，以能問於不能。湘之一得自肆，一悟自矜，長在高明涵容而無迕，益見其孤陋閉僿矣。

夫以予之椎魯，窮蹇無似，而兄懇摯撝損，情見乎辭。又見室人學王字，能脫巾幗氣，屢屬賜言、賜字、以自振。一時未報，哀的美敦書旋至，好善如不及。狂士能如是乎。息壤在彼，不

敢不踐，爰襮其事，藉證吾說。不識老友其亦許爲知音否也。江山異生姜超嶽贈言室人周素梅書

六十四年春。

賀中國文化學院光華樓落成

光前裕後
華國文章

中國文化學院第二校區曰大夏舘，位臺北行都吉林路，巍巍崇樓也。分層六，區室六十，師生講習於此者逾五千。自吾友吳敬基兄主政以來，業務日繁，時感展布之蹙。乃秉承創辦人張公命，苦心擘畫，就舘頂增建一樓，曰光華，於民國六十四年五月告落。繩繩繼繼，方興未艾，猗與盛哉。具此爲賀。江山異生姜超嶽於新莊五守新村。

賀三民書局大廈新張

德業日新

南通劉君振强，三民書局之當事，予之忘年交也。君之識予，乃緣拙著「我生一抹」爲之

媒，去今忽忽十年矣。過從既密，相見以誠，相知則愈深。君雖從商，而不忘讀書，雖亦牟利，而不背正路。負聲譽於同業，日見重於士林。瞻望來茲，寧有涯涘。欣逢大廈新張，爰具此爲賀。江山姜超嶽賀室人周素梅書。六十四年夏。

題三民版古文觀止諭外孫女鄭佳圓

爾性近文學，既已決志赴美，有一書不可不帶。即三民書局近出之新譯古文觀止是也。此書可爲一般學子之良師益友，宜時親之，勿使疏遠。雖不必學其文，而不可不讀其文。計全書二百二十有三篇，如能全讀並予消化，不特對於經、史、子、集之內涵，可略知其概，且可增加閱讀古籍之能力。如能背誦三四分之一，則行文時，有取之不盡用之不竭之樂，由此進而爲通人不難也。圓孫其勉之。六十三年八月九日公公示。

題「我生一抹」諭留美佳圓外孫

圓孫：欲讀我書乎，喜不可言。今以新出精裝合訂本寄爾作良伴。此書行世已十年，因文章風格，不同流俗，普受識者之重視。內所載述，皆爲清末以來七十年閒事，公公生平，大都備於此。近代國史及家鄉故實，亦可於此得梗概。書簡尤多立身處世之道，應作修養書讀。遇疑難字句，須求教辭書，獲益必多。如將心得或感想寄來，公公有獎。六十四年四月十二日公公題。

題「詩式」示圓孫

此書係民國九、十年間，上海中華書局刊行。所選唐人近體詩，均爲抒情寫實之作。每題有評，指出詩中妙處之所在，極便於助人瞭解。原以供初學詩者用，銷行不廣。是好書而非名著。

公公當年從教之餘，嘗讀之泰半能成誦。尤以其中韓愈、李白、王維、白居易之七絕，百讀不厭，迄今猶能脫口而出。因其語句自然，才思奇妙，令人回味無窮，故一經成誦，便可牢記不忘也。

別來閱吾孫疊次來信，曾提及詩聯之屬，似於此道甚有學習興趣，果以此爲消遣，既可陶冶性情，於文學修養，大有裨益。特選購本書，寄爾作良伴。盼暇時細加吟咏，以證實公公所言果何如。此示佳圓吾孫。公公識於台北新莊六四夏。

書贈鄭子純禮

民國四十五年六月臺北

鄉後進鄭子純禮，與皖中名門閨秀倪蔚然女士，結縭於抗戰勝利還都之年。當時嘉禮，假秦淮河畔太平洋大餐廳行之。予以薄負鄉望，權充家長，彷彿未幾何時，倏爾十年矣。世事儘多滄桑，而賢伉儷之恩愛，則彌久彌篤，往往令識者艷羨，甚盛事也。聖哲有言，君子之道，造端乎夫婦。賢伉儷循是以往，所幾於君子者，寧有厓耶。吾知其再十年，又十年，更十年二十年，以至皓首齊眉，定有仰爲人瑞者。欣逢結縭紀念，書此頌之。丙申夏江山異生姜超嶽書於臺北行都。

馬蹄餘事序五十一年代亡友黃伯度先生作

鄱陽胡將軍競先，在樞府任參軍者有年矣。往，予初入府中，即聞將軍嫺韜略，雅好文事，有作，樸茂安雅，曲達意理，竊心儀之。後交接漸數，知其早歲受知於我總統蔣公，曾資之東渡習騎兵。歸後，主持騎兵敎育若干年，國軍中騎兵之將校，大都出其門下。其爲人也，性行樸質，而意氣甚偉，談兵論事，諤諤若好辯。但有卓見而不執，固一將才而儒德者也。近集所爲詩文，題曰馬蹄餘事，以示予，謂將授刊，願得一言。予受而讀之，深感字裏行閒，至情洋溢，誠如其自序，寄其感慨，藉澆塊壘者。平昔胸臆之所鬱，一抒之於楮墨。故言志則風雅之遺，言事則屈賈之論。志士於此，必有莫逆於心者。視夫世之所謂詞章之士，或吟雪月以自逸，或標流派以自衒，甚或專事諛頌以自售，不知求裨世敎人心爲何事，邈乎遠矣。昔宋濂有云，「文不貴能言，而貴乎不能不言」。將軍之作，殆庶幾乎，因樂爲一言序其耑。

諸暨蔣上將銘三先生七十壽言

五十三年代亡友周心萬先生作

民國紀元五十有三年二月十二日，夏正癸卯年除夕也。諸暨蔣上將銘三先生春秋七十矣。左右擬爲壽，先生慨然曰：吾人許身革命，原爲救國救民，今匪氛猶張，河山待復，又未能爲總統分憂勞，負疚不遑，何壽可言。左右退而相語曰，先生藹然仁者，其言眞摯而懇切，君子愛人以德，世俗侈靡之舉，誠可以已。然念先生一生革命，不僅爲國父信徒，亦我總統多年之股肱也。自辛亥起義，而護法，而黃埔建軍，而北伐，而剿匪，而對日抗戰，無役不與，名震天下。尤以民國二十五六年間，主持西安行營，統兵百萬，連地數千里，又兼領三陝黨政於一身。宵旰運籌，不遺餘力。其治軍與黨也，則弭匪逆統戰滲透之陰謀，以奮士氣，以鎭人心。其理政也，則延攬關中賢俊才智之士，以宏建設，以厚民生。所以安反側，障川甘，鞏中樞者，厥功偉矣。不有所以壽之，曷足以彰懋勛，昭來茲。因相約製錦署名，聊申景仰之忱，而鄭重爲之辭。曰，天相中華，澄清可期，他日先生年登耄耋，吾等將廣徵故舊，張宴於都門，爲先生讙呼嵩壽，齊浮三大白，先生其見許乎。

雜著篇

引言

此云雜著，即其內涵不屬於書簡贈言之謂。前刊「大陸陳迹」之所載，其已采入「我生一抹」及題跋詩文另編外，大部消納於此。因自拙著「我生一抹」問世以來，讀者以書中有關於「大陸陳迹」之記述，索者不絕，故將內容消納書內。其中有渡海前舊作，或鈔自公家故紙，或為至好搜存，雖成陳迹，而個人或可留念。爾餘零星短篇，皆作於渡海以後，大都未曾收入「我生一抹」者，錄此聊備一格。

自傳

——為參加中央訓練團第二十九期中樞各機關科長以上次長以下人員受訓而作——

一、家世　某為本期受訓學員中最早報到之第三人。入伍生活方告開始，而又奉命承乏訓育幹事之職，寵眷之加，殊越意外。在入團之前，自顧昂藏，決心投此時代洪爐，重加鍛鍊，故原定月之三日開始報到之日入團。臨期因候約定同期受訓之熟友未至，乃於四日晨襆被而來。明知報到限期尚有數日，到亦無所事，而必早到者，某為何如人，此亦一輪廓也。

某世居浙江江山縣城西南之禮賢鄉，民國六年，始卜遷城內，及民國十八年，始有今日所居之悅親園。某今年四十有七，實齡四十有五另三月，父母齊歲，同享遐齡。母周氏，於八年前棄養，壽八十有一。父名承儉，見背剛兩旬耳，（上月二十八日逝世壽八十有八）。不久以前，每接家報，猶日事灌園以為樂。竊喜吾父得天獨厚，必能及見乃兒在抗戰最後勝利聲中，挈妻子東歸，重敍天倫之樂，以躋期頤之壽。而今噩耗突傳，病不及親湯藥，歿不及視含殮，實逼處此，某乃不能不為奪情之人，惟有在沈默中服喪，在心靈上志哀而已。

某有兄一，名時暘，曾參與清末維新運動，早亡。弟子卿，供事軍門。妻為望族閨秀，名素，以賢慧著戚友閒。一子年十九，名炎龍，攻讀南開高中理科，將畢業。先世業農，父為獨子，略知詩書。母出望族，鄉里讚爲巾幗丈夫，皆强毅有爲。自結縭至垂老，四十年閒，三創家業，一淪於水，二毀於火，竟至一度赤貧，恃力而食。此民國六七年閒事，時父母已逾六十矣。其後某兄弟衣食於外，歷十數年而薄有貲蓄，因在籍置微產，並營小築於首都，以娛二老。自國軍西撤後，復遭前年浙贛戰役之糜爛，往日所有，盡付浩劫。方思補苴，又逢大故，東望鄉關，不禁潸焉淚下矣。

二、求學　某髫齡受書，兄敎之嚴，甚於嚴師。凡應對進退，從不輕假辭色。日所受書，一句一字，不許絲毫疏忽。以望弟心切，遂不覺其督之嚴。乃天嗇其壽，卒年止三十有一，時某方十六齡耳。又三年，正謀升學專科學校，家遭回祿，一貧如洗。某兄弟不得不廢學謀生，計垂定，賴亡兄契友楊先生德中之助，某乃續學三年。後藉敎學餘晷，致力自修者凡七載。自六歲入學，至此二十餘年，初惟呫嗶是事，固不知果何所爲也。稍長，頗欲以文章自見，旋爲五四風潮所激盪，乃轉而致意於思想之演變，及政治文物之改革，與夫所以立已立人之大道。今之粗能應世而倖免隕越者，窮源竟委，半由亡兄十年督敎植其基，半由七載自修充其力。

三、服務　民國十四年，國父逝世後之五月，黨軍方有事於東江，某則執敎三衢七年矣。一日，忽接故監察委員四明毛勉廬先生總裁少時之業師，於二十八年在籍病故。國府褒揚令有「弼成曠代英哲」之語。發自黃埔之急電，召某赴粵。次日先電數日之快郵亦至，乃知先生主持黃埔軍校記室參軍事，以襄理需人，特薦某於當局。先是，某與先生共敎席於三衢之浙江第八師範，敬其古道績學，師事之，先生青睞有加，許爲可敎。別後人事卒卒，行止不相聞者亙數年，此次函電交至，皆由輾轉探投而來。時某任重，酬亦不薄，（月薪四十八元五角）且家業未立，白髮在堂，凡相知愛，悉尼其行。而堂上行役之嗟，閨中依依之情，尤令遊子迴腸。關心時事之長者，則婉勸縱使必行，亦宜待兩粵底定之後。某以先生舌耕三十年，從遊學子，奚止千百，而獨采及葑菲，知己之感，其曷能已。遂毅然決然，棄敎職，背鄉井，隻身南下。一年黃埔，得飫受我黨主義之薰陶，以疏附十數年來革命之事業，統一全國過程中重要諸戰役，皆在元戎幕下，效犬馬之勞。

四、任事體驗　十九年冬，中原戰事既寢，謬荷異寵，備員樞府，初任參事，旋兼政務官懲戒委員會秘書。自維輇材，旅進旅退而已。抗戰軍興，藉犬馬之資，重入元戎幕下，忝長一組，隸侍從室第三處。六載歷練，敢夸有得。組所典司者曰登記，人事登記也，亦人才登記也，其在國內，素乏成規可循。拜命之初，瞻顧惶恐。其後朝斯夕斯，因行以求知，即知而力行，理論方法，漸次建立，迄乎今，聞風而來觀摩者，踵趾相接，僉謂已成人事行政部門中之專門技術。足徵一種專門人才，儘可由實際工作中養成之，吾人爲求效力於國家，其關高深科學技術外，尋常行政事業，固不必斤斤於所學，此一得也。

工作人員，自十數人而三十餘人，出身專科以上學校者三之一，經歷科長以上主管者亦六七人。歷年來凡所表現，皆具嚴肅之精神，及自動自覺之能力，而對主官之敬愛無間，尤爲難能可貴。論某才學，焉望得此，勉愜人意者，其惟律己嚴，待人誠，處事公，所望於屬者，必先躬行實踐之效乎。是知主官之眞正威信，不在其本身之職權，而在其光明磊落，公爾忘私之行爲。誠以一切權術，一切巧詐，一切虛僞，縱能取勝一時，而人之視己，如見其肺肝然，行之非徒敗德，害滋甚焉，此一得也。

二年前，嘗一度主持本機關黨部事，後因他事不能兼顧辭去所屬官佐黨員百六十餘人，其中曾任黨中重要幹部者頗不少。在主事期間，但求盡心，勞怨弗辭，方以績效未彰自疚，而竟獲不虞之譽。共事同志，則許爲動力所在，上級當事，則讚爲足資矜式。其實某入黨雖已二十年，從事黨務工作，尙爲初度嘗試。經驗昭示，凡事患在不爲，爲則終必有成，所謂辦黨，所謂從政，以及一切事業，罔不如是，此又一得也。

五、政治見解　天賦性情，久居公僕，而不喜空談政治，然管窺之見，未始無之。竊謂建國目標，無非完成國民革命，實現三民主義，在過程中，無非以迎頭趕上之建設，造成萬能之政府。一言以蔽之，卽一切科學化現代化也，亦卽一切效率化也。欲達此目的，總裁在中國之命運所指示者，固屬蕩蕩大道，而所以達此大道者，則有前提焉。一曰厲行法治，一曰廣開言路。前者所以明恥立信，納於軌物，使百官黎庶知有所止。後者所以宣洩群情，別是非，張正義，藉以樹立輿論制裁之力量。經正民興，風氣斯轉。於是推行三聯制度而發揚光大之。一切政治擧措，以民主之方式設計，以集權之精神執行，以科學之態度考核。民主，言博采周諮，求其衆謀僉同也。集權，言雷厲風行，求其貫澈終始也。科學，言循名責實，求其高度效率也。循是以建國，由水之就下，沛然莫能禦之矣。

六、個人抱負　顧玆藐躬，學殖無可言，獨力行精神，自信不落人後。以爲今日之事，不在理論，而在實行。論建國乎，旣有國父之遺敎，復得總裁之領導，凡我許身黨國之人，守其崗位，埋頭苦幹而已。做一分，算一分，不矜謀，不伐功，滌政治浮夸泄沓之弊自我始，袪社會輕義重利之習自我始。同聲相應，蔚成風氣，所謂人道敏政，地道敏樹，躋國家於現代之林，旦夕間耳。某嘗痴想，異日儻得方面之事，展我素抱，輸我心力，在林林總總之建國事業中，必有所以自見者。故目前唯一要著，端在淬礪身心，以備致用。煙、賭、從不問津，茶、僅能識名，酒、偶飲而量甚嗇，讀書惟求其明道，習字惟求其養心。務期本來面目，葆至最後呼吸而後止，此區區者，儻亦可視爲個人事業之抱負也乎。

七、名字來歷　某原名時傑，十六歲，鄉里長者，見某在學之力爭上游，爲改名超，示其屬望之殷。弱冠，因嘗涉獵尼采「超我卽超人」之學說，而悟人名不可徒名，宜蘊以人生意義，庶可聞名見字而資警惕，乃自名超我，藉示人生之端倪而已。年二十五六，目擊世態之炎涼，與人心之澆薄，深感涉迹社會，非有奮鬥之精神，必難免爲社會之俘虜，因又改名超嶽。蓋取義挾泰山以超北海之喻，而更反之，示其明知其不可爲而爲之之意也。並就孔融薦禰衡表，「維嶽降神，異人騈出」之義，取字異生。二十年來，以言奮鬥，實慚對吾名，而異生之異，差堪俯仰自慰。不願苟合苟同猶是也，不願自欺欺人猶是也，不願枉尺直尋，不願媚悅取容，亦猶是也。猶憶十數年前，某鉅公因某之拒任某職，嘗箴以所自異者，皆爲讀聖賢書者所當爲，不足爲異。其言誠然，奈舉世滔滔，其能有所不爲以自異者幾人。言念及此，不覺矜然而自喜矣。

八、人生觀　若干年來，浮沈相識，間有以傲岸、矯異、粗暴等辭詆某者，某始終未爲所動。果孰令致之，曰，有某之人生觀在，易言之，卽有某之如何爲人之信念在。信念維何。

第一、認定世間無足恃，差足恃者惟自我，故凡事之不在我者，絕不强求。其在我者，有一分力，用一分力。故求人之惠我者爲最可鄙，强求者尤可鄙。此非謂應遺世而獨立也，非分之求不可有，求則自辱。

第二、認定人生之爲我是本能，人生之爲人是理智，本能出乎天性，理智由於敎育，故常人之爲我而不爲人，不足深責，凡自命智識分子，而以常人自儕，斯眞罪惡之尤。推是理也，我之有助於人者，應視爲義務，爲天職，絕非行惠。

第三、認定我在生命過程上表現之力量，在空間至少可以影響若干人，若干物，若干地，在時間至少可以禪衍若干日，若干年，若干代，故事事不可輕忽。

第四、認定出處遇合，莫非偶然，偶然卽人生也。易言之，整個人生卽湊集若干偶然而成者也。故吾人而欲輝皇人生之價值，應在每一偶然之場合，盡量發揮生命之力量，以增進現實生活之意義，以奠定未來生活之基礎。倘視偶然爲過渡，求現實於渺茫，則蹉跎蹉跎，偶然與過渡，相互因循，渺茫者終成其渺茫，此謂虛度人生，此謂浪費生命。

第五、認定生活即教育，教育即磨鍊，磨鍊即修養。故凡遇有致吾身心於不適者，即應視爲修養之良機。無論安危苦樂之境，皆學校也，無論智愚賢不肖之人，皆導師也。能作如是觀，則怨尤之心日以泯，生活之義日以豐，而我宇宙之領域日以恢矣。

第六、認定一切眞理，存乎是非，一切是非，存乎力行。凡力行所表現之力量，而足壽人壽世者曰是，反是則皆非。故是非必爭，涵養與否，非所計也。

第七、認定行爲無善惡，祇問用心，心在便己，雖善爲惡，心在便人，惡亦爲善。故心惡而行近善者，其善不足稱。心善而行類惡者，其惡大可恕。

第八、認定凡人在客觀上，自我生命之能力，嘗滲透於某種某種之事業，事業之生命，與我之生命已溶成一體，則雖死猶生。反之，在主觀上，自我生命之能力，僅足爲本身，或且並本身亦不能自爲時，已失人生之價値，則雖生猶死。要而言之，一切一切，盡其在我，求其心安，無愧於己，無愧於人，頂天立地，獨往獨來，浩然之氣，在其中矣，流俗毀譽，何有於我哉。

殿語　某半生奮鬥，依然故我，言乎自傳，委實無足傳者。既屬例所應有，姑暴平生一二以進。句句字字，皆自心坎深處流出，亦句句字字，皆足以顯示個人每一生命細胞之力量。其關人生者，雖不敢謂有見道之言，却由艱苦體驗得來。率性而道，志在供實，聖人「毋我」之戒，不遑顧矣。中華民國三十三年一月九日，作于第五中隊第二訓育幹事室。

右文錄自總統府所存前中央訓練團之人事資料，原蹟共八頁，評分「甲」。批曰「淡泊嚴正，勵志篤行，傳文練達。」蓋當年教育委員會主任委員段先生錫朋之手筆也。

遙告姊夫文

維中華民國三十年，「八一三」第四周年紀念之日，內弟國府命官，元戎僚佐姜超嶽，於警報聲中，自陪都寄文，告於我姊夫毛遠文兄之靈前曰。聞兄喪，羈身於距家遙遠之巴蜀，不獲躬臨盡禮，爰布區區，聊當淸酌時羞之奠。

烏乎我兄，論年齒，六十有四，已足稱壽。論爲人，渾厚篤善，宜永天祿，而竟遽然辭世而去耶。兄家消息，沈杳已久，月初接兄書，始知兄病，豈料復書剛發，而噩耗突至耶。兄書但云病恐不起，緦緦以後事爲慮，而病情何若，獨無隻字道及，兄果死於病耶，抑死於愁耶。

烏乎我兄，兄而有知，可不必愁。兄之於諸甥，千辛萬苦，既育之成長，更授之業，授之室，可謂人事已盡。諸甥誠能善承父志，再合居若干年，共致力於家業之光大，此固計之上者。苟欲自立門庭，各奔前程，亦世俗之常，無足爲兄家羞，兄何愁耶。六甥士譽，高中學程，僅短一年，當視力所及，資助其畢業，倘無意外，當更設法使其深造。國家需材孔亟，凡一青年，惟患不立志，不患不得位，兄何愁耶。兄生長農村，固未嘗讀書，無赫赫名，而終身力田，培養如許兒女至於成長，値玆國家自衞抗戰之時，言人力，不能謂無相當貢獻，以視一般所謂縉紳之家，憑其丁繁勢盛，横行鄉里，貽害於國者，兄直可以自豪，尙何愁耶。

烏乎，兄固不必愁矣，而弟則不能無憂。我姊之多病，平昔關懷最切者，我父我母外，厥惟我兄。每逢姊病，兄輒問醫求藥，若恐弗及，往年情事，歷歷在憶。我父老矣，我母逝矣，今而後諸甥諸息之關懷，能一如我兄所以關懷者乎。我家丘墓，俱在深山，我父年老，不能時至，若干年來，春秋祭掃，多由我兄督率諸甥爲之。兄逝矣，繼我兄以主此事者誰乎。我母棄養，我父孤寂，我與弟于役四方，又不克時親定省，有兄在，有時或可以娛我父之晚境，兄今遽然辭世而去，我父不益增其傷感乎。

烏乎我兄，果有知耶，無知耶。弟更因憂而不禁感念之橫生矣。五亡甥士盛，客死北國，忽忽十三載。兄九原相見，爲問安骨之所，曾受賊寇鐵蹄之蹂躪否。並致意，阿舅迄未忘其生前之依依相從也。如見我亡兄時暘，爲告乃弟時傑，（作者少時原名）幸能不辱兄教，奮鬭精神，三十年如一日。如見我亡女琴心，爲告阿爺阿娘，東西蓬轉，猶是當年光景。如見我姨母，爲告兩甥幾歷浩劫，皆慶無恙。如見我母，爲告家園依舊，老父安康。我則爲元戎主一事，粗有建白。弱弟時檀，則以宿資得年功，差可自立。長孫炎龍，已畢初中學程，不日且將爲久負盛名之南開中學高中學生矣。

烏乎我兄，果有知耶，無知耶。天相中國，降我領袖，五歲抗戰，勝利已近。他日東歸，當挈我妻我兒，趨靈拜奠，兼戒飭諸甥，善承父志，光大門業，以盡阿舅應盡之責，以慰我兄在天之靈。烏乎，幽明異路，見兄何處，紙短情長，我心孔悲，含淚草此，維靈鑒之。

右文為吾友吳君中英所藏。抗戰時，予與君有共難七年之雅。近聞予搜求曩在大陸之陳迹，檢其行篋，得此以遺予。非不朽之作，而謬承什襲之藏，故人情誼，何其厚也。特志之以示不忘。姜超嶽敬志五十二年一月七日。

侍三處人事登記工作述要

——民國三十二年四月，為招待黨政軍人事訓練班第二期畢業學員而作。——

一、登記的特性　說到本處的人事登記，似乎至少具備着三個特性。第一「有機性」，卽隨時要紀錄被登記人的動態，同時根據動態的內容作各種紀錄的補充，使被登記人的資料，時時在不斷生長的狀態。第二「分析性」，卽每收到一種登記資料，必須將其內容經過剖解與精鍊的功夫，以供多方面的運用。第三「規律性」，卽全部工作有一定的標準，一定的程序，一定的手續。其中任何一種動作，均包含着專門技術的意味。工作人員學習以後，只要依照所規定的標準程序手續辦理，甲來辦，所得的成果如此，乙辦丙辦，亦復如此。所以根據這三個特性，以衡量今日一般的所謂人事登記與本處的人事登記是有著相當距離的。

二、登記的對象　顧名思義，當然離不了「人」和「事」。是那些「人」，那些「事」呢。我們為求便於工作起見，把所要登記的「人」和「事」，分為「黨」「政」「軍」「學」「實」「別」六大門類。所謂「人」，就是正在做着這黨、政、軍、學、實、別、六大門類事的人，或曾經做過和適宜做這黨、政、軍、學、實、別、六大門類事的人。以「人」爲對象的登記，其標準相當於荐任以上人員爲限，故又可叫做人才登記。以「事」爲對象的登記，我們叫做機關登記。因爲限於實際上之種種條件，目前標準，暫以中央「黨」「政」「軍」「學」直屬及省級以上具有獨立性的機關單位爲限。這兩種登記，在整個人事登記言，一爲個別的登記，一爲集體的登記，彼此相輔爲用。

三、登記的方法　登記方法就是紀錄的方法，亦就是技術因素之所在。就工作性質說，大致可分爲一綜合紀錄，二分析紀錄，三數字紀錄，四補充紀錄四種。綜合紀錄就是編訂工作。分析紀錄就是人才分類工作，也就是上節所說「分析性」的工作。數字紀錄就是統計工作。補充紀錄就是總裁前年對本處登記業務所指示的「繼續不斷的工作」，也就是上節所說「有機性」的工作。又就是本處主管人事登記部門經常最忙的工作。此外還有一種附帶紀錄，就是所以加强上述四種工作效能的工作，如各種資料之搜集，和各方運用各種紀錄或資料手續之記載等是。

四、登記工作的中心　根據實際的經驗，人事登記運用的中心在人才分類。所以登記工作的中心在分類。這種分類最基本者有四種。一曰籍貫分類，二曰出身分類，三曰職業分類，四曰專長分類。又因爲人事管理最終目的在人盡其才，故人才分類中的「專長分類」工作，爲登記工作中心的中心。所謂「專長」，係指其人所學所用比較優越之智能而言。截至最近，這種「專長分類」已達四百五十餘目。同人於此所耗精力雖特多，而於此中的創獲亦特多。例如「改業紀錄」

與「新生專長停年紀錄」二種辦法，在登記意義上和技術上，具有極大價值。因此直到於今，我們對於此種分類工作，仍在繼續研究中。至於各種分類之涵義如何，標準如何，辦法如何，作用如何，連帶工作的情形如何，說來話長，只好不說。

五、工作的目標與效率　要說到工作目標，先要明白登記工作在本處業務上的地位。就經常情形看，一面爲集納人事資料之尾閭，凡由各單位各方面滙集來的人事資料，要隨時組織他，消化他。一面爲供應人事資料之源泉。凡已組織過消化過的資料，各單位或各方面需要什麼，要儘速地，儘量地供應他。惟其如是，所以我們在「工作本體」方面，力求碻實精密。碻實，言事事有根據也。精密，言不使人才埋沒也。上節所說的「改業紀錄」和「新生專長停年紀錄」二種辦法，就含有這種作用。在「工作性能」方面，力求肆應靈便。卽在萬千人之資料中，人有所求，我有所應。比如要甄選二十名陝甘寧籍的土木工程人才，要專科以上學校畢業，要有實務經驗，同時還要曾在中訓團受訓畢業而目前賦閑的。如此條件重重，在不知者，或以爲甚難，其實只要依照規定的方法，便可按圖索驥。至於工作效率，我們自始卽遵照總裁所指示的科學方法，在「以簡馭繁」四字上努力。這在以往，因無成規可循，工作人員，一面研究，一面實習，當然另當別論。在目前本處整個業務雖不斷加繁，而登記效率，已日見有進。我相信從今以後，被登記人員之數量愈增，資料愈多，則所表現的效率必愈顯。

題侍三處人事登記業務手冊簡編孤本

侍三處人事登記業務手冊一書，乃予昔在陪都元戎幕下，主管全國人才登記時所作。此云簡編，蓋擷其精要而成者也。長二萬餘言，約占原書五之一。當年同僚，曾人手一編，幾經播越，散失殆盡，今則惟黃君翰章存此孤本矣。凡所陳說，雖成明日黃花，而其理論方法，及種種圖則，無一而非取自工作人員累積之經驗。情境縱異，其理不變，凡從事於此者，仍可資以借鏡。且編撰時與同僚研磨考證之苦，猶歷歷在憶。雖非名著，終難免敝帚自珍之情。因商黃君轉以相遺焉。并書其經過於此。一以志黃君之有心，一以示吾人生逢變亂保留舊物之不易也。民國紀元四十年七月江山異生於臺北。

卅九年日記冊子前言

此予作書改從左腕後之日記也。

予自知庸人，庸言庸行，有何可記者。又自知不學，卽有所記，亦無足觀，則記之何用。不知者或將嗤之以鼻，譏爲附庸風雅，徒災楮墨，果胡爲哉。顧自弱冠以來，日必有記，數十年如一日者，唯一要義，在勉成持恆之習而已，備省惕，習寫作，餘事耳。

迨中歲右腕不振，退而求於左。舉筆如椽，艱困萬狀。向之頃刻成行成篇者，今倍蓰之而猶不及。爲求效率，舍苦練莫由。是日記其名，練筆其實。內容奚若，自可弗問。儻與文人之作等量齊觀，則非予之所知矣。三十九年元月於九龍青山道二三二號二樓。

續我師我友序

往歲抗戰在渝，凡接親故書問之典雅雋永，情理俱勝者，輒錄諸專册。或百十言，或千言，先後得百餘通，題曰我師我友。偶爾展覽，無異晤言一室。詩云，「他山之石，可以攻錯」，亦以文會友之微意也。

不謂所錄專册，於勝利還都後，爲相識借讀，竟一去不歸。人而無信，又逢世變，徒喚奈何。惟敝帚自珍，人情之常，爲慰聊勝於無，特援往例重爲之，而題曰續我師我友。

無奈世事滄桑，當年親故，患難飄零，莫知所終。其存者寥寥，通問者更寥寥，且多三言兩語，略示尙在人間之意而止。回首前塵，不勝今昔之感矣。江山畀生識四十年四月十九日於台北大正町八條通。

「左右過渡殘零錄」前言

予執筆患戰，改用左腕作書，自民國三十六年五十歲始。初時擧筆如椽，成字維艱。弱冠以來無日不記之日記，竟爾失常，甚至曠旬累月而不著隻字者。有記，亦僅寥寥數語，徒供備忘而已。迨三十八年，違難海隅，閒居無俚，乃藉臨池自遣。朝斯夕斯，腕力漸能稱意，遂時有漫筆之作。成則雜投篋中，隨身轉徙，棄置不顧者非一日矣。來臺之四年，偶以一時興會，發篋所藏，大都人事瑣屑，點點滴滴，不下百數十則。整而輯之，題曰「左右過渡殘零錄」。區區翰墨，原無足存，既關人事，不無可資異日之查證者。且所留字蹟，正值左腕遞更之會，亦所以志我身官能使用之轉捩也。四十二年青年節書於台北木柵溝子口考試院眷舍。

跋熊十力上林主席遺書

右熊十力遺書，乃當年上國府主席林公子超者，去今二十餘年矣。熊氏爲名士，亦佛門中之信徒也。民國四十四年二月十七日，予於樞府故紙中，見熊氏此書。喜其文富於情感，富於正義，格調又與予類。驟爾讀之，如出己手，因錄以備省覽焉。

案原書二十餘箋，字大如指，無段落，無句讀，草率塗竄，行列委亂。想見當時悲憤填膺，熱血沸騰，不假思索，振筆直書。是眞愛國志士之血淚文章，諸葛之二表，武穆之滿江紅，不是過也。書末署名而未繫月日，細查封面郵戳，知係民國二十一年一月二十日，發自杭州浙江大學者。

傳說熊氏早歲，曾投身於九江之警察，時佛學大師歐陽竟無居士奇其才，收爲弟子，因與陳銘樞有同門之誼。書後言及陳氏云云，殆卽根於此。

謹案原書一字一句，皆天地間正氣之結晶，爲今世所罕覯，特附錄於此。

超公主座鈞鑒：某病廢待死之草茅下士也。本不欲有言，而又不忍無言。昨見報發表國難委員名單，其間份子複雜，人格高下，識解淺深，誠難概論。在當局欲網羅各方，固具苦心，然良莠不齊，愚智懸隔，聚閧一堂，有何結果。國至今日，已不成國。國人至今日，已不成人。群情渙散，惟利是趨，滅種覆邦，悍然不顧，其上失道，其民必散，此非群眾之罪，爲之領導者之罪也。世事至此，眞如一部十七史，從何說起。

公受任艱危之際，熱忱毅力，最所傾心。値此國難當頭，如何應赴（此赴字爲原文），浮議讆談，宜疏屛絕。深謀遠慮，當持乾斷。力聞外間有對倭絕交之論，竊謂此擧不可太輕。倘非英美列强對我有切實協約，冒（此冒字爲原文）然絕交，其險實大。然觀列强各有顧忌，雖忌倭之獨併吾土，然欲其一致聯合裁制悍狡之倭，而不憚興戎，則列强似尚無此決心。若爾我輕與倭絕交，彼必悍然不顧一切，傾國而來，江海一帶，倭艦所至，必無抵禦，彼不難以最短時間，最暴力量，而奪盡吾之精華，其危險爲何如乎。

力以爲絕交不可公布，而一味荏苒，終亦無以自立。故今宜下決心，與倭人死戰而不宣。交則維持現狀，在乎絕與不絕之間。兩國兵戎相見，不謂之絕交不得，而表面上則彼不明白宣布與我絕，而我亦不明白宣布與彼絕。是所謂絕與不絕之間也。春秋兩軍相對，不絕來使，亦隨時之義歟。

然欲對倭作戰，則非申明軍紀不可。謂宜赫然下令，褫奪東省軍事長官各職，切責其毫無抵禦喪失國土之罪。仍令戴罪立功，以作三軍之氣，以慰舉國之心。蓋通古今中外，從無有擁兵數十萬，一旦坐失國土大半，而毫不與敵人交半彈者。此眞天地開闢以來之奇恥大辱，萬不可不力謀洗刷，以作新民氣，以易外人之視聽。不然則如此絕無生人之氣，何以言抵抗。主國柄者，日以空言欺國人，卒乃喪心忍辱，以待倭奴之宰割，而又據旦夕暫存之小朝廷以自樂，此等人種，尙得偷存天地閒耶。

力意蔣公誠宜北上督師，一面嚴約諸軍，一面收拾漢蒙諸匪，並集合民團義勇諸軍，助之餉械，擢其有功，以主待客，攻守隨機，當不難制倭也。此外京滬一帶，及江海大都市，宜令黨部會同駐軍調查遊手浪人，時集而敎之以愛國保種，毋爲寇仇利用之道。倭之浪人，皆知自愛，我之浪人，只知自害。倭能利用我之匪，我乃不知自收用之，是可不急圖之歟。

至於立國大本，首在政治清明。傳曰，國家之敗，由官邪也。今日之事，可謂明驗。各大領袖任用徒屬，若猶唯其私愛而寵任之，則神州長此陸沈矣。某鄂人也，鄂之省府，貪汚嫖賭，壞到萬分，乃至不可形容。若謂某有私嫌，則某乃方外之人，陳銘樞十四五年閒，屢約某出，某終不出，銘樞卒無可如何，而聽某之自放於林壑煙雲之閒。今又病重，殆於將死矣，復何所希冀，而對鄂省府有私言耶。鄂災如此，而罪大惡極之省府猶不改組，有是理乎，當局亦何忍為此乎。張難先才具不必大，然其清廉，曠代罕匹，今既離浙，何不以之主鄂。寫至此，精神散亂，且止。敬請勛安。國民熊十力扶病書。

芳臭後集序

戔戔斯集，予年來所作文稿也。後者何，示前已有集也。芳臭者何，一任見者之品藻也。予出身素室，長而四方，未嘗致力讀書，朋輩謬許為能文。實則偶爾操觚，抒情是務，辭達是求。以視績學君子，穿穴經史，沈酣百家，文以載道者，不可同日語也。

問世以來，執教從政，倏逾半生。公私應世之作，留稿者十不獲一。乃歲月推移，存積累累。抗戰勝利，予忝列元戎幕僚已七年，相習僚友，頗有偏愛予文者。聞予積稿待理，樂於公餘合力為助。先事剔選，得百數十篇，約六七萬言。或繕或校，匝月而蕆。念齊物之難能，知仁智之見異，淺薄之譏，勢所不免，因名芳臭集。並撰序記其事，而申論之曰，人世間惟情為至眞，惟眞為至美。情者，發乎其所不得不發，止乎其所不得不止，其偽者非情也。予自信，有作一秉乎情，所謂文生於情者也。雖不足言載道，而情之所麗，人生之眞與美存焉，則留為惕厲養性之資，儻亦大雅所樂許乎。

奈自大陸陷匪，往昔所集，已付浩劫。亂離天外，閒居無俚，因出近年積稿，逐一清繕而裒集之。更就舊作中一二在憶者追寫之，在刊物或案牘中者迻錄之，復得百餘篇，別為四類。曰大陸殘痕，曰倉皇在穗，曰流寓港九，曰初客台灣。大多率性急就之章，卑無高論。敝帚千金，情難自已，故集之存之，而稱後焉，亦以志前集之劫也。是爲序。民國四十年十月書於台北。

大陸陳迹弁言

民國紀元四十三年，總統府遷台六年矣。秘書長張公岳軍，有整理府中始自廣州大元帥府歷年案牘之命。予以長慶老郎，躬與其役，因得重睹當年兼領國民政府參議時之書牋焉。俯仰滄桑，深滋感慨。

予自民國十九年拜命國民政府參事以來，迄大陸撤守，其閒歷政務官懲戒委員會秘書，及軍事委員會委員長侍從室組長，皆兼領參議。勝利後，專任府中秘書。總統府成立之明年，又調兼第一局副局長。先後垂二十載，留於案牘中之墨蹟，以世會變亂，播越頻仍，得存者竟寥寥。而當年兼領參議時僅有之三數書牋，獨赫然無恙。物之存亡遇合，豈亦前定歟。

按此書牋，皆作於抗戰前後。明日黃花，曷足一顧。惟自大陸浩劫，舊物蕩然，昔時翰墨，片紙無遺。一朝得此，恍如故人重逢，情有不能自已者，乃影印輯之。並前旅港所追憶之界廬漏室二記，及其他搜自各方之零簡殘墨，都爲一編，題曰「大陸陳迹」。敝帚千金，什襲而藏，藉留鴻爪云爾。四十四年六月江山異生識於台北。

大陸陳迹自跋

予山野鄙夫，于役四方，三十餘載。半生憂患，兩袖清風。戔戔陳迹，冀留鴻爪而已。迺承長老故舊之謬愛，親爲鄭重題跋，字字珠玉，所以策勵者無不至。自惟椎魯，而獲異數之遇，不有傳之，曷足以彰德意，此物此其志也。姜超嶽識五十一年九月。

跋故人徐君筆蹟

右爲故人徐君承道於民國二十八年向文官長辭職原呈，公家故紙也。其文其字，一如予四十以前之筆蹟。徐君少予四歲，自三十七年大陸分手，音塵隔絕，不審尙在人間否。予二人素稱莫逆，並以師友相待。北伐當年，曾隨予共事元戎幕，後又同入樞府。其行誼，其志趣，受予之影響至深，相處久，翰墨濡染，竟混然同調。凡所寫作，如出一手，固不僅可亂眞已也。此箋文字，格調韻致，兩極神似，驟爾展對，恍惚時閒倒流，當年壯歲風光復現於今日。故珍而藏之，一以爲故人留鴻爪，一以使吾後昆得睹先人當年之手澤也。江山異生識四十四年六月台北新莊。

記奇犬深夜救人事

歲己亥，七月某夕，有客談近遊橫貫公路所聞奇犬救人事，時、地、始、末，詳而有徵。竊念蠢爾畜生，既能救人，事亦可傳，因濡筆記之。

此台灣開拓橫貫公路時之奇事也。一時全路工程人員，靡勿盛道其事者。公路工程，分由若干總隊分區負責。第二總隊第八隊第一分隊所在地，曰薛家場三十一樁標工區。隊員二十二人，畜犬一，以其混身黑毛，遂名之曰黑子。此一工程區原爲坍方險地，爲計安全，構工棚於幽谷，已四年矣。某日深夜，隊員夢方酣，黑子突入棚狂吠，眾驚醒，疑有狗熊山猪來襲，各持器隨黑子奔棚外，一聲巨響，天崩地裂，山上巨石，滾滾而下，棚地適當其衝，隊員不出，盡成齏粉矣。尤異是日爲民國四十八年四月十八日也。一畜生耳，能預感巨禍，又能警人逃避，洵可異矣。尤異者，黑子受豢於隊中，固與諸隊員相狎也，獨不得一梁姓隊員之歡心，有時且虐待之。此役竟因重傷斃命，而黑子亦不知所終云。奇哉此犬也。四十八年七月異於試院眷舍。

記葦莉之災

予來台之十年，民國四十八年也。時備位樞府，寄家南郊景美山下試院之眷舍。是年七月十五日，颱名葦莉者，挾怒飆狂雨而來，聲威凌厲，終日不稍殺。散值歸途，如衝激浪，下車，未舉步，通體淋漓矣。

午夜夢中，忽聞隔鄰呼喊聲，驚而起，天地昏黑，風雨爭烈。燭之，山洪已襲戶。錯愕間，滿室淹水，急與妻作避難計。書籍、被服、箱篋，及日用諸具之不耐浸漬者，或移置，或架疊，一時舉重若輕，不知何自而致。當水之入室也，初沒踝，繼而膝，而腹，僅炊許耳。毘鄰被淹者二十餘戶，男女老幼，麕集傍山鄰舍，坐以待旦。幸天憐流人，風雨漸斂，凌晨而止。最令予難忘者，黑夜倉皇中，裹負五齡外孫月兒，冒風雨，涉水避難。時室外水深及胸，擿埴索途，跬步維艱。既懍失足，又惜家沈，心情之重，莫可言喻。天明，舉目汪洋，昨爲田園，今成澤國。俄而雲散日出，水亦漸落，乃搴裳返家。蹀躞積潦中，從事整理。器物漂蕩，零落東西，籬傾壁敗，徧地泥塗。聞接所及，皆災情也。渡海以還，習聞東南部各地震災、風災、水災之可怖，時懷戒心，而今身歷其境，益切故園之思。樂土樂土，果安在乎。

歲辛丑，青雅夫婦，葺理所居既竣，屢乞書張其室，因追記舊事如右，而囑室人書以遺之。留待月孫成長後，藉悉幼時偶宿外家，嘗遭此驚險也。五十二年夏巽生識。

借薪簽呈

五十一年九月五日

敬呈者：此次所謂愛美颱風之臨境，新店溪泛濫成災，考試院所在地區，首當其衝。職寄家於此，室內水深八尺，凡百生活所資之物，無一免淹浸之禍。被服、書籍、字畫、食品、器皿等，面目全非。經連日洗刷，几榻盤架，固仍可用，其他皆已全毀或半毀。日用必需者，不得不略事添換。擬懇准予借支十、十一、兩月薪津參千元。自十二月起，分六個月攤扣。是否可行，

伏候　鈞裁。謹呈副秘書長黃秘書長張。職姜超嶽呈。

題大陸舊物三名士合作中堂畫幅 民國五十一年十月

予平生雖愛書畫，以懸格偏苛，而又憚於求人，自來珍藏欣賞者，寥寥無幾。來台後，點綴客齋，僅此一物。往撰「我生一抹」時，曾追述當年作畫之因緣，見「一二三雅集」。頃以都中「七友畫展」執事君子，商予借展數日，乃題數語於畫端，使閱者知此畫能存於今之不易也。題詞錄次。

此畫作於南京國府大樓秘書廳，時在民國三十七年三月上旬。款識中之「旭初」，乃中央大學文學院院長汪東字也。

是日例假，惠風和煦，予與同官但燾、朱雲光、曹翼遠等六七人，以酒會名士汪東、陳方、彭醇士、鄭曼青諸君子。當時談笑風生，載飲載畫，與會淋漓，各極其妙。予得彭畫山水一，又三人四人合畫各一，此即其一耳。爾餘已付浩劫，不知尚留人間否。

三十八年春，匪燄南燎，內子素梅，悤遽離家，無意中攜此畫俱。不謂來台居處，疊遭水禍，圖籍盡毀，此畫獨幸粗完。物之存亡及與吾人結緣之深淺，似有定數焉者。今陳氏已逝，陷居大陸之汪氏生死莫卜。睹物思人，不勝白雲蒼狗之感云。江山姜超嶽識壬寅秋於台北行都。

記凌波潮

五十二年八月於台北木柵

憶民國紀元十年前後，上海「申報」載有某名記者太原通信，描述當時名士江亢虎遊晉盛況，文曰，「聞所聞江亢虎，見所見江亢虎，道所道江亢虎。」不謂四十餘年後之今日，臺省境內，竟以一影劇女主角之故，而掀起社會狂潮，較當年江氏之遊晉猶遠過之，而台北尤甚。致招港方某大報，揭論譏嘲台北為狂人城。是亦復國途中之插曲，姑記其畧於此。

我政府渡海後之十五年，民國五十二年也。有邵氏公司監製之民間故事影片，名「梁山伯祝英台」，采用黃梅調作歌唱。由影星凌波、樂蒂二美女主演，凌波反串男主角梁山伯，自夏初放映以來，不問戲院，不問時間，逢映必滿座。痴情觀眾，逢映必看，有如飢渴之思飲食。如是者綿歷三數月，幾有欲罷不能之概。當凌波之入境也，城郊士女，更如醉如狂，不自知果何所為，立成人潮，匯機場，湧道旁，爭欲一覘顏色，甚有餽重金，獻珍飾，圖得一晤或痴想與結乾親者。花邊新聞，報不絕書，其盛況千百倍於當年江氏之遊晉。一時，凡有關凌波者，電台廣播播之不已，坊間電機唱片唱之不已，報刊談論文章刊之不已。新張商號以凌波為名，新出巾帕包裝以凌波影象為飾。幾無時無地不見凌波，亦無人不知凌波。凌波凌波，誠異數哉。

予當時惑於眾囂，亦嘗涉足一觀其影片矣。畫面誠美，情節誠足感人，然於飾演男女主角之影星，固猶等閒視之也。論演技，無分伯仲，論姿色，猶遜於樂蒂。而觀眾獨鍾愛於凌波，豈非咄咄怪事。或謂此乃受心理作用之影響而然，假令凌波不反串男角，則亦如樂蒂之爲樂蒂耳。今以美女飾男角與觀衆相見，男人之愛之者，以其爲女也。女人之愛之者，以其似男也。昔故都名艷伶梅蘭芳之當年，女人以其爲男也，故爭愛之。男人以其似女也，故亦愛之，其情境正相同。此說也，是耶非耶。

又或謂是乃羣衆心理之衝動而然。渡海將二十年，踞處孤島，初尙聞反攻之聲，繼而微，終而寂。翹首大陸，渺無歸期，忡忡焦慮，鬱悶於懷，勃焉刺激，遂爾盡情宣洩以爲快，勢之所趨，有不期其然而然者。如往歲台北五月事件之爆發，其掀起社會狂潮，如出一轍。肇因雖異，而其所以釀成狂潮則一。是說也，自於事理爲近。然則港報之譏臺北爲狂人城者，亦徒見其皮相之論而已。

題高麗皇帝御筆致吳長慶札 附其重臣尹泰駿手札

自來凡大有作爲之人，必負豪邁不可一世之氣。予觀此所謂一君一臣之筆札，其表之於字句者，拘拘兢兢，如出寒儒手。且身爲一國君主，竟懷世賴鄰邦之心，復作「感淚盈眶」之辭，庸懦無志，昭然若揭。其近臣所書，亦徒見猥瑣愁苦語，毫無偉丈夫慷慨之情。噫嘻，此其所以爲殉國之君臣歟。予題此，不禁感慨系之矣。五十一年三月於行都介壽館。

敬題金老點校「我生一抹」稿

本稿墨點斑斑，批註爛然。乃東南耆宿，長興金體乾葆光老先生之手蹟，民國五十三年九月閒事也。先生績學君子，成名甚早，長予十餘齡，自昔許爲可教。予撰「我生一抹」初稿成，卽先以請益。時先生年瀕大耋，又在病中，又值秋熱，竟逐句逐字，點校不漏。條示應予斟酌處外，復於稿中「泣書」一則下，綴以案語，「此眞天地閒至性至情之大文，凡讀之者，能不增國家存亡之痛，異生誠偉丈夫也」。又附書曰，「知大作有汲汲出世之志，病軀雖不勝，不能不强力伏案，以期不延所期。經歷三數日，而視茫茫而汗浪浪之後，展讀完畢。未審仍有漏網者否也」。其敬事，其熱忱，其謬愛之切，躍然紙上。前輩風範，所以矜式於世者遠矣。故本稿特予珍藏，並略識顚末，以志景仰云。五十三年九月八日異生識於新莊。

總統府文書稽催制創始概略五十二年十月於總統府總稽催室

——年度工作報告之一——

我國軍政機關對業務之進行，或設檢查，或設督察，由來舊矣。治理公文書，而有稽催制，則近十年閒事也。其制，依文書內容之緩急，而定其辦結時日之期限。司稽催者，按其期限而稽之催之，所以增效率，防延誤，法莫善於此。

本府治理文書，原襲國民政府之成規，執事人員，雖知審愼從事，而偶爾差誤，終或難免。秘書長張公，素以崇法務實，爲從政要道。蒞任後，鑒於我總統所倡之「新、速、實、簡」，非實行「研究發展」不爲功。於是總統府內各局處室外，而有業務研究發展機構之設置，而有文書手册之編訂，而有創行文書稽催制之措施焉。

民國四十七年七月，參事賀楚强奉命主其事，曰文書總稽催，設文書總稽催室，作稽催中心。同時府內各局處室，指定專人爲稽催，方法與程序，則一依本府文書手册之規定。稽催人員置公文檢查表，每周向總稽催報其所在局處室之治理狀況，總稽催則憑檢查表核對收發文表，作稽催之手續。實行以後，其中若干細則，及相互配合諸端，尚有待改進者。乃廣搜有關此制之資料，衡以本府實情，再三研討。壹以求簡、求便、求實、爲歸，因舍文表而改用卡片，將本府之原行辦法，重加修訂，呈由本府四十八年七月二十二日第一九五次業務會報決議通過。復經數月之綢繆，於是年十月十二日開始施行新訂之稽催辦法，即現行之本府文書稽催也。參事兼總稽催姜超嶽謹述。

對於改進人事制度之意見 五十二年十月于總統府

——爲建議長官而作——

一、關於職位分類者 年來談職位分類者，或有與軍方之專長分類，相提並論，以爲專長分類既可行之於軍，職位分類自亦可施之於政，實則二者名似，而實迥異。專長分類以「人」爲對象，其要點爲評定某人具有某長，此後所業，必不越某長之外，其最大作用，在規定對某人任用之範圍。故行此制時，不影響其機關部隊之組織，職位分類則以機關內之「職」爲對象，其要點爲評定某職應具某長，某長應屬某等，某等應給某酬，有職級多寡之差，而無官等大小之別，其最大作用，在同工同酬，勞逸均，待遇平。故行此制之唯一要著，必須其機關之組織，於合實際所需之某職若干，某職之某等若干，分工細，所任專，職無閒人，人無閒職，如此始可發揮其作用。此種工業社會之產物，在人事制度中，論設職用人，論待遇公平，誠爲最科學最進步之方法。而究其弊，則有過尙功利之嫌。以視我國政治社會之傳統，重行道，重榮譽，重養才，不無枘鑿之感。且政府遷臺以來，因受局勢之影響，機關編制，與職位調配，多以應付一時爲能事，與實施職位分類之原則，大相逕庭。此時此地，而行此制，無論因編制預算之陡增，非當今國家財力所能負，縱能負矣，其閒職級之換敍，員額之配置，欲求其當，決難一蹴可幾。若益以徇情偏私之習，則爭執紛擾，更不知伊於胡底，流弊所之，將十百甚於今者。爲懍「愼終於始」之誠，似此攸關政治興替之改革，應待大局底定之後。當務之急，其在綜覈名實，信賞必罰之一道乎。

二、關於官等者　查公務人員之官等，所以示國家名器之品級者也。年來新興機關，不問其職掌如何，地位如何，所列編制，動輒置簡任人員若干人，擬者濫設，核者濫予，對於官等大小，漫無限制。以視原有機關之組織，上下相較，顯呈尾大不掉之象。似應由銓敘部會商有關部門，將此項官等，訂定統一之標準，以維體統，而彰勸賞之功用。

三、關於退休者　現行退休法關於住屋一項，未予明文規定，流弊甚大。就現狀論，退休人員之住屋，既有有無之別，更有巨宅甕牖之差。橫生不平，人心不服。就來日論，若干年後，所有公家宿舍，勢將盡變爲退休公寓，而對陸續新進人員，勢將爲之陸續添建宿舍。負擔之大，可以推想。爲鼓勵退休，增進新陳代謝之功用計，亟應明文規定，凡退休人員，一律發給住屋補助金。補助金額，依其退休金總額之若干成爲度。其原住公家宿舍，須限期遷出。如此，政府一面可省添建宿舍之支出，一面可變賣所騰餘之房產，挹彼注此，並不致陡增多大之負擔。

四、關於簡任職升等考試者　查現行公務人員升等考試法之施行，誠爲貫澈國家考試用人之要政，然於簡任職升等考試之實施，則有值得注意之二事。1.在現行任用法公佈前，歷年各機關中已取得簡任存記資格者不少，機關出缺，如讓有資格報考者應考，依法不能不擇優錄取，不能不予升補，如此則對前項存記人員，無異否定其已取得之資格。如讓此項存記人員儘先升補，則對有資格報考之人員，無異剝奪其應考之權利，且足以折損升等考試法之尊嚴。2.現各機關中未具大專學歷之高級薦任人員，大都抗戰時投效政府，其中才能卓越者不少。隨政府來臺後，或高資低就，或受考績法令設階廢階不利之影響，或屈於官等表之限制，積資雖深，依然舊秩，修正任用法施行後，廢止原有之簡任存記辦法，欲求升等，非考試不可。而有若干人員，學歷相等，因遭遇不一，早已取得簡任存記，以此視彼，不平孰甚。際茲政府正謀大量儲才反攻時，在實施簡任職升等考試前，對於前項未具大專學歷之高級薦任人員，似應設法使得簡任存記之資格，以示酬庸與體恤之意。

五、關於考績者　查現行考績法考列一等「三分之一」之限制，以「同職等」「同職務」為計算單位。厥有三弊：1. 單位加，餘零數亦加。餘零二人者得巧，一人者受屈。因而造成不平亦加。2. 某一職等如僅一人者，無妨其每年皆考一等。如為四人者，則與「三分之一」之原意不合。3. 在同一機關，某一同職等人員，與另一某職等人員，如其優劣顯然有差，而考取一等之機緣則惟均，是亦不平也。為減少不平計，似仍照舊法以「同官等」作單位為妥。

又現法考一等晉一級，給半月獎金，二等無獎金晉一級。其間雖有獎金有無之差，與績等高下之別，而級俸相等，地位並列，殊失獎掖人才之義。為求合理計，考二等者，亦應加以相當之限制為妥。參事姜超嶽謹呈。

題我生一抹自刊本精裝本

本書之精裝，蓋香港龍文書店所為者也。店主許君晚成，與予素昧平生，秋十月，忽接其代電云，「此書內容不凡，擬價購十冊，加以精裝，供海外大學之需」。予探悉其意無他，遂如數郵之，而要索精裝後之書一冊為請。逾月書果至。天涯神交，踐約不爽，孰謂今無古道耶。異生識於臺北新莊五十七年冬。

我生一抹補續編弁言

此拙著「我生一抹」補續編之單行本也。

拙著成於民國五十三年八月，原分幼年瑣憶、坎坷家道、初涉世途、別闢蹊徑、艱難歲月、遭時滄桑六目。問世後，口碑不惡，承契好督勉，續撰來臺以後事，添立一目，曰「行都雜志」，併前六目爲七，計百有五十七則。遂於五十五年重刊增訂本焉。

越年，三民書局商予編充其所刊行之三民文庫，予乃就各目再加增訂，凡百七十有五則，都十萬餘言，重新排印，是爲第二度增訂本，卽本書文庫本初版再版之書也。

日月如梭，忽忽又四年矣。其閒興會所之，輒筆之於書。或溯往事，補前所未及也。或記近歷，續留鴻爪也。復得十七則，可二萬言。又立一目，曰「補續作殿」。適本書將刊三版，遂併前七目合而爲八。是爲第三度增訂本。目名「作殿」云云，示終止於此，不復「補續」矣。

按殿後一目，雖寥寥十數則，而記所歷與所爲，言歲月則逾周甲，言地域則徧四方。如就其事前後貫串之，無異平生之節略。故特刊以單行，而仍名「我生一抹」云。六十年中秋姜超嶽於臺北新莊。

新竹祭祖記

我政府遷臺之十八年，民國五十五年也。旅臺姜氏，組設宗親會於臺北。桃園新竹兩地宗親，聞風而作，紛來與會。於是歲時令節，而有祭祖之舉。祭無定所，或往桃園姜氏祠所在地，或就北市適當場所，臨時設堂爲之。六十一年黃花岡烈士成仁紀念日，壬子三月望則祭於新竹焉。

臺灣之有姜氏，始於清初，來自粵東之陸豐。新竹新豐鄉鳳坎村，乃姜氏發祥地也。位縱貫線竹北站之北，距海岸密邇。現有宗親三十餘戶，聚族而居，發祥祖墓即在此。桃園姜氏，同出一源，今所祭者，即此墓也。墓地位村口，負崇丘，面良田，植巨碑，覆石屋，規模可觀。臺北宗親五六十人，共乘一遊覽車而來。抵村時，地主以鞭炮歡迎。下車，即集墓前致祭。祭案三四連接成長臺，酒饌祭品，堆置殆滿，一如平昔所見寺廟中之大拜拜者。

祭畢，會飲於村內宗親金枝之家。院外搭蓬爲堂，設席六七，如張喜宴，盛饌酣飲，幾逾二時。飲罷，集村中老幼合攝一影而行。

過村外鳳坡尾，又展謁先祖朝鳳公暨妣楊氏之墓，碑載道光六年修，他無所詳。僻陬一古墓耳，驀地有如許來自大陸之同宗，專誠一拜，亦可謂與墓中人有緣，九原有知，得毋以爲無上榮幸矣乎。

是役也，奔走規畫者，宗親梅英、竹、春華三人，予之親屬鄉好同行者，菊、陽波、有倉、次烈、毅英、爲孝。早七時離家，晚七時歸。

退休前戲筆　五十七年於介壽館

自來士林中人，浮湛人世，飽歷憂患，往往有自輓或自壽之作。藉以追生平，志素抱，抒感慨。其中雖多遊戲之筆，要不外悲歡離合綜結人生之義。予懸車在邇，俯仰身世，未能免俗，姑效顰一爲。野人野語，聊襮鄙懷。謂之自壽可，謂爲預輓也亦可。句曰：

一個窮小子，憑志節奮鬭。爲官卌載，重實踐，屏虛文。對公對私，盡其在我，死了應無愧。

累世佃農家，從苦學出身。浪迹四方，得高朋，致薄譽。論寫論作，尚能隨班，生也足自寬。

敬題陳公果夫遺作拾遺

此一果公遺作，原載「侍三處人事登記業務手册」卷首，作於民國三十一年十二月，去今二十有七年矣。時果公在元戎幕下主人事幕僚，方爲促進黨政軍人事之健全而致力。故當年侍三處之人事登記，最具規模。於人才之分類至詳，於資料之搜集至廣。表册片楮，累千累萬，運用科學方法，能以簡御繁，得心應手，致令一般從事登記業務者聞風而作。或親臨觀摩，或函索成文，一時幾有日不暇給者。予乃秉承果公，根據實務，將理論方法，筆之於書，得十萬言，名曰「侍三處人事登記業務手册」，以爲工作之準繩，且餉同道之借鑑。臨付梓矣，因故而未果。旋以需求殷切，節縮爲「簡編」，油印百十册，分與有關人員，備爲研究及工作之指引。奈未幾何時，公私滄桑，不堪回首。當年之持有此編者，今惟黃君翰章一人。果公遺序，猶赫然弁於首。睹文思人，曷勝哲人其萎之感。此文，果公全集未及收入，特錄載「花谿結緣三十年」紀念刊中，藉資留念，並畧述其來歷於此。民國五十八年八月江山異生台北新莊。

半日山遊記

歲甲寅，民國建元六十三年，我政府遷臺之二十有六年也。國曆三月二十日，應文友楊君力行之邀，作半日山遊。春光和煦，九時啓行，先至竹子湖，次遊陽明公園。賞花果腹後，紆道北投，過吾家次烈少坐而歸，費時剛半日耳。

竹子湖，陽明山巔一村落也。叢林滿目，不見水影，而以湖名，殊費疑猜。憶在二十年前，初度縱遊陽明山，攬勝之餘，嘗結伴探幽於此。由山之前麓，覓徑穿林而上。既登，無所得，循原徑下。今則自臺北東站乘金山線汽車，逕達其地。昔之無所得者，赫然見規模可觀之小學焉，更見新式建築之民宅焉。環眺峯巒，有唯我獨尊之概。略事徘徊，卽由楊君爲導，取道捷徑，自嶺端直趨下山。嶺勢陡峭，須側身跨步以降。幸吾二人腿健膽壯，身手矯捷，履險如夷，經大屯瀑而抵公園。漫步尋芳，景色含笑，杜鵑猶艷，櫻花已零。時方亭午，處處遊客，仍絡繹不絕，然終不若良辰假日滿山裙屐之盛也。

過次烈時，適逢其因故遲餐，以主人好客情殷，遂再進小酌焉。少頃告辭，乘淡水線火車歸，票價四元，去時汽車七元五角耳。楊君瀏陽籍，出身文學，而曾歷軍政者。邇歲執教杏壇，有聲於時，與予以論文交，去今將十載矣。

四爲窩記

予遷臺北新莊五守新村之十年，民國紀元第二甲寅也。一日，夢回沈思，忽萌念，昔曾湘鄉感於立身之道，有不可須臾離者，欲名其堂曰八本堂，曷師其遺意，名所居曰四爲窩。

窩者，示安樂於此，亦陋室之謂。凡所陳設，粗備圖書外，惟供起居，別無鋪張，一若禽畜棲止之巢欄然。四爲者，乃區區人生見解，近二十餘年來藉以自得自樂之源泉也。

舉世滔滔，莫非求富，富無定準，亦無止境，老子云，知足之足常足，是知足則爲富矣，一爲也。凡事致貶吾身者曰辱，環顧所識，辱者纍纍，達官貴人亦恆不免，無辱則爲貴矣，二爲也。人必自立自强，始能自尊自高，世之罔知自振，而惟求人惠我以爲常者最可鄙，不求則爲高矣，三爲也。希世珍玩，俗之所寶，皆可以財力致。眞摯友誼，原自至心與道義，既不可强致，又不以富貴貧賤而異其情，得之卽爲寶矣，四爲也。

之四爲者，曰富、曰貴、曰高、曰寶，微素如予，幸而悉備焉，人生百年，尚復何求。自得自樂，端在乎斯，故以名吾居。作四爲窩記。窩主江山異生六十四年春書於臺北新莊。

德音篇

引言

予生而有幸，于役所之，輒逢奇緣，或許為至交，或視同手足。而親故長老所以相待者，尤感人肺腑。形諸楮墨，愈見古道。如為拙作「大陸陳迹」「我生一抹」「累廬書簡」與本集所撰序跋，及平昔因興會而投贈之詩文，率多鏤月裁雲，情真意摯之作。茲錄尚未刊布者於此，以見一斑。又以區區翰墨問世後，廣聲氣之應求，結神交於四方，高文佳製，紛至沓來，德人德音，莫非金石之言。選其尤者，輯而傳之，所以淑世，亦以志感，固不僅示我後昆與諸大君子有交契之雅也。

釋狂狷示異生　仲肇湘

余與異生兄交，且二十餘年矣。其放言高論，或謂近於狂。其耿介絕俗，或謂近於狷。狂與狷，爲先聖所取。然異生非狂狷者也。狂狷以現代心理學釋之，乃性格之外傾與內傾，而過其當者。故狂者雖進取，往往不切實際。狷者雖有所不爲，而每乏積極之精神。顧異生異乎是。其謇謇諤諤也，常責人所當爲，而不強人所難能。雖落落若寡合，而進德脩業，行健自強，蓋純然一正直篤行之士，而非所謂狂狷者也。近承其以所輯大陸陳迹見示，讀其文，觀其字，不禁叫絕曰，如其人，如其人，彷彿若有一風骨凛然，雙目炯炯者，於紙墨閒呼之欲出。余一時靈感如此，因錄之以博一粲。弟仲肇湘敬書

說眞贈異生　鄧翔海

大學之道，在止於至善。釋氏之學，以萬法有待，皆屬虛妄。無待之法，始爲眞實。是儒家之所謂至善，卽佛家所謂絕待之善也。無以名之，強名之曰眞，唯眞故可大可久焉。

吾友姜子異生，率眞性情，勵眞修養。舉凡學問、事業、道德、文章，以及動、靜、語、默、嬉笑、怒罵，無一不從性海流露。故平生於富貴貧賤險夷之境，視若無睹。浩氣磅礴，獨往獨來，而有所不自知者。非眞之眞乃所以爲眞眞歟。

辛丑秋，異生與余同客臺北，以其昔年供職樞府所作僅存之翰牘影印本數篇相示，余受而讀之，見其謀國之勤，愛友之摯，無一不率之以眞。而其文其字，尤爲矯矯逸凡之作。雖吉光片羽，彌足珍貴。想見當年金馬玉堂中，固有人在也。謹書此以志景仰。弟鄧翔海時年七十有一。

說好善示異生　陳立夫

余識異生時，在民國十五年同事於北伐總司令部機要科。異生稍長於余，而其老成持重，則遠勝之。故余以兄長敬之。異生不苟言笑，而言必有中。不與人爭，而爭必爲公。其自持之謹嚴，與對人之誠篤，尤足爲同儕所矜式。科中同仁，久而敬之。十八年，余任職中央黨部，異生則於十九年多服務於國府，遂不復常相聚晤。惟於彼忠誠爲國之一貫精神，與夫勤學苦修之堅毅工夫，恆於友朋日常談話中得之，益增余之敬佩而已。玆者，異生集國府任職時上陳書牘影稿，而名之曰「大陸陳迹」，以示余，余讀之而有感焉。因題「好善」二字以頌之。並錄孟子之言以釋其義如下。

『魯欲使樂正子爲政。孟子曰，吾聞之，喜而不寐。公孫丑曰，樂正子强乎，曰否。有知慮乎，曰否。多聞識乎，曰否。然則奚爲喜而不寐。曰，其爲人也好善。好善足乎。曰，好善優于天下，而況魯國乎。夫苟好善，則四海之內，皆將輕千里而來告之以善。夫苟不好善，則人將曰訑訑，予既已知之矣。訑訑之聲音顏色，距人于千里之外，士止于千里之外，則讒諂面諛之人至矣。與讒諂面諛之人居，國欲治可得乎。』

此言治國之道，在上者宜存好善之心，以開忠諫之路。在下者宜仰承在上者好善之意，以盡忠諫之道。大陸之失，其病在此。敢言直言如異生者，眞如鳳毛麟角，「雖有善者亦無如之何矣。」

陳立夫于紐澤西傑克遜民國五十一年二月四日

附札

異生吾兄：手書奉悉。弟愧不能文，又復久不爲文，且乏紙筆，强述所感，以答老友之盛情。如不能用，則不必加入可也。老友張梓銘兄，近歸道山，去春返國，見其氣喘症甚劇，極不宜于臺北之氣候，曾勸其至乾燥地區休養。不意竟成永訣，悲夫。中國一周有時寄到，載有大作雨農傳之六一三期遍覓不得。如蒙惠寄一份，俾得拜讀，則所願也。專復，敬頌近祺。弟陳立夫頓二月四日

贈異生　何仲蕭

予與異生兄同歲，同生長民風强悍之鄉，同爲苦學，同賦性戇拙，不喜酬應。抗戰期間，同在元戎幕，同致力於一事。然異生能文、能書，能於寒冬沐冷水浴，能席板枕木，迄今不廢，胥非予所能企及者。

當同事時，異生爲組長，予副之，綜理全國人才登記，事屬草創。異生覃思勵行，不遺餘

力。或輕爲書吏工作，異生則勉以不可妄自菲薄，應發揚其在人事部門之最大功用，卒能建體系，立規模，登記人才近五萬。內以應繁複之需求，外以供各機關之觀摩，異生仍銳意研討，不斷求新，七年如一日。

當年同組三十餘人，相處如家人父子，勤見啓誨，隨方矯正，有時以求功殷切，督責過嚴，或招怨尤之聲，而異生耿耿爲公，肝膽相照，怨之者，終釋然而樂爲之用。

予知異生者深，相交二十餘年，未嘗一白吾懷，承以大陸陳迹屬題，遂書之以報。民國五十二年元旦義烏何仲簫敬識

釋退休贈異生 曹翼遠

官規有退休之令，由來尙矣。禮曰致政，史稱致仕，古者謂之爲老，春秋著將老乃老之文，孟子述唐虞之事，曰堯老而舜攝，皆是也。

惟古之退休，所以優老，自庶老、國老、以至天下之大老，尊養之禮甚備。今則以新陳代謝爲言，於優老之旨微矣。又施於庶僚，而不及正長，不其偏乎。且人之一生，合序自然，惡有所謂退休者。曾子曰，士不可以不弘毅，任重而道遠，仁以爲己任，不亦重乎，死而後已，不亦遠乎，儒之宗義若此。莊子曰，道之眞以治其身，其緒餘以爲國家，其土苴以爲天下，道之宗義又若此。若夫大同之世，人無遺用，力惡不出，晚近歐美巨强，方盛行人資源富國之論，將代彼天

工，救我物敝，古今言治之宗義又若此。惡有所謂退休者。今中朝大官，自居於令甲之外，囂囂然令其下曰，退休退休，得毋有悖今背古違道遠義之嫌乎。安得起荀卿而一解此蔽哉。

吾友姜子異生，以七秩致樞府參事之任，善刀而藏之，遵古制也。余方承乏銓左，欲有以易之，而力所不逮，負愧多矣。然異生性情中人也，其行矯矯獨往，其文戛戛獨造，其風泠然冽然。其和彌寡，其曲彌高，固非有司簿領所能進退輕重者也。養生有主，肩道無窮，曾莊二哲，已詔之矣。戊申冬月曹翼遠敬叙

論改變氣質示異生　蕭贊育

異生兄，於三十一二年間，始與余共事於軍委會侍三處。性剛介，處事精細有條理。同人喜其勇於負責，絲毫不苟，凡有關公益，爭以委之無閒言。每相見，輒以「太公」呼之而不名，媢之亦敬之也。來台，供職總統府，仍時相過從，頃以影寫舊時書牘數篇乞題，並謂余曰，觀此，足證二三十年前之個性，至今無少改，如此其不長進也奈何。余曰，天命之謂性，率性之謂道，此性與道，不容有改變也。吾人所求改變者氣質，所求進步者，日新其德也。兄之使人敬愛，正由於薑桂之性，愈久彌辛，足以傲視人閒。文字之簡練樸茂，尚其餘事耳。異生欣然以爲是，遂書以歸之。五十一年三月蕭贊育敬題

說勁示異生

毛萬里

江山巖邑也，而代出奇才。宋之徐存，明之毛愷，淸之柴大紀，當代之戴笠，其傑出者也。徐治性理之學，淡泊自甘，終身不仕。毛官至尙書，嫉嚴嵩而被害受戮。柴一介武夫，恃戰功而忤於福康安，織罪滅族。戴勳業彪炳，不可一世，卒以聞召卽行，罔顧天時，而墜機殉職，其生也烈，其死也壯。諸君子生長山野，皆非世家子，而其人其事，其死其生，有足傳者。

異生姜超嶽，亦奇人也。出身寒微，不求攀附，而位列淸要；爲學日益，初無名師，而文章驚世；其爲人也，諤諤矯矯，不從流俗，孤介之癖，造次顚沛而不變。病之者曰傲物，實其性所使然，亦卽我江山人所謂「傻勁」者也。徐存之不仕，其勁在道；毛愷之不黨權奸，與柴大紀之不屈辱親貴，其勁在節；戴笠之「君命召不俟駕」，置生死於度外者，其勁在忠；異生之孤介不變，其勁在自强。奈造物弄人，異生問世以來，止於翰墨自效，而不獲揚其自强之勁於有爲之地爲可惜耳。

讀異生「我生一抹」，深佩其自强之傻勁，直可爭輝前賢，爰作此篇，所以頌異生，亦所以爲吾江山人之「傻勁」頌也。

書在異生兄撰戴先生雨農傳後　毛萬里

其神奇，其偉大，其赤心報國，其得領袖信任之專，與效忠領袖不顧生死之精神，躍然紙上。有戴先生之絕世奇才，而後有異生之絕世奇文。江山有幸，出此兩絕。五十年十月三十日萬里書（按戴先生傳，見我生一抹「一五五戴傳。」）

敬贈江山異公　陳統桂

江山異公，洵今之健者也。

數十年來，寒暑無犯，醫藥絕緣。年將七十，矯捷昂藏，一如壯歲，身之健也。耳聰目明，博聞强記，氣概豪邁，肝膽照人，神之健也。投身革命，垂四十年，忠憤耿耿，始終不渝，志之健也。觀人論事，獨具隻眼，謇謇諤諤，不同凡響，識之健也。應世接物，特立獨行，窮不濫，威不屈，輕利尚義，樂於助人，行之健也。操觚述作，吐屬驚人，或奇峯突起，或天馬奔放，載道自憙，傲視士林，文之健也。至言揮毫則筆健，笑談則鋒健，健哉異公！誠無所不健矣。

歲乙巳春，讀公大著「我生一抹」，及近年積稿，深感公之健，大足以爲世則，用書數語，聊申慕意已耳。五十四年三月浙江天台陳統桂敬書

我生一抹序　曹翼遠

我生一抹，異生碎金也。異生擅閎肆雄健之文，往往擲地能作金石聲，讀之使人神旺。餘事作小品，道渡海前生平舊事，亦復雋雅可喜若此。隨風咳唾，莫非珠玉，家乘談助，兩足取資矣。昔沈三白著「浮生六記」，記閨中，記閑情，記坎坷，記浪跡，中以坎坷記愁爲獨絕，積千古文人窮途之哭之淚，不足盡其哀痛。今異生之記亦六，（初刊本分六目今增補八目）亦記坎坷艱困之事；然異生再參帥幕，三登樞府，雙榮椿萱，長耀鄉里。晝錦杜漢人之口，登仙動唐士之心，其去三白之窮愁潦倒亦遠矣。竊怪三白處乾嘉盛世而獨窮，殆其才性緣會使然。異生遭時盛衰，以至崎嶇海嶠，而其志與業之不窮也如故，此則才性緣會，更非三白所及。他日義師西指，軌物再同，宜有大文焉，志收京之功烈，宜有小說焉，摭棲越之故實，誰其可者？異生既以自期，吾亦以此推袁。民國第一甲辰之歲端午月蕭山曹翼遠敬序

我生一抹序　鄧翔海

中庸曰，天命之謂性，率性之謂道。此性也，卽大學之所謂至善，釋氏之所謂本來面目，亦卽孟子所謂浩然之氣以直養而無害，則塞乎天地之閒者也。

凡人之能率其性者，爲君必仁，爲臣必忠，爲父必慈，爲子必孝，爲夫婦必愛而敬，爲朋友

必信。舉凡言語動作，莫不從此眞性流出，無所爲而爲之，自然而然，無一不當於天理。

吾友姜君巽生，是眞能率性者也。觀其所著「我生一抹」，述其平生經歷，自幼至老，坦率直陳，無絲毫隱飾誇張，一種浩然之氣，磅礴於字裏行間，讀之如服清涼散，使人鄙吝之氣也消，誠經世之作也。余與君交近三十年，知之稔而敬之篤，故敢爲一言以貢諸讀是書者。甲辰秋

蒲圻鄧翔海時年七十有四

「我生一抹」讀後　羅萬類

二十幾年前在重慶的時候，因爲工作關係，有機會到南溫泉軍事委員會委員長侍從室第三處去參觀人事資料，那時巽生兄正主持這部份工作，一切井然有序，極符科學管理原則，欽佩其治事之精。渡海以還，巽生兄每有佳作，承其不棄鄙俚，嘗持以示我，詞藻典雅，又驚其文字之美，和他幼時白皙，扮演狀元之類可愛！讀了他所寫的「我生一抹」以後，知道他對家庭、處朋友、待僚屬、無一處不顯露至性至情，一片孝友醇厚的作風，眞値得現在一般青年所效法。

拿破崙的成功，在變不可能爲可能，當他大軍橫跨阿爾卑斯山進入義大利北部後，人們才驚訝他的天才卓越；從這本册子裡，知道巽生兄少年奮鬥上進的精神，堅苦卓絕，不減拿氏當年的果決。他對家庭的愛，朋友的情，無一不超越尋常，這就是他取名叫「超」的原意嗎？

他在這本書內，記述他數十年前經歷，如數家珍，不遺鉅細，以他這樣博聞強記的特長，如

果當年不放棄永年堂學醫的工作，我想，他早就成爲一個功同良相的名醫，壽人壽世，對社會的貢獻，也許比他以往的成就還要大多少倍！但是人生際遇無常，在此紅塵萬丈中，有時也心不由自主。

他的境遇，除了幼時欠佳以外，可以說一帆風順，世路雖然險巇，他都履險如夷，直到三十八年年尾他南行佈置遷都的時候，他才寫出那何某的狡詐可鄙的狀態。其實，在變動不居的社會裡，人們都只爲自謀，友情，正義，早已抛到九霄雲外，厚道待人的人，往往嘗到了苦果，這是毫不稀奇的事。要說從井救人，那更是惟有求之夢境！

從「別闢蹊徑」、到「遭時滄桑」兩部份看，好像在寫北伐到大陸撤退的歷史，繪影繪聲，令人無限感慨，將來反攻大陸，還都金陵，他的續「我生一抹」出版，寫出中興事跡，又像多後初春，久寒乍暖，熱情洋溢，更値得大衆一讀。

跋我生一抹　陳天錫

去今三十一年前，余曾侍青芝老人暨孝園先生，遊華山至青柯坪，仰觀若干尋丈上巉巖峭壁間，毛女洞道觀彷彿可辨，惟遊人能至者殊少。偶凝視遠處，有物微動，如蟻緣上下者，土人云，是觀中道士，年皆八九十，而清健如仙。深維彼老道者，何爲必棲眞於此，其爲具高世之行，有不可及之操，能樂其所樂可知。

十五年來，旅居臺灣，與江山姜君異生友，其品德之高峻，嘗歎與巖壑杳冥之毛女洞老道同爲不可及。然而彼既遯世無悶，異生則與並時賢達凡有周旋晉接之雅者，罔不緣契甚深。即才地平凡未嘗學問之人，又每能樂於爲用，一似昂昂之壁立千仞，又可與人爲無町畦者，無他，情感之有以動人而已。情感之動人，又以其品德之高峻爲其因素者也。

今觀「我生一抹」六目百十則中，孰品德，孰情感，讀者自能體會，無待詳陳。其他關於個人經歷之有意義者固多，關於時代背景可備歷史重要參考者，亦殊不少。尤以對某一階段某一時期，師友淵源，寅僚聚散，遞及流末傭保婦嫗等片長必書，並儘可能追憶其姓名籍貫，悉加記錄，益見其故舊不遺，忠厚之至。要之，異生本性情中人，故所敘述多從性情中來，重以抱道自高，雖處約，常能如巖棲老道，棄其所樂，而無忮求怨尤之萌。綜此美德，更擅長於傳情妙筆，曲曲寫出，遂能令人讀之，感無限興趣。他日問世，其不脛而走必矣。民國五十三年八月福州陳天錫謹跋時年八十

讀我生一抹後跋　吳敬模

楞嚴經曰，空生大覺中，如海一漚發。昔讀東坡鴻爪雪泥之句，輒歎其具人天眼目，了然於去來之迹也。

吾友姜君異生，於輯印「大陸陳迹」後，復有「我生一抹」之作。抹之爲義，殆如少游之山

抹微雲，石湖之一笑流光飛電抹，蓋細拾前塵，留痕駒隙者。其述寄意所在，則若勞者之自歌，亦與政治社會無與。實則此數十年閒，海桑萬變，身丁之者，雖採薪、汲水、囊筆、卜居之微，亦莫不與人心、治道、世運、嬗遷之迹，息息相通。矧曾歷廟堂，接賢達，備知聞之廣，抽憶騁祕以筆之者乎。是茲編也，自一漚以窺海，一爪以印雪，一抹以觀山，固亦堪以知微之顯矣。至就君以娑婆眾生之一觀之，則與東坡少游之旨，不又相契千載而有同然也耶。

余與君曾於民國三十六年，共事國府，有相知之雅，鮮形迹之親，渡海後始稍稍奉手。接其人，剛方樸質，若曾文正所稱勁氣內斂者。及觀其文與書，又非勁直之氣透句墨不能爲也。一日，偶舉以語君，君笑謂余所言之勁，與毛君萬里不謀而合，因出示毛君所爲文，則亟稱君有自强之勁，且以不獲揚於有爲之地惜。余與毛君不相稔，而乃先獲我心，則知君之所卓卓自樹以感人者，推而驗之，將亦無閒然矣。民國五十三年七月，長沙萬谷吳敬模，跋於北投之奇岩野屋。

附札

異生先生大鑒：蒙示尊著，讀竟，感歎詞旨峻潔，娓娓增性情之重。所記雖纖末，中有古道存焉，於今何可得也。弟吳敬模拜上。五十三年八月三十日

讀我生一抹　徐鶴林

我一口氣把超嶽兄的「我生一抹」讀完，彷彿四十多年前，我與超嶽兄在衢州同事同室時，聽他娓娓話家常。我與超嶽兄少時際遇很多相同，對人生的看法也很多相同。加上「一抹」是由精鍊語句和眞摯情感交織而成，「一抹」中的一字一句，遂一連好幾天佔據了我的整個腦海。

超嶽兄是我知己朋友中認識最早，瞭解最深的一人，我欽敬他的刻苦爲學，我欽敬他的剛正爲人，我欽敬他的熱腸待友。我常對朋友說，我們應留好榜樣給後輩人。超嶽兄這些美德，就是後輩人的好榜樣，這篇「我生一抹」，也就是後輩人的好讀本。

「我生一抹」太動人了，使我生了共鳴，起了回憶。我們眞應該把所歷所想的統寫出來，以便在人生旅途上留些痕迹。

我生一抹書後　何志浩

論語子以四教：文、行、忠、信。正義曰：此章記孔子行敎以此四字爲先也。文者所以載道，行爲德行，在心爲德，施之爲行，中心無隱謂之忠，人言不欺謂之信。人之有四教，猶身之有四肢，四肢具而人自立矣。

吾友姜君巽生者，俊逸超群，湛深儒學，富有四敎，蓋有古君子之風。孔子曰：聖人吾不得而見之矣，得見君子者斯可矣。又曰：善人吾不得而見之矣，得見有恆者斯可矣。舉目斯世，忠憤耿耿，如異生者，誠不多覯。回憶初識於國民革命軍北伐途中，慕其文名，而與之訂交。既自政府奠都南京，出入中樞，直言直行，益見其節操，而非庸言庸行者可比。抗日戰爭，政府播遷，異生痛陳時弊，效忠勿替，更洞察其報國之情。迄今時危世亂，圖謀中興，異生信誓旦旦，非追隨　領袖光復大陸而不卸職責，其忠信篤敬可見一斑矣。

「我生一抹」者，異生之自述也。文辭美贍，而叙盛衰之理，欲顯無晦。是書也，蓋有不知而作之者，決無是也。夫亦多聞擇其善者而從之，多見而識之，其爲傳記爲信史必矣。全書凡六章，都一百另四節，而綜其內容，實文、行、忠、信、四字，故揭其精義而相與策勵也。

讀我生一抹稿書後　許靜芝

予讀「我生一抹」稿甫竟，有以作者何所不同於常人見問者。予對曰，作者剛正篤實適於山野，其爲人也，忠勤國事，四十年如一日。非禮勿蹈，非義勿爲，重情感而尙氣節，好交游而惡浮囂。待人至誠至厚，自奉則至薄至非。其爲文也，高雅簡潔，直追古人。一字一句，必斟酌再三，務使洗煉洽宜，趣味雋永，始下筆定稿。此皆作者不同於常人尤著之處，亦予所衷心欽敬，自愧弗如者也。五十三年八月十日

書姜異生「我生一抹」後

周念行

易六十四卦，始於一爻，而六十四卦之爻象，猶未濟也。是以宇宙萬有莫不始於一，而互相推演，可至無量。但此一含眞實義，老子云：「天得一以清，地得一以寧」。天之清、地之寧，豈是虛妄。學術千途萬轍，必發始乎一，立基斯固，由是而舒展暢通，窮其所至，可與宇宙生命大流相演進。姜子異生之「我生一抹」，以予觀之，庶得此義。其爲效於世，未可測度，淺略言之：

一在智識方面，可以爲青年學子之導引：是書所述，有黨國史料，革命掌故；有鄉閭習俗，有幽冥神異，亦有開國建軍之典章法紀制度；凡哲理心理政經軍事文教諸學，皆有端緒之提揭，片羽吉光，彌足珍貴。學子當能引發好奇之思想，進而探究其義蘊。例如八六、八七兩則，乃是心心感應之所致，今語謂之傳心術。第二則，乃是慧眼之所及，今語謂之透視術。學子覽之，苟鼓其銳敏之思考，以爲鑽研，首須集中注意力，統一精神，則眞積力久，自有恢宏之發見，而終于豁然貫通。其他諸端，倘須此方以深究之，亦可有卓越之表現。

二在道德方面，可以爲時下風尚之針砭。姜子秉性清剛，素行平實，此書直陳其所憶，一腔義俠之志節，與臨財無苟得臨難無苟免之耿介精神，洋溢於字裏行間，以四六、六四、七四、七五、一一一、一一七諸則爲尤著；將使同調者閱之，益其服膺，開其神智，堅其德性，涵養其立我蒸民之願力。而一般人亦將沐清風剛勁而油然蘇醒，以端其趣、易其向，從生活日用中，敦篤踐履，克忠克信，庶免於盲人瞎馬夜半臨池之患。如是，則群品日進，於吾華中興復國之助力，當非庸情所能衡量。

三在國文方面，可以爲大中學校之教材。是書體裁雖類自傳，實等文集，而其中字字洗鍊，句句斬截，有熱又有光，後生苟能熟讀之，低咏之、精思之，當恍然有得，以增進其作文之技巧焉。

以上所述，卑不足道，但抒予讀是書後之所感而已。世之君子，其以予言爲不謬乎。

跋我生一抹　張家銓

異生先生的大作，與若干自我表揚者迴乎不同。他不矜功，不飾非，一言一行，坦坦白白，誠誠實實的記述出來。由此可以瞭解異生先生之情感、道德、學問、見解、以及抱負和理想。這眞是一部有價値的傑作。不但可獲得今人的重視，且可爲後輩的矜模。我讀完了這部大作之後，對他非常敬佩。謹誌數語，以答雅意。民國五十三年九月九日張家銓於介壽館

我生一抹讀後書感　杜時闇

異生學長道德文章，剛正廉能，夙爲儕輩所推重。頃讀其近作「我生一抹」，深覺意義盎

然，而最令人心折者厥有三事：一爲「幼年瑣憶」中追述五齡嬉戲，七歲入塾之事，歷歷如繪，委由資秉卓異，益以志學力行，用能沉潛涵泳，造詣非凡。二爲異生學長年方而立，即膺任要職，翊贊樞機，生平順達時多，而所述童年坎坷遭際，及中年以後拂意諸事，毫無隱飾，胸懷磊落，自非恆流所可企及，而於淸寒子弟之啓示與鼓勵尤多。三爲其「唯我足恃」之人生觀，擇善固執，歷久彌堅，方今世風日下，夤緣時會，隨波逐流者比比皆是，異生學長特立獨行之志節，洵足以垂裕後昆，而轉移風氣，重振綱維，亦多利賴。中華民國五十三年九月十日杜時闇敬識

我生一抹讀後　劉宗烈

江山姜異生先生，當代振奇人也。秉性堅貞，宅心肫篤。允孚乾健，丕著謙光。綴文績學，德業彬然，彊志博聞，襟度淵若。鳴珂樞府，旣靖獻之有加，珥筆彤墀，復鑒衡之無斁。嘗於公餘之暇，就其早歲身世經歷，平生交遊體認，撰爲篇章，輯成一書，名曰我生一抹。匪特記述精詳，抑且文辭雅鬯，有裨世道，足正國風。出版以來，風行海內，佐治右文之士，莫不人手一册焉。余嘗披讀再三，餘味醰醰，爰贅數語，藉抒嚮慕云爾。癸丑仲夏金壇劉宗烈識於新莊寓廬

詩詠我生一抹

余天民

異生姜子負異稟，華國文章播薇省，江山輿區宿多才，白眉今讓君奪錦。大陸陳迹妙墨傳，我生一抹新門姸，五嶽奇氣塡胸滿，咳珠唾玉成瑤編。前著捧讀已心儀，後著藻采尤紛披，七目朗朗兩卷列，燦爛王母（鳥名）翻雲旗。

幼年瑣憶涉鄉邑，豆棚瓜架恆溯及，依依兒童竹馬情，對此何人不珍惜。生小白皙貌姣好，聰穎活潑同伴少，逃學有時困父兄，應對常能驚長老。

坎坷家道微顚簸，爲農爲醫兩未可，矢志復學方如願，兄喪室復燬於火。吊死傷生連歲中，爛其盈門四壁空，苦學幸獲親朋助，沈檀經爇香益濃。

初涉世途一瓊玖，學成留校循循誘，小登科隨大登科，欣看百出穿楊手。楊家淑女初長成，生自富室不厭貧，阿翁愛才具慧眼，便許愛女嬪才人。

別闢蹊徑發迹迅，黃埔龍虎風雲應；北伐功成登廟堂，中樞器重僚友敬。歸壽雙親姓字揚，大耋齊眉匾額張，崇隆元首親題玉，更占千秋翰墨香。

艱難歲月首頻回，抗戰前夕失恃哀，亂世營喪虞歌盛，遐邇爭歎福人哉。望眼欲穿勝利臨，晴天霹靂慟鼓盆，瀝英石從何處覓，悵望賢妻幾斷魂。

遭時滄桑感意外，奇緣續綰同心帶，國風聽唱周南篇，鸞鳳和鳴聲噦噦。素亭去矣素梅來，孤山梅向處士開，擕梅踏偏紅塵路，天風吹送到蓬萊。倉皇禹域赤潮捲，行都雜志浮海感，叮嚀在莒愼勿忘，一心復國上下勉，累年播越隨樞府，精誠鍊石天可補，憂國奉公矢忠勤，前後各目歷歷覩。超絕書名稱一抹，自署我生尤豁達，瞥眼雲烟君能留，斫地（杜詩「王郎酒酣拔劍斫地歌莫哀，我能拔爾抑塞磊落之奇才。」）才華人難拔。倥傯塵世斧爛柯，夢幻泡影喻佛陀，騷人結習詠抹字，描寫變態刹那過。電抹流光元秀容，霜抹輕舟陸放翁，林梢一抹秦淮海，青山一抹蘇髯公。是皆同符宣聖旨，逝者依舊如斯耳，君今一抹視我生，尤覺鞭辟能入裏。我獨大笑狂言起，更進爲君獻蒭菲，要傾東海洗乾坤，掃抹赤氛蕩魔鬼。頂天一抹日月明，立地一抹寰宇清，繼往一抹光絕學，開來一抹奠太平。慇懃灑動鳳池筆，盡量發揮生命力，匡時業成一抹功，如此我生樂何極。弟余天民貢草丙午初秋寫於台北寄廬

附札

異生先生文席：賤軀久不適，迭荷高軒過訪，銘篆五衷。大著「我生一抹」常於病中口誦心維，頗多引人入勝處。覺太羹玄酒，至味醰醰，倍深傾佩。卷後德人德音，佳構如雲，所有稱道處，名至實歸，良非溢美之辭。惟尚缺詩歌一體，於卓行無以形諸詠歎也。不辭譾陋，强顏力疾爲之，聊供補白。至標題避用題辭二字，慮以狂妄貽譏佛頭著糞也。幸高明鑒之。順頌著綏。弟余天民敬啓。五十五年八月二十六日（丙午七、一一）

異生先生致仕成二十五韻　陳天錫

異生饒異稟，磊落性情眞。少小已殊眾，長成更絕倫。賢兄傷不祿，嚴父歎長貧。志立窮何病，學成屈用伸。皋比母校擁，木鐸子矜循。籍籍聲華甚，烝烝孝行純。
風雲開草昧，氣類共紛綸。薦達彈冠慶，馳驅珥筆頻。南轅趨嶺嶠，北轍滋楓宸。挺出元戎幕，登崇要路津。顯揚酬抱負，艷羨動閭鄰。
家國同休戚，干戈起齒唇。盧溝驚戰禍，蜀道肅明禋。八載艱危局，七年侍從身。方欣收勝利，詎意遘頑嚚。浩劫天難問，沈災地欲湮。
羈棲來此土，香火證前因。硯席曾相接，門庭亦久親。有妻齊德曜，好客媲陳遵。風義誠吾友，文章到古人。
移官離職守，踐迹上星辰。周甲過無幾，稀齡倏又臻。懸車仍舊制，舍笏作平民。杖履春常在，猷為績尚新。燕居飛逸興，翹首望松筠。伯稼弟陳天錫未定稿年八五甲寅春於台北

附札

異生先生惠鑒：不親教益，幾達五旬。聞元日爲始，即已懸車。以後晤覿，當不甚易。總擬趨候五守，（總統府新莊宿舍曰五守新村）以踽踽獨行，不免使左右擔心。故擬得有妥伴，再償此願。日來成排律廿五韻奉贈，磋磨數四，仍未定稿。此係區區心聲，不欲委棄，別紙錄呈，

尙祈吟正。如勉强可用，當選牋重繕，配以鏡框，是亦吾人廿載交期之緣法也。如何盼
玉覆。敬候道履。弟陳天錫頓。五十八年二月八日

讀異生求凰記率賦四絕　余天民

佳偶鳳凰閣裏迎，翩翩記室女中英，國風壓倒玉臺詠，我覺周南是正聲。夫人周女士、曾爲熊秉三之記室、熊爲民初國務總理、世稱熊鳳凰、古語鳳巢阿閣。

賢淑昭彰四德賅，況兼書法煥天才，喜看妙書簪花格，寫出梅魂菊影來。夫人字菊妹、名素梅、工二王書法。

多謝婆婆賜玉成，求凰記裏說分明，此記見我生一抹「一一五奇緣」情天缺恨遍人海，可有媧皇補得清。求婚書由夫人親繕、以答謝婆婆。

溫柔鄉裏愛賢妻，白石多情笑著迷，輸與老僧無掛碍，參禪已得上天梯。文中數提賢妻、想見伉儷情深、癡鈍如老僧、合十曰善哉善哉。壬寅四月十九日余天民病起呈稿

贈姜異生先生　李芳

身居廊廟意山林，玉潔冰清一片心。叔度汪洋猶遜色，原思狷介庶知音。衰遲何幸親風範，拙訥無由達悃忱。世道陵夷深致慨，不圖瓦礫見黃金。

天寶餘生亦大難，來歸寧武振風翰。早知尙父心王室，不似嚴陵老釣灘。杜氏林塘猶未卜，

皐家廊廡怎能安。人閒何處非傳舍，要與清流結古歡。四十五年六月五日李亦卿草

贈江山姜異生兄幷序　虞克裕

畏友異生，特立獨行，寓五守新村。近著「我生一抹」及「半環記」，見者交譽。讀其文，欽其人，感賦一律。

品似荒年穀可珍，天涯五守不憂貧。雍容官府秦州史，隱約江山渭水綸。一抹雲霞羅錦繡，半環林壑外烽塵。難言際遇春光好，鶴立巔崖氣象新。弟虞克裕敬書五十七年五月

贈異生大哥　李鴻文

卅年樞府矢忠貞，人物稽山久有聲。渭水家風聊養望，讓他幾輩作公卿。弟鴻文時年八十一五十年三月

敬贈姜公幷序　鄒佛雄

曩耳江山異公名，以未獲承顏接辭爲悵。歲甲辰，備員中樞，配舍新莊，幸忝鄰右，乃能旦暮晤教請益，受賜良多。因承示所著「我生一抹」一書，文簡意賅，有如璞玉渾金，篤學力行，尤屬崇圭正臬。似此寶典，實宜推廣普及，用作今日青少年修身立本之

軌範也。近巽公已屆望七高齡，聞將退息耑事寫作，而其精神矍鑠，不減當年；際茲業紹中興，諸仗老成，爲雨爲霖，東山再起之日，願同拭目俟之！爰賦五律一章，塵博一粲：

力學成師表，英年肇壯圖。嶺南參幕府，江右震耆儒。志業隆勳策，文章樹楷模。雨霖他日用，容與慶來蘇。己酉首春古潭千里鄒佛雄未定草

題雙塔圖文贈巽生　毛萬里

鄉友周念行繪江山雙塔圖，巽生題文，文意深刻，佳作也。余以詩雙題之，以贈巽生。

雙塔千年物，一文天下名。江郎無限好，何日賦歸程。按雙塔在浙東江山，江郎山名。凡黎五十四年九月

贈巽生　毛萬里

類正平之性，秉傲物骨。

擅承祚之筆，有良史才。

巽生奇才也，未從名師，而文采表世。有作，遣詞造句，別出心裁。記事則清麗蒼勁，字字珠璣。其爲人也，知拙而寧拙，知俗而違俗。獨往獨來，近乎傲物。知者謂其性，不知者謂其矯

情。夫率性而後眞，眞而後形之於文章者必誠。吾知異生，始自戴傳。其後過從益密，所知益深。爰贈右聯，所以示仰慕也。江山毛萬里戊申之臘台北

致作者敍情愫書　段天炯　自京寄港

異生尊兄有道：精廬飽德，遽歷歲時。人事已非，世情劇變。而故人天末遠道相聞，此眞令人惘惘彌日者也。尊兄留滯周南，市隱海嶠，針神之助，令人景羨。而令弟樸訥敦謹，一見使人知有賢父兄之樂。高齋紫籐花放，尤非易支持也。弟自去秋賦閒，往日經歷已累，杜門窮經。雖積稿盈寸，然究係半路出家，學無師承，闇中摸索，秉燭非明，深用自媿。如天假以年，則及今無意進取，以待小兒畢業後就養，亦自愚者安愚之計。本被命北行，巽辭以免。五十之年，亦已過四，可以不逐少年行矣。金陵今成三等城市，物價捐稅，均較珂鄉敝里爲低。以此弟借居友人曠宅，灌畦學圃。昔人有云，不爲無益事，爭遣有涯生。此懷耿耿，吾兄知我罪我，亦定能信我之不渝也。此閒海嶠歸來人，時亦有之，唯報戶籍爲不易。兄如作歸計，須於入境前辦妥，否則不如靜候矣。悤悤奉報，敬頌儷祺。教弟熙敬白。三十九年上巳前二日

致作者述近況書　蔣堅忍　自台寄港

異生吾兄勳右：去年春，金陵握別，大局急轉直下。弟於去年半年中，在西安，在漢中，在

成都，作三次之最後撤退，當時心情之悲憤，境況之淒慘，可想見矣。幸內子率諸兒孫媳，得朋友幫助，於去年十二月初旬，飛抵台灣。到寓台北松江路一二四巷廿一號，行囊如洗，而人口無損失，亦云幸矣。弟係於去年十二月廿二日，與胡先生等最後撤離成都，大陸如此慘敗，衷心彌覺悲憤，故抵台北後，閉門思過，足不出戶者幾兩月。繼思革命失敗，國族危亡，吾輩有責，於是重鼓勇氣，決心與台灣及本黨政府共存亡，再作奮鬥，不成功，卽毀滅，別無他途可循。遙承賜書，並附新聞一則，讀之旣感且媿。弟碌碌庸才，對黨國毫無貢獻，惟不貪、不妄、不忮、不求，此心此志，常懷忠貞，差堪告慰知己耳。吾兄愛我，望常賜教言爲幸。吾兄留港少息，正可養精蓄銳，重作奮鬥之準備。他日反攻大陸，願見兄能如當年北伐時之精神，再上戰場，拯救我大陸水深火熱中之同胞耶。弟雖愚鈍，必當執鞭相隨，與共患難也。溽暑，望珍重，並問嫂夫人安好。耑此，卽頌文安。弟堅忍手上。三十九年七月廿八日於鳳山

致作者論行止書　許靜芝　自台寄港

異生老哥賜鑒：前請以小款留供使用，僅係杯水車薪，無濟於事。彼此相交有素，藉此以表示關念之深摯，情等獻曝，天眞可哂。承耿兄了解此意，勸阻免予却還，萬分快慰。今台灣甚安定，至將來是否能取得法律上完整之主權，抑或可能爲所謂和平中立之謬論所搖撼，則惟視吾人努力之成果，暨國際詭譎莫測之變化如何而定也。弟自處極堅決，卽無論成敗利鈍，必與台灣共

存亡，絕無二志。兄長爲弟關念最深之摯友，此間安，即油然生推挽之念，推挽不得其道，疚憾隨之。反是，此間不安，又私幸浮海東遷之險徑，未因慫恿而促成。然義理所在，至爲明顯，故鄉決不可去。如台灣有住處，港九無職業，則同一賦閒，港不如台。祇頌近好。弟靜頓三十九年九月廿六日

致作者敍別情書　王汝翼　自蘭州寄港

異棣如手：握別十載，地各一天。寄書莫由，渴念曷極。頃得潁兄託鄉友轉來萬里佳音，與諸兒女等環誦再再，忻慰之餘，感深泣下。我輩奔走半生，風清兩袖。然貧，而非病，正堪自喜。富貴之畏人，不如貧賤之肆志也。古訓久欽，今益徵信。只得此闔家清平，即是莫大幸福，何慰如之。去夏桐補推事後，於七夕次日勉成六禮，當即報聞。婚後五日，因慮郊外治安，即令其移住岳家。楨亦另覓住處，翼同時假居城內，由蕙曁兩孫隨侍，生活清簡。中因先時濫有「僅有之正派人士」之調查評語，倖邀安善。徵薦亦得婉却，克藏我拙，謹此告慰。惟自秋迄春，咳嗽整經六閱月，時慮寒氣，不敢出門，近已漸臻平復矣。龍桐都一索得女，合堪同喜。祇候儷綏。餘詳桐稟，不贅。蕙侍叩，翼拜上。卅九年浴佛前一日

附桐稟一

致作者論行止書　王汝翼　自蘭州寄港

巽棣如手：日昨楚琴兄剛轉來六月一日大札，即晚復郵奉六月九日還雲。乾坤轉運，手足音隔，萬種情懷，期年始通，忻喜兩同。惟媿以自無容膝之地，東遷西移，致吾棣到處探詢，勞慮萬千，感深無既，歉恧奚如。解放兩月閒，日恆只自靜養閉戶弗出。富貴之畏人，何如貧賤之肆志。貧而樂，樂眞自得也。棣能退居，嫂能自立，身苦心逸，所得良多。久外本非長計，惟遽爾言歸，種種負擔，不無煩累。區區所以仍是流庽省會地方者，亦職此故。若謂前途茫茫，則大小各方面，莫不同然。一車兩馬，栖栖半生，東周莫爲，假年學易，聖哲且然，吾輩知勉。隨遇而安，自覺到處天寬地闊，茹苦亦樂矣。賢者以爲何如也。目覩夙昔顯達人士，每因債累，抵售一空，而身且死者，奚止一人。即楚亦正在變產歸債閒，渠在同儕中，猶算頗爲安順者。我等得仍安故我，不能不說是賢明當局之所賜也。來書謂安貧知命，强自寬慰。具徵學養之宏深。願再將强字，易作殊字，由勉然臻於安然，樂更甚矣。法宜取乎上者，吾棣勿謂我太苛求也。一笑。舊時知友，半多凋零。所有知其近況者，仍盼一一見示，以紓遠褱。半載家書，曁至親函件，悉由蕙代。今如令與棣代覆，則更增遠地過慮矣。勉此筆談，順問道綏。並叩嫂安姪吉，不戩。

翼上言。卅九年六月廿九日

致作者論用世及國際局勢書　陳立夫　自美寄台

異生吾兄道鑒：三月十六日手示敬悉。辱承轉託吳君中英查鈔弟在黨過去所任之職務詳單，並蒙加以整理，毋任感謝。

詳閱所列，徒增慚疚，回思往事，無異一夢。弟以崇拜總理加入本黨，尤以建國方畧最獲我心。自十四年冬去粵任職黃埔軍校起，以及三十九年冬，離國來美蟄居爲止，其間凡二十五年。所任黨政軍各項工作，多至五十餘種，其能用其所學者，僅建設委員會委員兼秘書長一短短時間而已。其餘均用非所學，興趣不高，自難期其有成績耳。

每一念及大陸同胞之水深火熱，輒慚疚無以自容。更鑒於共匪之瘋狂自大，深懼同胞未來之苦難，更甚於今日者。西方國家，除美國稍能主持正義外，其餘均惟利是圖。且對於中國絕無期其統一觀念。台灣大陸之對峙，南韓與北韓，南越與北越，東德西德之並存，實爲西方國家所存之私念。所可悲者，我國有自創之偉大主義，而不知崇奉，而欲拾人唾餘而自矜其功，其不爲人所毀滅者難矣。

弟之不揣冒昧，寫此書者，亦無非欲吾國青年認識我國文化之優點與缺點，惟在自信與自强而已。惜弟不如兄之能文，時感詞不達意，惟一片誠心，則在字裏行間見之耳。大著平郵寄來，大約一月後可以收到，拜讀後再陳所見。專函申謝，敬請春安。嫂夫人均此。弟立夫敬頓。五十

五年三月廿三日

致作者述見知書　沈鵬

異生先生大鑒：昨奉手敎，並附兩篇打字印稿，拜誦之下，覺大作贈弟「獻言」，文詞簡潔超脫，樸而不華，又能包涵事實無遺，洵爲斲輪老手之筆，深深感佩。又讀立夫先生題贈閣下引用孟子樂正子好善之詞，弟亦深然其說。弟自與閣下相交以來，初未深識，竊以爲傲，久而覺如食橄欖，回味無窮。且知言行梗直，偶爾爭論，都屬爲公。堅毅、好善、誠篤，洵屬不易多得之益友。今見立夫先生詞中有幾句評語曰，「異生不苟言笑，而言必有中，不與人爭，而爭必爲公。自持謹嚴，對人誠篤。」則其知人之深，愛友之切，無以復加。亦可見閣下之好善高亢，足以風矣。弟自慚少讀詩書，老來每感不能爲文，若學閣下之勤學苦修，爲時已不及。知來日之無多，念此身之如寄。縱補讀古書，亦不過娛晚景而已。承賜「獻言」，但求法書，請勿裝配。肅復，順頌道安。弟沈鵬拜啓。五十一年三月二日

致作者述所爲書　沈鵬

異生先生道鑒：前三日，應靜芝先生之約，晤談甚久，始悉上次兄寓遭颱風帶來洪水，損失慘重，比弟所遭風損更慘。但聞兄猶不願向公家請恤，足証廉介可風，益深佩念。弟有感于兄之

誠篤梗直，昨特上書清河公，備陳兄之才能，與處事卓見，及文筆之超脫，暨耿直廉潔之素行，中有「使懷才者得遇知己之感」之語，弟雖不善函牘，但此函極爲得體，乃屬建議之詞，非請託之信可比。本擬不使兄知，誠恐伯老日後向兄提及，茫然之故，又恐兄知後責弟爲多此一舉。然皆出于自動，有感而發，於兄身份，有增無損。亦非弟之醜表功，諸希亮察而守秘之。賤軀自上月患急性腸炎時，幾乎與世永絕，今能康復，但消化不良，精神體力目力，以及聽覺，日形衰退。暮年殘疾，自覺苦悶。人望永壽，我獨恨長。老而不健，常抱此身多餘之感耳。肅此，順頌潭祺。嫂夫人前內子附筆候安。弟沈鵬拜啓。五十一年十一月十五日

與作者論出處書　王汝翼　自蘭州寄港

異棣如手：七月十八日大示，八月三日奉悉。炎天萬里，半月音通，郵車縮地，洵可喜也。函至時，適欠爽。當局者以紀念「八一」，在東校場開會後，正擬爲奮鬥和平遊行示威，而天大雷電，以風，暴雨，若決江河，雜以流雹，遍地盡是洪流矣。敝居深簷，槪遭雨撻，窗紙胥行剝落。入夜遂受風寒。中西藥並投，刻已痊癒，只引起舊嗽尙未止耳。釋念爲禱。

毛甥行踪，承一再探詢，已將尊示云云，告其岳家矣。並道以男兒自有作法，焦急無益也。人生出處，至關緊要。古者，艾，服官政。吾棣現年，尙在應服官政之時。想鬢髮或未盡艾。惟不問邦家之如何，而惟穀之是謀，昔猶恥之，矧其在今。回憶翼前與棣現歲齊年時，亦正離京

閒居之日時也。合志同方，豈合志者亦卽同運耶。孔子慨鳳不至，欲爲東周，救世之情，溢於言表。然苟非其時，則亦曰吾老矣，不能云云爾。道之行廢，各有命在。素位而行，居易以俟之，貧亦樂也。吾棣以爲然乎。特吾嫂殊太辛勞耳。平爲福，貧亦卽福，願與棣交慰之。萬國盡征戍，幽居近物情，用拙存吾道，心迹喜雙淸。雜書唐句，藉博一哂。微疾數日，不能成字，視棣之左右宜之，殊甚慚也。復敂儷綏。諸兒女同侍請雙安。翼上言。三十九年八月八日

與作者再論出處書　王汝翼　自蘭州寄港

異棣如手：上月三十日大示，月之十八日奉悉。出處得失，重逾生命。承教各節，洵屬示我周行矣。敬之敬之。美玉待價，至聖且然，懷寶迷邦，權臣亦惜。惟是用舍行藏，各自有命。仕止久速，必可乃行。天地萬物之逆旅，人生百年之過客，値天朗氣淸，惠風和暢，正宜駕車長征，載遨載遊。若其山雨欲來，卽合閉戶著書，靜觀萬象。君子見機，俊傑識時，此吾夫子所以爲萬古時中之聖歟。吾棣其圖之。翼老矣，益無用。除以地方人勉盡地方義務外，殊有媿於讀書致用遺訓也。吾棣其勉之。當事作風之相去，僕亦具有同一之感慨，惟我仍行我素耳。程子曰。萬物靜觀皆自得，思入風雲變態中，姑妄擬寫一照也。未審能無告我以現態一二否耶。

毛甥久無信，當係他去。頑軀據醫師檢查，血壓失高，二百五六十度，諸宜坦然。好在名利之心，我早淡然，今更古井不波。富貴尊榮，憂患獨多，我幸未具有上項條件，無此憂患也。祇

在教養負擔上算來，却還不少。但諸子悉各散居一方。今者時局早定，桐兒夫婦，雖尙在一城，猶然贅寄於岳家，且相距亦頗遠。年逾古稀，無一子在膝前近侍，卽凡知我之疏友，亦且爲我之慮。茲擬如賃屋得能擴展時，卽令其回家團聚，以遂其依依繞膝晨昏承懽之孝思，毋使人或訾我爲不慈。渠倆曁小孫文珠合照附奉，覽之當亦色然心喜也。嗽愈，餘仍舊。復候儷綏。並叩闔庽節釐。附小照一桐珍稟各一。翼敬上。三十九年九月廿一日

致作者述感懷書　胡翰　自台寄港

巽生老兄道席：未親謦欬，匆匆將一稔矣。孝澤兄出示手畢，雒誦廻環，恍同晤對，使人快慰何似。此間近狀，一如往昔，其以忠貞自許而視復興大業爲專利品者，頗不乏人。尊論所及，蓋猶其小焉者耳。擿埴索途，未知所屆，可嘆也。弟國破家亡，妻離子散，鬱鬱居此，百不自聊。而關節炎舊疾，復不時發作，形神日悴，老態畢呈。同庽少年，莫不隳突詶囂，各適其適。弟則獨處一三榻榻米小室中，形影相弔，但有憯怛而已。末路生涯，如是如是。復之兄距尊庽密邇，常晤及否。雲光兄聞已避往上海，近況如何，極所惦念。鱗鴻有便，煩一致聲。世變雖殷，天命未改，伏維爲國自愛，書不盡意，祇頌儷安。弟胡翰頓。三十九年九月五日

致作者述感懷書

許靜芝　自台寄港

巽公有道：近數日懷念正殷，得公函轉交尊示，欣慰之至。吾兄古道照人，故能處處得忠心朋友。前交虎兒合緘之件，業已到達，反覆雒誦，如見肺肝。此閒近多奪房爭錢新聞，挽瀾有願，宣力無由。言念前途，憂惶曷極。但弟從不以此自餒，不信遂無報國抒志之一日也。祇頌大安。

弟靜頓。三十九年二月二日

致作者述感懷書

段劍岷

巽生吾兄有道：弟隨內政考察團於二十五日前往南部，昨方歸來。拜讀吾兄手書，暨大陸陳迹加頁，迴環雒誦，感慚交併。謬承錯愛，　吾弟兄皆素性傲上，故不達時務，難膺重寄，但靈性不滅，非富貴寒賤所能移其志也。丁今之世，風氣敗壞，各爲己謀，早置國家於度外。空喊反攻，誰去實踐。弟含憤忍痛，人將視爲愚而狂，非所顧也。古來之忠臣義士，十九皆不得於時，所行所爲，有幾分蠢拙，後人思之，始有所感念。但願天眷中華，國運康隆，個人之成敗，皆小事也。吾兄忠節道義，爲今之賢者，淡泊寧靜，弟佩仰至深。若不遺在遠，惠吾春風，切磋道義，尤感光榮焉。謹函奉復，並頌道安。嫂夫人不另。弟段劍岷敬上。五十八年九月二日

致作者述感懷書

左曙萍

太公賜鑒：弟於前日因受命處理要務飛來高雄，本月八日花谿舊友最具歷史意義之集會，弟或不可能趕回參加。衷心痛苦，不安已極。尤以是日不得至果公墓前，以朝夕追思與終生景仰之心，一伸敬拜，深感罪咎，將永無已時也。

弟常以為太公為人處事之規範，是為果公精神之全部繼承與發揚者。花谿舊友，以及三處同仁，猶能於此數十年之後，國破家亡之際，而竟能生活相依，報國與共，情同手足，和睦相處者，皆我公深受果公精神之感召。及基於自身一生耿介清廉，與忠厚仁義之情操，有以致之。緬懷往事，環顧今朝，百感交集，幾於淚下。但願領袖萬歲，國運昌隆，不久將來，光復大陸，重履花谿。小橋流水人家，道德文章義氣，重光花谿，一泓小小清水，亦所以滙成汪洋大海也。

夜深人靜，旅店索居。千情萬緒，滙湧而來，惟舉筆敬致太公書，始可獲收頭腦之清醒，與精神之寧靜，乃不致坐以待天明也。紙短情長，不盡萬一。惟明達如公，有以亮察焉。敬叩崇安。弟左曙萍敬上於高雄旅次。五十八年七月六日深夜

致作者通情愫書　鍾應梅　自港寄台

巽生先生有道：久缺音問，而懷思無已。昨偶購讀尊著「實用書簡」，一編在手，如見故人。而弟名亦厠卷中，附驥之榮，誠爲幸多矣。弟近年亦刊布拙著「老子新詮」與「藥園說詞」二種，謹寄呈教正。天下紛紛，名山何處，而春蠶作繭，有不能自已云爾。執事覽之，當與共發一笑也。專此，敬頌道祺。弟鍾應梅拜啓。五十八年十月卅日

致作者通情愫書　施公孟　自港寄台

巽生我兄惠鑒：入春以來，屢欲修候而未果，思念之殷，眞無時或釋，敬維賢伉儷平安康健，爲無量頌。弟衰老無能，日卽頹喪，每當晦明風雨，憶往思今，歷數平生朋輩，二三同志之士，道義至好，能有幾人。世事悠悠，日以繙經禮佛爲事，猶凜凜恐不終朝。每念巽生伉直自將，不肯骫骳隨俗，殆古之所謂特立獨行之士也歟。因數月不通音問，寫寄數行，聊申我念，並候起居安善。不盡。弟庸叟。六十一年三月二十五日

答作者規過書　姜紹謨

巽生我兄賜鑒：奉讀手書，感愧交集。子路人告之有過則喜，禹聞善言則拜，弟何人斯，能

無感動。此次於北投興建住宅，爲便於將來脫手計，故力求堅固美觀，初未計及易遭物議，及將落成，始覺過於奢華，然已追悔莫及。弟家庭環境稍裕，數十年來，養成用錢隨便之習氣。有錢在手，隨便就用，不加攷慮。憶廿六年秋，日人侵華，上海戰事失利，南京日有警報，弟尚盡其所有，在瀋陽村建一相當適意之房子，以避空襲。及南京撤退，旅費無着，向夏民兄商借五十元，始得出走蕪湖。此爲用錢隨便不加攷慮之例證，今而後謹當接受兄之忠告，遇事三思而行，庶免大過。不知惜福，有違佛旨，尤當引以爲戒。專覆，並頌日安。弟紹謨敬復。四十四年四月十四日

（本事見我生一抹「一四八規過」）

讓作者自大固執書　何芝園

異生兄：日昨婆婆轉知兄意，囑弟不要再在豆腐裏找骨頭，閱後原擬一咲置之。蓋以兄自大成性，只喜聽人恭維，不愛逆耳忠言，前爲「戴傳」事已深受教訓矣。惟念吾人數十年之交誼，而毀于因兄一時之盛怒，甚爲可惜，仍本寧人負我，毋我負人之素性，爲兄一詳陳之，能否見諒于兄，在所不計也。弟隨戴先生近二十年，昕夕相處，深知其爲人，平日一言一行，從不及私，其對國家領袖之忠貞，確實做到「鞠躬盡瘁，死而後已」之田地。如其隨意假公濟私，挾嫌誣陷，而能見信于睿明之　領袖者，誰能信之？大作「救囚」內「某與周固有隙，遽以圖謀不軌報上峯」之句，似有故意對戴先生加以侮辱之慊，周旣未受命于中央，自稱師長，招集游勇散卒，已屬不

法之舉，戴先生職責所在，豈有知而不報之理？實不能認其有隙而遽以上報也。人嘗認兄與戴先生素有成見，于此益不能不使人置信矣。戴先生逝世將近廿年，于今已無與人世爭忤之能，卽屬果與周有隙，亦可不必再筆之于書，廣爲宣揚。蓋宅心敦厚，隱惡揚善，乃吾國固有之美德，吾兄儘可略予刪改，仍無損大作之價値，亦無損吾兄之俠義也。弟偶與萬里兄談及，彼認爲此事關係重大，囑弟與兄一商，弟以知兄個性固執，不敢蹈前次之覆轍，卽由萬里兄與兄商談，後果不出所料，更怒令弟不要再在豆腐裏找骨頭，實使弟不得不爲兄之爲人惜。弟果如兄所言者，何必再找骨頭，卽以大作交情報局負責人受理足矣。此語甚怕人誠以戴先生雖死，其精神仍在，且爲全局同志之精神堡壘，不容人任意加以侮辱也。此語亦甚怕人吾兄寫作雖屬能手，但任性自大，終非做人之道也。弟以吾人交之深，故言之切，明知不投兄之所好，而仍諄諄言之者，亦本直諒之意耳。尙祈有以敎之，幸甚！草此敬頌儷綏！弟芝園上。五十四年三月十四日（本書所提救四事，見我生一抹「六一救囚」）

致作者自白心情　胡建磐

巽公長者：磐年華逾五十，氣質猶是少年。月來痛心，竟忘天地無所不容，慊慼遂呈乎情貌。承示素書扶顚接人之言，足當座銘。茲荷清誨，敢不自勉，伏冀時加督敎爲幸。手書已錄存，遵示奉還。晚磐謹復。五十年六月七日

致作者敍交誼書

濮孟九

異生兄：鄆惠大作，均敬收到，並在拜讀之中，謝謝。

日前承枉顧敝舍，不勝榮幸欣喜。可惜兄另有他約，未能久留。實際上，我們的話匣子並沒有眞正打開，否則又可津津有味的大談一陣。

說起來，我們兩人無論性情、脾氣、行爲、習慣、思想、見解、道德、文章，有些是完全不同，有些竟大相懸殊。但是我們兩人，還是總很談得來。回想花溪時期，我們兩人，過從甚密，交稱莫逆。弟常常思索，似乎矛盾而不大可能的情形，其中定有道理可說。

弟以爲我們兩人之閒，有些是似異而實同，有些是似同而實異，有些是境界不同，而結果並無二致。對人對事，尙能辨別是非，行爲見解，不盡與世俗苟同。換言之，我們都有一肚子不合時宜，這是相同之處。兄不稍假借，弟則比較隨和，看來似異而實同，一也。

兄大智若愚，弟大愚若智。兄以文章驚世，紙貴洛陽。弟則文不成章，妙在頗具自知之明，善於藏拙，使人莫測高深，無從較量，二也。

兄一生清廉自守，弟則並非不想弄錢，祇因笨拙膽小，旣不敢，又不會，坐失許多可以弄錢機會而婉惜。到頭來，你也窮，我也窮，看來都成了君子固窮，三也。

又如張曉峯先生一再約請兄出任文化學院敎授，兄婉辭未去。弟則很想去，而張先生不來請。我兄能任而不去，弟想去而不能任，結果豈非一般無二，四也。類此情形，不勝枚舉。至於日常生活方面，兄嚴謹得類似清教徒，弟則十分隨便，逢場作戲，百無禁忌。各行其素，而不妨碍，亦無損乎友誼。最近我在一本雜志上，看到兩句頗具哲理的話：「兩個完全相同的個性，必產生極端的趨向，兩個完全相異的個性，剛好能產生中和的效果。」好像專對我們兩人而言。大概就是這個勉可言之成理的道理了。

大著半環記，看了書名，楞了半天猜不透是本什麼性質的書。開卷拜讀，才知是一篇爲了避壽而出外旅行的遊記，當然還是文情並茂的佳作。

講到做壽一事，當弟七十賤辰時，原本計劃也想來一次環島旅行，但若干財糧部舊同事，對弟說，我們彼此之閒，逢到小生日還免不了吃吃玩玩，藉此歡敍一番，何況七十正壽，你出去走一躺，待你回來，仍須來一次，總是逃不了的，不如留下來，要旅行過了生日再說。我一聽，說得很近情理，也是事實，千叮萬囑，仍像平時大家過小生日一樣，不能擴大範圍。他們要請吳敬模先生做壽序，弟堅決婉謝，告訴他們，替我這樣的人物寫壽序一類的文章，最最困難。才不出眾，貌不驚人，品德既不高超，事業一無成就，能寫些什麼呢。不講好話，有失是類文章的體裁，講呢，徒然使人家看了齒冷，自已也覺得汗顏。作料太差，即使名厨也做不出可口好菜，萬萬不要以此使吳先生爲難。所以並沒有供給任何材料，以示拒絕之意。

結果，他們還是請吳先生隨便寫了一篇，也就是兄在建設雜志上所看到而特地惠函致意的那篇文章。值得欣賞者，在乎對被壽人一無足道之下，還能言之成章，這一點，大約兄與弟所見畧同也。

弟與吳先生素不相識，他是並不知道弟究竟是怎麼一個人，自然內容不能有親切之感。假使弟自己眞要想弄一篇壽序，一定會請吾兄大筆一揮。我們同事多年，相知有素，沒有大事可提，瑣屑小事，俯拾皆是，說不定人以文傳，豈不借光多了呢。

我們今天約好，待弟八十賤辰，兄義不容辭的，替弟寫一篇東西，還來一次「花天酒地」以爲酬謝，不知兄能俯允否。順頌近好，嫂夫人均此。弟孟九手上。五十八年八月十三日

致作者道交誼事　狄膺

異生兄嫂大鑒：前日奉爲縫補之衣，感激萬狀。衣破無須補得，且可不穿破衣，懼弟周甲之後，便異曩時，且不與平民站在同一線上爲吾黨之羞。亦相信賢勤如嫂，必爲弟縫補，始敢如此耳。當日持破衣尋兄宿舍，目茫路壞，至覺不易，當年考試院疏散宿舍在木柵溝子口純爲田野山村 弟亦抱奮鬥態度，願再奮鬥數年。今日聞人云，第一個三年計畫，殊新鮮可喜。弟廿七日便至台中，通訊處爲草屯新莊荔園。木柵鎭過去，有一地道，夏日涼爽，兄感暑熱，何不逃往。兄見金葆光陳伯稼余天民，爲余道念，且勸儘可偷工減料。敬叩雙安。弟狄膺頓。四十六年七月十九日

致作者道其關切之情書　陳天錫

巽生先生惠鑒：昨日一函，今晨親訪砥石先生，託爲轉致，始悉尊夫人舊曆年關內，在廚下操作，跌傷左臂，聞訊之餘，不勝懸念。深以賤恙，四五十日間，與砥兄相隔非遙，而晤面機會絕少，致失聯絡，不克趨候爲歉。砥兄雖言尊夫人現已漸就痊可，但人屆中年，難禁損害，恢復原狀，當不能如少年之迅捷。兄艱苦卓絕精神，與堅強不拔毅力，夙所心折，更難得內助如尊夫人之一心一德，笙磬同音，遂能弼成高賢美德，而亦自臻爲巾幗完人。在此調治時間，家常事務，未識有無適當之人可資襄助，不必事事仍須尊夫人躬操，實爲鄙懷牽掛之一端。已函囑舍姪女湘葵，及姪壻商大毅，就近每日必須適時趨府候示，有無可爲代勞之事，務必竭誠盡力相助。伊等均屬壯年，爾我交誼，非同恆泛，賢伉儷儘可囑咐辦理一切，不可客氣。弟原定星期日下鄉，現悉是日爲老人會年會，須得參加，擬稍稍養息腳力，再償此願。專布，敬候勉祺。尊夫人均此。

弟陳天錫頓。五十三年三月五日

爲有嘉惠致作者書　陳天錫

巽生先生左右：昔顏子簞瓢陋巷，不改其樂，孔子賢之。後世儒宗，遂以尋孔顏樂處，啓廸學者，斯誠承學之士所應有事者也。自吾人訂交以來，今已十有四年，舉目滔滔，競趨奢侈，先生志尙，獨於顏子何其相若，可謂眞能尋得孔顏樂處者。竊嘗以爲如此一漫長歲月，置之「我生一抹」中，應佔最重要之一頁。是非區區阿好，當爲天下識者之公言。側聞出谷遷喬，斯干載詠，海桑歷劫，九轉丹成，宜作㒸趨，用申燕賀。覓得右軍黃庭拓本二份，聊以將意。硃墨攸分，一則資高軒懸掛，一則備賢夫人儕諸楔帖洛神樂毅之列，爲臨池淸課之賞玩。秀才人情，如是而已。砥石先生，將先爲擕奉，另媵以此函，幸不等於俗套而哂納之。敬候道祺。賢夫人均此。弟陳天錫頓。五十三年七月十五日

爲讚美某稿致作者書　陳天錫

異生先生大鑒：十二日覆書，對紀事拙稿，每承斧正，感甚。另示密行細字之箴規某君函，讀竟，嘆爲天壤閒不可無此文，交朋友亦不可無先生之一友。原稿無一行一字一筆之懈怠，尤見精神之貫注，使人肅然起敬。可否不予收回，留備珍藏，候示。此請偉安。尊夫人均候。弟陳天錫頓。六十三年七月十五日

爲屬書小聯致作者書　羅時實

異生吾兄：又月餘未聆敎，倍想爲勞。日前偶從文文山指南錄詩集中，見「但知慷慨稱男子不料蹉跎愧故人」兩句，深有所感。擬專懇吾兄爲書一小聯，字徑二寸，懸之座右。

數年來，讚兄書法，語語皆出肺腑。兄卽不常爲人寫字，此回破例爲之，以特殊對待老友，亦不爲過。日內卽買紙來，幸勿堅執，使老友不歡。卽候大安，並頌儷福。弟時實頓。四十五年十月廿七日

爲屬書便面致作者書　羅時實

拜讀大文人鳳墓表，未能增損一字，祇有敬佩。屢求墨寶，未獲賞賜。今奉便面，佇候揮毫。此上異生兄儷安。弟時實頓。四十六年一月十日

爲撰紀念文事致作者書　左曙萍

太公足下：三十年來，謬蒙賞視，誨訓懇懇，有逾手足。此次爲紀念花溪事，拜命爲文，仰體我公愛護舊友，愛護團體之精神，誠三十年如一日，弟雖魯鈍，感動實深。徒以萍出身軍伍，愧不能文，慚無以報命。萬不得已，作三十年來第一件艱苦事，費一個達旦之通宵寫成『蓬萊島上憶花溪』一稿，明知是王大娘裹脚布之類文章，但以崇敬太公之心，不忍拂命之誠，有所自慰而已。能否刊登，及如何斧削得只餘幾百字幾十字，皆非所計也。惟文字白字連篇，用成語記得上一句，記不得下一句，這些大大小小之錯誤，則要求敎我誨我如太公者，用大大小小的斧刀砍削一番，莫讓他人見笑，以太公如此之强將，而有如此之弱兵，則幸甚矣。弟明晨又去高雄，一

切留待面陳。敬叩崇安。尊夫人前均此請安。弟左曙萍敬陳。五十八年九月十一日

致作者通情愫書　王澤湘

異生吾兄有道：北伐入平，曾附驥尾。南泉投效，並承提攜。抗日復原，承介劉君未成，亂離相失至今。地球幅小，茲又同在海外。友人從「我生一抹」照片中識我，購而讀之，始知君子立身本末，非徒以豐沛子弟見重。幾經探訊，獲得尊址，寫此箋敬。

湘卅七年入基隆市政府，退休又逾十稔，別後滄桑，一言難罄。如尚憶及，請訂時日，以謀良晤。不特前塵種種，而能周名門瀟湘甥館，蓋與足下更有進一層之公共關係也，一笑。

專此，馳頌儷祺，並候復命。弟王澤湘拜。六十年十月十七日午

致作者抒感懷書　王澤湘

異生足下：惠示遊記及論同鄉會書誦悉，竊有感焉。兄之文采識力，積厚發光，尚非湘所特重。右臂不振而奮於左，且代右而縱橫揮灑有加，又情文相生，寫作不輟，造次於是，此其龍馬精神，鋼鐵意志，古人來者，豈有二人。異生之異而無疇，心服口服，不能不擧降幡而輸誠也。

湘以長子長孫長外孫，食息八十年來，四體不勤，五穀不分，安習故常，疲苶至今，以視君子自强不息，孜孜無已，湘則渺矣遠矣。乃更以多問於寡，以能問於不能，從不泰山滄海自廣自

高，湘之一得自肆，一悟自矜，長在高明涵容之間而不以爲迕，益見湘之孤陋鄙僿矣。

去年冬月修謁，陰雨泥淖，轍亂路壞，因有戒心。高速公路通，天候轉晴，容再捧袂長談。專此馳覆，並頌雙安。弟王澤湘拜。六十三年四月十日晚

致作者申感書　方林君璧

異生兄素梅嫂聯鑒：八月二日大札，小女直至昨日始轉來。少雲行狀稿五分，亦已收到。當如命寄與高信先生一份。吾兄爲少雲作傳，煞費苦心，存歿均感。此文閱者無不盛讚文章既高古，聲調亦如金玉之擲地有聲，欽佩無已。容與兒輩商量，如經濟許可，當在墓前刻碑紀念。少雲遺物圖章石一方，茲特由郵奉上，不敬之處，尚希見諒。此物奉贈，實因兄與少雲爲數十年知己好友，留作紀念，並無絲毫其他用意。倘再堅持擲還，是示不重視亡友也，諒非吾兄之本意歟。兄與少雲，雖不同姓，在未亡人眼中，儼如親手足。望兄嫂此後亦以弟婦視璧，諸事多多指敎爲禱。專此，並祝儷安。制君璧拜上。五十四年八月十日

致作者道傾慕之忱書　姜一華

超公老師尊鑒：手示奉悉。以往尊稱老師，不無隨便之意，依八中師範年歲言，老師當之無愧。此番必稱老師，據於文字與道德而言。文字在晚之上上，道德更在晚之上上，不稱老師，顯

得晚之學養不足道也已。由隨俗而至內心無窮之敬佩，尊稱為老師必矣。老師擇善固執，讀周濂溪之愛蓮說，具見老師清高而脫俗。處今之世，能如老師之耿介者，不無空谷足音之感。時代有其承先啓後之契機，老師清高，不能不為流俗之所喜。然而流俗之中，能得見老師之清高者，其亦鳳毛麟角之謂爾，故稱為老師，猶不足以見晚欽佩之忱也。寖寖乎，吾將謂老師為日月乎？尊稱為日月，老師必不受，故仍尊稱為老師以隨俗。

日昨得張老師鐵君來函，囑為寫理學家故事，與有關忠勇故事之短文。一時心血來潮，念及民廿七年殉職于河南之先二家兄忠骸未歸，又值國破家亡之慘劇，每一念及，不免痛澈五內。執筆追紀，不勝涕淚之滂沱。成，不敢遽爾投出，亦懇老師斧政潤色，闡揚幽光，存歿銜感。明日午前，晚同賤內專誠叩謁。肅此叩請道安。師母大人萬福。晚姜一華叩上。五十三年九月廿六日

致作者話舊書　江德曜

巽生夫子大人函丈：接奉十日諭示，多承過獎，愧感交集！本年工程師學會，生偶以一得，幸獲推薦，實萌芽於吾師昔日教導治學之方鍼。猶憶當時吾師循循善誘之精神，生輩偶有所得，必予大加讚揚，無形中培植新創作新思想之旨趣。今後當一本師承，悉力以赴，以報吾師鼓勵之忱，以及自幼教育之恩。生於昨晚甫自台中會所北返，致稽奉答，幸勿見責。容日內再行專誠拜謁，肅此奉書，並請鐸安。生江德曜拜覆。五十六年十一月十三日

致作者自述平生書

袁志山

超嶽先生賜鑒：前讀大著「我生一抹」，而心儀先生之爲人，與同事陸君儁才言之。陸君謂先生乃其同鄉，素負盛譽於江山。及誦所著戴公雨農傳，及毛公人鳳墓表，益信金石之文，永垂不朽，非蓄道德而能文章者，其孰能爲。此先生爲人，出自天理，居仁由義，擴然大公。處常應變，逆來順受，不以物傷性，不爲情害理，發爲文章，於尋常習見之中，寓有一定不易之至理，讀之令人心曠神怡，瀟洒脫塵，蓋先生之所能者天也。鄙人不學無術，自愧形賤，素昧平生，未敢請益。忽奉來翰，賜大著續編十本，囑分贈同好，並以知音相許勉，旣愧且佩，受寵若驚。蓋鄙人自十七年春開始參加國軍通訊工作，至廿七年夏參加前軍統局工作，至五十二年夏始退役。一向在電訊部門工作，故大著中有若干掌故，均甚感興趣。江山人物，相識者甚多，祇以區區庸鄙，不愛趨附，隨班俯仰，以此終老，人亦以我爲落落難合，不可得而親也。先生其毋笑我之愚乎。三民書店經理劉振強先生，敝同鄉也。來台後，始邂逅相識，赴台北時，常到其店中閒談。五十年前，其父曾在江蘇海門中學任國文老師，有聲譽。寄來大著，已遵囑代分贈公司各高級同仁。古人云，獨學無友，則孤陋寡聞。今蒙先生賜教，茅塞頓開，敢在碩彥之前，肆其謬論，誠屬平生快事。尙祈諒察見有是幸。專此奉復，並頌撰祺。弟袁志山敬上。五十六年七月廿四日

宗姪文焯自美來書　姜文焯

二伯：謝謝您來信給我鼓勵，您的話我記在心。您實在過獎我了，天下這麼大，强過我者何止億萬，我只是盡些讀書本份而已，不值一提。

二伯的文章及爲人，我看過聽過很多，由衷敬佩，您的著作「我生一抹」我也帶來美國，課餘看讀，遊子心情，倍覺親切。書中記的鄉土事跡，也使我懷鄉，更自勉要加倍奮發，以效前輩成功者。將來學成後，當學二伯寫些東西，一方面充實自己，另一方面也教導他人。

您知道現在學生國文程度很差，望您不要因我措詞不當見怪，也不要以此信淺陋而見笑。頌崇安。並向二伯母請安。愚姪文焯叩上。五十七年十二月廿五日（按：文焯係族弟紹誠之子，於五十六年赴美深造，現已成衞生工程專家。作者六十四年十月註）

致作者道仰慕之忱書　王家雲

超公長者座右：八月十五日手教先臨，今又拜領惠贈「大陸陳迹」「花谿結緣卅年」「半環記」三名著，如獲至寶，感謝感謝。不佞籍蘇北徐州，猥以駑材，從政垂卅寒暑，抗戰興，年而立，隨黃鐘先生在閩省國稅機構任分局長，因不逢迎而被停職，旋改任地方政府主任秘書。光復後來台，承乏總局一級單位主管以迄於今，光陰易邁，瞬屆垂老退休至矣。數十年閒，未曾讀書，一無所成，不過是餔糟餟醨之徒耳，愧甚愧甚。天假以緣，得讀「應用」「實用」二書簡及「我生一抹」，深感奇書奇文，賜我啓示不少，每讀一文，深覺詞句新穎，任何書不能比。其流露眞情，的是心靈之聲也。誰能言。不佞不才，不敢讚，亦不配讚。然而傾慕之情，不能自解，奈未得立雪程門爲憾耳。憶幼年，讀屈原故事曰「擧世混濁我獨淸，衆人皆醉我獨醒」之句，先生眞當之而無愧。處今之世，嘆能獨淸獨醒者有幾人。餘不盡意，擬改日趨叩崇階，面聆敎誨，不審先生允許否。言出肺腑，乞恕冒昧。專肅，敬祝健祺。後學王家雲手上。五十九年八月十八日

致作者表懷德書　吳中英

異公夫人同賜鑒：九日奉公書，寵獲贈文，盥誦再四，喜之至，愧之至，亦感之至也。公固非輕於爲文，亦非輕於稱許人者，今乃賜以雄文，（借用張曉峯先生讚公語）謬加稱道，無上之光榮，此生之幸事，可喜孰逾於此。中英出身田閒，幼承庭訓，惟知硜硜自守，不以得失易心志，好讀書而學無寸進，喜任事而無所展布。公不以是鄙棄，而獎飾有加，推而及於室人子女，儼然若有可述，榮譽極矣。然而荆公有言，「茲榮也祇所以爲愧歟」，不啻爲我寫照，可愧孰逾於此。凡公所指，中英自揆，誠愧不能當其什一，而公必欲作此言，爲此文，足以仰窺賢長官之敎其部屬，苟有毫釐之足取，則提攜鼓舞，惟恐不及。中英服務社會數十年，以受於公之言敎身敎爲最深，

獲益亦最鉅。今復賜此贈文，敢不益自奮勵，可感又孰逾於此。

前者，夫人嘗許賜頌法書，迄在翹待。內子每語及，輒云夫人佐異公內外接應，良為辛勞，不宜以此煩之。賜則受，不則弗復瀆請。中英則謂公與夫人不諾則已，諾則終必有賜。今乃知夫人之不卽踐諾者，蓋有所不願焉，有所待焉。不願採尋常文詞為書寫之資，亦不願使中英等止於純法書之欣賞，而必待公之專文如贈文者出，然後搦管伸箋，書以成之。今贈文旣頌，法書必不遠矣。會當淨吾廬，潔吾壁，以張公之文，夫人之法書。並複印之，以分貽子女，及親友之知我、愛我、不我棄者。使後世子孫，知父祖為何如人，知公與夫人當年愛勉我家者又若是其殷且切，是所賜乃最珍貴之傳家寶也。

今而後，子孫相傳，可以無田宅資券之遺，而不可無此文此書。使此文此書長在，則子孫終必有所守。公與夫人今日之所賜，亦深遠矣哉。敬述所感，幸垂察焉。肅頌儷安。舊屬弟中英拜上。內子同叩。六十四年三月十二日

(附言) 中英於文事，實無根基，平日又少寫作。此函在吐衷腸，不復計工拙。內子讀竟，泣數行下，弟亦泫然。遺詞用語，不當處，祈公有以潤飾之。

再致作者申感書　吳中英

巽公夫人同賜鑒：昨奉手示，並附贈文定稿，公治事非至盡美盡善不止之精神，又增一例證。今晨郵遞至，夫人法書亦頒到矣，感幸何極。適有台北親友在座，因共展誦，於公之鴻文，夫人之法書，同聲讚佩不絕。敬當攜赴台北，覓高明裝池精裱，並攝製底片，以便複印。前者奉囑檢讀「應用書簡」某篇，謂前上燕函行文有相似處，遵經披讀，不覺愧汗。公之文，篇篇精采，字字珠璣，工力深厚，他人何敢企及。又前函筆誤處，蒙爲指正，公之於弟，誠可謂良師益友，兼而有之。人生最寂寞者，莫若無師承請益處，今得此，幸何如之，樂何如之。肅函申謝，敬叩儷安。弟中英拜上。六十四年三月三十日

致作者話舊書　陳奮

太公組座賜鑒：拜讀來示，敬悉我公愛我殊甚。當年在南泉時，以一面之緣卽荷錄用。鈞座耿介無私，品格偉大，常以超人學識，敎誨部屬，凡追隨者，咸受感化。奮正竊幸此身得主，不期竟以過失迫離麾下，當時私心之痛，莫可言宣！後來輾轉天涯，吾公風範，時刻縈繞腦際。今幸相逢台灣，一時快慰，眞無法形容也。

蒙公之愛助，得居一處，山林田野，饒有逸趣，嗣後又可朝夕聽誨矣，而我之生平，將以此

爲最理想最快樂之事，何修而得也！

吾公來示中之高地七八十坪，茲決定租下。奮尚有知友一人，不日當偕來謁見，敬懇吾公極力玉成爲禱。餘容面述，謹此拜聞。恭頌鈞安。夫人前請致候。舊屬陳奮拜啓。四十一年二月七日

致作者陳述異域情況書　姜獻祥

自約旦寄台

異生先生：去歲離台，迄已五月，初抵約旦人地生疏，一切須從頭做起，益以寄迹異域，思國心切，情緒欠寧，致遲遲函候，深爲歉仄。晚此次出國，蒙長者廣邀鄉親，盛情餞別，啓行之日，復蒙駕臨機場送行，既感殊榮，又覺慚愧。而長者厚愛之德，則永念不忘。

約旦爲一王國，面積約等於台灣三四倍，位於地中海之東，爲阿拉伯國家之一，人口約二百餘萬，內有百餘萬之巴勒斯坦難民。其隣國有沙烏地，叙利亞，以色列等國。約旦大部爲沙漠，西北部雨量較多，可植農作，如小麥、蔬菜等。其他地區，因缺水，可耕種之土地甚少。出產甚爲貧乏。人民大部信仰回教，以遊牧爲生。習慣於原始遊牧生活，故缺乏時間觀念。性情散漫，好逸惡勞，抱得過且過態度。工作效率低，與其合作事業，不易達到預期目標。

安曼爲其首都，約有二十五萬人口，爲七座小山所組成，無街道門牌之稱呼，多以山之名名之。房屋多用石築，堅固美觀，園中多植花木，尤愛種玫瑰，現正百花開放，艷麗可人。附近有羅馬帝國時代遺跡多處。聞名之死海，距安約七八十公里，較水平面低四百公尺。海水鹽分甚

高，密度大，浮其上，雖不泳亦不沈。常有遊客仰臥海水之上閱覽書報，頗洋洋自得。此間天氣乾燥，除冬季有少量雨雪外，大部爲晴天，艷陽高照，碧空萬里，天高氣爽，大異於台北。

我國人居此者百餘人，大部係公職人員。輔導會榮工處來此築路者五十餘人，該路係由我國貸款興建。此間僑胞人數甚少，來自新疆。雖爲同胞，而語言不能相通。本團亦爲輔導會單位之一，名曰技術服務團。主要任務，爲協助約旦建立退伍軍人輔導制度，協助訓練工作技能，輔導就業，以減輕國家擔負，並促進國家生產，現正着手於水利與農業之示範，此工作至爲艱鉅，恐難於短期間見其效果。

開年以來，所聞多壞消息，沙王費瑟之死，高棉之淪陷，越南之投降，尤以我　總統蔣公之崩逝，噩耗傳來，如晴天霹靂，悲痛之情，如喪考妣。幸我國我民能遵遺訓，處變不驚，以沈痛之心，莊敬自強，早日達成復國使命，奉安我　總統於南京，庶可慰其在天之靈也。暇乞示訓，謹此奉達，並頌康健快樂。師母乞代致敬。晚獻祥謹上。六十四年五月四日於約旦安曼

奉題異生先生大陸陳迹文獻　許世英

二十餘年如一瞬，元瑜妙墨篋生光。青芝老去山陵邈，猶自清風拂廟堂。（原文行書）

中華民國五十年九月雙谿許世英書時年八十有九

國府舊同事姜超嶽參事出示大陸陳迹囑題率成一律繕乞郢政　王澂瑩

卅年樞府話前塵，短簿風懷庾杲神。喜晤天涯人似舊，重翻案牘墨猶新。貞心不改冰霜性，正氣堪推骨鯁臣。他日收京還作伴，蔣青江碧秣陵春。（原文行書）

王澂瑩貢拙

題大陸陳迹　但燾

吾人於過去之事，每憙回憶。今讀姜異生兄大陸陳迹一編，不覺爲之神往。編中如論疏散文各箋，誼正詞嚴，情理兼至。蓋當時自沈君錚以次八君，人具此心，濡筆伸紙，欲言復止。而異生以生花之管，爲之曲折寫出，誠一大快事也。其參加京滇周覽會報告，長征萬里，時將兩月，宣達中樞德意之餘，於民情、風俗、山川、人物，備述無遺。宜乎得主席林公之嘉奬也。其小品文，頗似唐人說部，可置於家塾，以供務隙把翫，固不俟余之把筆介紹也。（原文行書）

中華民國五十一年但燾植之甫識於台北

題大陸陳迹　李鴻文

江山異生，爲予三十年前國府老同事。知其素性謙謹，而不知其精爲古文辭。今讀其所輯大陸陳迹中上文官長書，及累廬漏室諸篇，隱然有韓柳之遺風。想其寢饋於古人者深，故下筆自爾不凡也。讚佩之餘，因弁數言，並綴韻語以贈之。

雪裏鴻泥認舊痕，數篇墨蹟喜猶存。高文自可追韓柳，餘子紛紛何足論。（原文行書）

壬寅三月山右李鴻文書於台北時年八十有二

題大陸陳迹　莫德惠

四十三年九月，予蒞考試院後，於院中僚屬，約談殆徧。曾以興革詢其時任法規委員會專任委員姜君超嶽，所言極具見地，因知其人之不凡。年來僚友言及君之爲人者，異口同聲，讚其立身之嚴謹，與伉儷之恩愛。近以所輯大陸陳迹囑題，讀其內容，益徵君之學養有素，非恆流可比。且以素守之貞，與精力之强，知君之事業前途，尚無量也。因樂書數語以遺之。（原文楷書）

中華民國五十二年元旦莫德惠題

題大陸陳迹　張羣

異生兄出眎其所輯大陸陳迹，披覽一過，不僅覺其行文作書，勁直可喜。亦以覘其處事之敬，與待友之誠。雖吉光片羽宜其珍若拱璧。而物之興衰存廢，謂非天歟。（原文行書）

民國五十年雙十節張羣

奉題姜異生先生大陸陳迹册子　王雲五

呵護奇文廿載賒，懸知天意愛才華。鳳池都看筆花燦，化作長空萬里霞。（原文草書）

王雲五題

奉題異生兄大陸陳迹　賴特才

驚濤駭浪一孤舟，肝膽相期復九州。檔案靈光偏顯赫，拜觀長憶大江流。昂藏風骨寒江雪，耿介多君心似鐵。文筆縱横老更雄，念年前牘已稱絕。江山萬里故園心，龍虎風雲伴客吟。佇看王師横海去，骨山血海淚沾襟。（原文楷書）

辛丑歲孟冬月賴特才時年七十有二

題大陸陳迹　黃伯度

余之得友異生參事，在樞府遷臺以後。每於同直論政，見其耿介敦慤，深心儀之。其爲人也，廉貞以自守，非恆流可得而企及。觀是册，乃知其盛年行事，卽若是。殆所謂溫不增華，寒不改葉。謹書所見以贈之。（原文行書）

五十年十二月舒城黃伯度

勉成二絕奉題超嶽先生大作　宗孝忱

文筆莽蒼自入古，法書莊雅不猶人。知人論世兩無隱，經國鴻篇信可珍。

舉世紛拏倡俚詞，聲明文物感衰微。零縑寸楮盡璆珌，麟角鳳毛今已稀。(原文草書)

辛丑九秋宗孝忱

又　題

嘗讀宋人文集，多公牘之文，入制誥之類，然皆通常駢語。今觀超嶽兄所輯鴻著，多公忠體國之作，散文入古，洵可寶也。(原文草書)

壬寅嘉平宗孝忱

題異生兄書牘手迹印本　毛子水

文章和作者的氣度是很有關聯的。文言文以格律聲調表現文品，這種情形尤爲明顯。異生兄生平制行，耿介而兼疏宕；所寫的文字亦具有這種風致。現在我看異生兄所攝印的舊時書牘手蹟，則這種風致，非特見於文體，亦見於字體。因可知凡要文章書法高超的人，應該先從自己制

行上下切實的功夫。（原文行書）

中華民國五十年九月廿九日毛子水敬題

奉題異生先生手書大陸陳迹册子　胡翰

二十餘年一夢過，舉頭不見舊山河。知君故是風雲器，名論千秋總不磨。

平生風骨最崚嶒，落紙揮毫字有棱。爲語貞元舊朝士，好憑餘瀋頌中興。（原文行書）

民國五十年雙十節武陵胡翰

題大陸陳迹　許靜芝

至友江山異生，有大陸陳跡之集。其中文字，皆自總統府檔案中影寫而來。當時此等文字，大都須由予一一過目，而予對異生之筆墨，印象最深。蓋異生之文之字，一如其人，矯矯拔俗，固獨成一格者也。觀其往歲偶因執筆患戰，而改用左腕事，朝夕苦練，不逾時卽駸駸乎盡右腕之所能。異生固又一堅毅不拔之人也。予識異生，始自北伐軍元戎之幕，距今已三十餘年。異生之所以爲異生者，始終如一。殆先哲所謂磨而不磷涅而不淄者歟。今重讀其往昔之作，俯仰滄桑，感喟萬千。特就所知於異生者，略綴數語於此，以博異生之一粲。（原文行書）

中華民國五十年九月嘉興許靜芝

題大陸陳迹　熊公哲

江山姜君異生，胥疏廣州，從事革命，歷有年所。抗戰時，公哲始識之重慶，蓋同隸花谿者六年。君好作字，亦恆為文，皆以矯拔勝。有作，輒就公哲訂之。自謂自信不如信公哲深。然其文實時流中所僅見也。其為人質直不阿，疑若難與人合，至其好善樂取，公哲亦久相處，乃今知之。茲出其自輯大陸陳跡，屬為綴語其後，書此歸之。君佳篇甚饒，觀者誠未宜執是而定君之文與字也。（原文行書）

五十一季夏曆壬寅正月熊公哲敬識

題大陸陳迹　薛岳

昔予任參軍長時，姜君異生為府中秘書，未嘗謀面。洎三十七年冬，君奉命抵粵，晤中部署遷府事。時予亦奉命主粵政，乃得一再晤談，知其誠樸君子。近讀君之大陸陳迹，其中報告國府主席一書，於予當年兼攝黔政事，要言不煩，能得其實，具見其才識與明斷。建議各書，義正詞嚴，又知其為風骨之士，不徒以翰墨見長也。滔滔斯世，舉目鄉愿，君其卓然有以自立者歟。敬題數語以彰之。（原文狂草）

薛　岳印

奉題異生先生大陸陳迹　梁寒操

舊物欣逢出劫灰，廿年前事首重回。集吾自喜還如昔，合謝蒼翁擧一杯。（原文草書）

梁寒操題

集句奉題異生先生大陸陳迹　謝冠生

兩幅彩牋揮逸翰，（白居易）乾坤清氣得來難。（元好問）書帷寂寞知音少，（黃庭堅）誰把空[illegible]別調彈。（陳師道）

謝冠生書

（原文隸書）

題大陸陳迹　姜紹謨

老友中幼而相交，長而相處最久者，雨農人鳳外，厥惟吾家異生。異生自幼以苦學名，剛正廉介，同輩之尤者。今閱是册，其諤諤不苟之態，與耿耿爲公之誠，躍然紙上，如見其人，聞其聲。乃世會變亂，習尙夸毗，而異生之本色不改。噫嘻，此異生之所以爲異生歟。（原文行書）

辛丑中秋節族小兄紹謨題於陽明山新北投紫芝軒

題異生兄大陸陳迹

周念行

民國三十三年，異生兄傳其人生觀，有「唯我足恃」之說，繹語謂一切盡其在我，求其心安，云云。當時吾曾書數語以張之。今閱是冊，知其論事處世之見解，無往而不清新卓絕，迥異恆流。尤足稱者，滄桑屢經，風格不變，是其所信深，故久而彌篤。孔子云，信以成之，殆異生之謂歟。竊嘆異生此說，不僅爲其德業之所繇，抑亦立人立國之基本也。今後竿頭再進，所以影響於風氣者當更無限，異生其勉旃。（原文行書）

周念行五十年孔誕節於芝山岩

題大陸陳迹

魯　岱

歷劫文書永不磨，竄遷猶幸得觀摩。吉光片羽堪欣賞，傳世奇珍豈貴多。

異生先生三十年前樞府老同事也。海上重逢，歡若疇昔。出示所著大陸陳迹，因題一絕以歸之。亦坡翁雪泥鴻爪遺意也。（原文草書）

壬寅仲春魯　岱

讀大陸陳迹錄素書以貽異生兄　蔣堅忍

賢人君子，明乎盛衰之道，通乎成敗之數，審乎治亂之勢，達乎去就之理。（原文行書）

弟蔣堅忍

題大陸陳迹　楊君勱

余識異生兄於來臺以後，時鈕惕老長考試院，共侍從左右，同室辦公。見其爲人剛毅英挺，處事公正敏斷，欽仰不已。近觀其大陸陳蹟所爲書牋，不但才高氣盛，文詞藻麗，且對國事深謀遠慮，忠勤悃愊之誠，溢於言表，抑可謂非常之人，豪傑之士矣。（原文行書）

中華民國五十一年元月山東肥城楊君勱題

題大陸陳迹　何志浩

江山姜君異生，素有直名，浩之畏友也。當年共事於國民革命軍總司令部時，傾誠論交，回首前塵，忽忽將四十年矣。世變頻仍，而其爲人始終如一。比者於樞府檔案中，檢得抗戰前後有關公務之書牘數通，題曰大陸陳迹，以示浩。讀其文，正氣磅礴，觀其字，風骨遒上，可傳之作也。因爲之歌曰。

危世見奇才，精誠金石開。文章皆正氣，磅礴若鳴雷。（原文楷書）

五十一年八月象山何志浩

集龔定菴句題姜異生兄大陸陳迹册子 賀楚强

文字醰醰多古情，上書初到公卿驚。書生挾策成何濟，淡墨堆中有廢興。

霜毫擲罷倚天寒，何必滄桑始浩歎。翠墨未乾仙字蝕，華年心力九分殫。（原文行書）

溆浦賀楚强

題大陸陳迹 雷法章

異生先生，以明敏博達之才，歷職清要，參與密勿，贊命宣勤，夙著聲譽。爲文援筆立就，辭簡意精，不事雕琢。而雙手作書，指揮如意，各極其妙，尤足爲文章生色。第因賦性謙抑，不輕示人，故傳世者少。茲於無意中得遇舊時手牘，景印留念，秘府珍藏，歷劫不磨，自非尋常翰墨可比。展讀一過，覺清爽之氣，猶撲眉宇。蓋其人、其文、其字，實相得而益彰。信乎文字有靈，斯集爲不朽矣。爰綴數語，用誌欣佩。

蠹簡藏天府，摩娑翰墨香。鴻泥猶可認，一卷吐精光。（原文行書）

民國五十一年雙十節雷法章

異生吾兄出示樞府舊牘僅存稿囑題　羅時實

樞府回翔美子才，十年滄海鬢霜摧。摩挲舊牘丹心壯，待向神洲掃刼灰。(原文行書)

小弟羅時實民國五十一年雙十節

題大陸陳迹　馬國琳

異生吾兄，誠摯豪爽，耿介拔俗，一生行誼文章，久爲朋輩所推重。民國念四年秋，初識於河北之保定。維時雖以公務洽接，悤悤一面，而印象特深，心儀不置。念七年政府遷渝，兄服務侍三處，琳供職銓敘部，始獲班荊道故，抵掌傾談。來台後，以同寅之雅，過從尤頻。於言行處世，更多拜益。承以所輯抗戰前後手翰五道，文稿若干篇，名曰大陸陳迹，屬爲題記。誦讀之餘，深感一片丹誠，洋溢於字裏行閒，非徒以雕飾爲美者所可比擬。雖吉光片羽，足誌鴻爪，而品節彌顯。夫今之視昔，亦當同於後之視今。斯册也，將隨大陸光復而重歸禹甸。異日累廬展對，更能於鯤島播遷反攻復國歷程中，平添一段佳話焉。(原文行書)

中華民國五十一年重陽馬國琳

題大陸陳迹　劉詠堯

民國二十八年，余在重慶任職軍事委員會委員長侍從室，識江山姜君異生於同僚之中。公私接觸之餘，覺其正直坦白，不與世俗浮沈，有特立獨行之風，心竊許之。事隔二十餘年矣，回顧前塵，歷歷如昨。近接其所輯大陸陳迹，以題言相囑。余受而讀之，文則忠義奮發，吐屬不凡。字則運筆矯挺，別成一格。其奇嶷之氣，躍然紙上，益證余當年私相推許之不謬也。欣然泚筆書而歸之。（原文行書）

五十一年五月二日劉詠堯

題大陸陳迹　胡建磐

畏友江山異生姜超嶽兄，其爲人，一如其名，可傳人也。

磐於民國十六年，備員樞府，兄則於十九年任府中參事。時大政方展，羣僚濟濟，于兄僅相識而已。其後改參議，調秘書，遷第一局副局長，中以局勢逆轉，一度息影，又復回府，先後數十年閒，其行誼、其文章，所知所見漸多，傾慕之情亦漸深。

當大陸撤退前，政府播越南中，部署繁劇，兄獨負其重，磐則承命爲助，朝夕相處，幾寢食與俱。於兄之爲人，自信知之甚審，耿介剛直，不阿流俗。處變而能定，處常而能得，守信尚義，治事不苟，故爲人重。不以文人自命，而友輩均珍其文，不以書家自居，而識者咸愛其書。近讀其所集大陸陳迹，篇章雖簡，精粹可喜。一札一牘，信手拈來，別饒風格。尤以視察西南國道報告之文，能觀其大，察其微，其中月旦當時人物，獨具隻眼，深中肯綮。且所料又多奇驗，即此一端，亦可以傳矣。（原文行書）

嶺南胡建磐謹識五十一年六月

敬題異生先生手輯大陸陳迹册子　劉宗烈

翰墨常新品絕塵，玉堂心史獨存眞。敷陳蓋悃才無忝，綜緝宏編筆有神。回首河山餘涕淚，照人肝膽總輪囷。他年獻罷中興賦，麟閣書勛更足珍。（原文行書）

金壇劉宗烈

題大陸陳迹　曾定一

予以守拙，遭時不偶，凡趨勢慕利者，咸遠避之。四十二年春，識異生先生，蒙垂青於牝牡驪黃之外。其後過從日密，稔其造次顚沛，均不以貴賤、貧富、疎密、利害，稍易其素操。自處如天馬野鶴，蕭然物外。始知炙黻不加，而其言行益爲世重者，蓋有在也。今朝野燃心香爲其大陸陳跡題跋者，特畧見其情耳，實未足以盡世人之於先生也。（原文行書）

粵東大埔曾定一謹跋五十一年八月十二日於台北

題大陸陳迹　李漁叔

異生參事，共事府中，不恆相見。然觀其風裁峻整，恂恂儒者，心折久矣。近出示昔歲在國府時所爲書牘數紙，皆自檔案中獲得者，乃攝影存之，而屬題其端。自巨憝倡亂，樞府播遷，君麻鞋萬里，備歷艱辛，忠藎之忱，時聞獻替。所作書翰，藻墨燦然，而文辭簡穆，陳義甚高。青芝林公，曾降諭褒美，稱其留心治理，具有卓識，可謂知人。方今寇勢已衰，中興之責，留付吾輩。國家除殘定暴，重期郅治，端賴老成。君報國情殷，讜議昌言，其必有更爲同僚所拭目仰望者。經綸之重，邦國賴之，又豈止區區詞翰爲鳳池增價也哉。（原文行書）

辛丑中秋節弟李漁叔書於魚千里齋

異生詞長屬題影印墨牘大陸陳迹冊子　吳敬模

札牘肫忠見性情，雲閒何處一鱗存。廿年滄海波翻後，故楮重收涕淚痕。

不隨沈陸付秦灰，零墨珍珠璨作堆。何物世閒能貯夢，一函人意百低徊。（原文行書）

萬谷吳敬模拜稿

題大陸陳迹　汪祖華

此雖僅爲異生先生參與國府機要以來之若干書法及政見，然已足窺高風。詩曰，不競不絿、不剛不柔，敷政優優，百祿是遒，先生有之。拜讀之餘，爰誌數語以示景仰。（原文行書）

汪祖華敬題

題大陸陳迹　曹翼遠

異生驅其勁氣，行文、作字、爲人，摶而一之，顚沛疢疾不變，强哉矯。嘗於中書故紙，識其舊題，取而摹寫成帙，顏曰大陸陳迹，有莊生夜壑移舟之感焉。然荀子之教，推天地之始於今日，則今昔對勘，正所以徵其不變也。遠忝同班，敢誌數語以廣之。（原文行書）

丙戌孟秋蕭山曹翼遠謹跋

奉題異生兄大陸陳迹册子　余樹芬

雄文當代健，劫火數篇存。擲地非凡響，驚心認舊痕。紅桑滄海變，黃絹藝林尊。故國今何似，離情怯細論。

一卷應無價，文光照眼明。逼人千丈焰，彈指念年更。鴻爪泥中迹，邱園夢裏情。不堪回首

處，宦海紀生平。（原文楷書）

弟余樹芬敬題

異生先生屬題　汪經昌

十年風雨極鷄鳴，海上相逢莫道橫。陶祖襟懷成慷慨，馬枚筆札尚經營。平看逐鹿中原沸，翻對垂楊左肘生。太息猶傳虛夜席，忍教南郭誤歸畊。（原文行書）

薇史汪經昌拜稿

異生先生屬題手寫大陸陳迹册葉　成惕軒

散盡三千牘，摩娑賸此編。夢痕鴻印雪，筆勢驥奔泉。渡海輸丹悃，藏山託素箋，他時求墨妙，合付米家船。

辛丑八月成惕軒

異生先生集舊時翰牘數篇影印成册率賦一律附册末　龍械林

幾篇翰牘記前蹤，卅載煙雲入眼中。江左廟廊推直筆，益州幕府佐元戎。鋒芒藏斂骨逾見，患難煎熬氣更雄。海上羈人同把玩，爭看勁節舞霜風。（原文行書）

辛丑季秋湘陰龍子謹識

題大陸陳迹　王大任

予於民國三十年春，服務於軍委會侍從室第三處，識江山姜異生先生。覺其剛正廉介，有特立獨行之風，心儀久矣。來台後，以所居同在木柵，往來尤密。近承其以所輯大陸陳迹舊作見示，讀其文，觀其字，勁直一如其人。因念異生先生數十年來，進德修業，始終不輟，可謂貞固之人，非常之士矣。附七絕三首：

巴蜀金陵迹已陳，廿年家國歷艱辛。神州板蕩成何世，片楮猶存信可珍。

樞府宣勤著述多，往年豪氣未消磨。紅羊劫後留殘簡，回首滄桑熱淚沱。

强仕當年早策勳，縱橫才調自超羣。精光罹刼終難掩，疑有祥雲呵至文。（原文行書）

遼寧王大任敬題

題姜異生先生大陸陳迹　楊家駱

駱曩歲治史，抗日戰前，見密勒氏評論報有中國名人錄之附載，日本外務省有支那官紳錄之刊行，因發願編纂「中國當代名人大辭典」問世，嘗藉郵筒廣徵自述於名彥。兩浙人物，得吾友毛常夷庚教授所列示，中有異生名，遂具函往求。得報，引越絕書「衒女不貞衒士不信」爲卻，字迹俊逸，當時頗異其人。再去函試求小照，復謂「賤影庸陋不足宣於眾」，知爲撝謙君子，雖不獲請，心竊儀之。此民國二十年左右事也。

越十載，異生侍從今總統蔣公，司全國人事資料之編錄，猶駱早歲治史之所爲。其甄採之廣，表列之密，自非民間撰史之可同日而語者。時異生居渝郊南溫泉，駱居北溫泉，異生每銜命過訪荒江白屋間。道及往事，曰「當日所爲，明知矯情，不過求心之所安而已。」駱自茲親挹謙光後，每憶此事，輒爲神往。

比者，異生有大陸陳迹之集，屢囑返其舊札，以實其集，並囑爲之題。駱檢行笈，苦不能得，爰追記舊事以報。俟勝利言歸，重理舊業，將細細檢點，原物果在，當鄭重奉璧也。（原文行書）

中華民國五十二年五月五日江寧楊家駱於行都

大陸陳迹題辭　段劍岷

兩浙山水奇秀，地靈人傑。江山雖爲山邑，頻出異才。如戴雨農、毛人鳳諸氏，皆世所知名，並與余有舊。而老友姜君異生者，亦當代奇士也。平生行迹，獨往獨來，卓然異於人。服務軍政界數十年，不趨炎附勢、隨波逐流。往時同列，半爲權貴，不忮不求，依然本色，眞所謂君子人也。近讀其所輯大陸陳迹，而知其所以異於人者益深。吾敬吾友，因書蕪句以志景仰。（原

文行書）

弟開封段劍岷敬書五十二年中元節

讀大陸陳迹後致作者書

戴仲玉

異生先生勛席：頃承惠贈尊著大陸陳迹一册，至感雅意。展對之餘，既佩宏識雄文，尤喜書法之蒼勁矯健。眞所謂鐵畫銀鈎，力透紙背者也。反覆披誦，愛不釋手。謹當秘笈珍藏，特函申謝，並頌勛綏。弟戴仲玉敬啓五十一年十一月九日

讀大陸陳迹後致作者書

吳錫澤

異生先生有道：久違雅教，常企清輝。頃承惠贈大著「大陸陳迹」一册，藎籌碩畫，躍然可見，固不僅文詞之藻麗而已也。展誦之餘，曷勝企佩。特箇奉謝，拜頌文祺。弟吳錫澤五十二年四月四日

讀大陸陳迹後致作者書

王大任

異生先生：大陸陳迹一書，各方友好極爲重視，前送八册，已分贈吳卓生，秦副秘書長孝儀，袁主任企止，中央幹管處汪主任錫鈞，中央秘書處徐主任晴嵐，唐秘書長乃建，阮副秘書長毅成，手底已無存書。本院任副主任覺五，及部份學術修養較高之立委同人亦頗珍視，希再檢送六册至

十冊，其中兩冊，可分贈立法院圖書館與革命實踐研究院圖書館，先生可以親筆題贈，未審尊意如何？大作惜非賣品，否則可以收回成本也。耑此卽頌撰綏。後學王大任拜啓五十二年三月一日

讀大陸陳迹後致作者書　斯頌熙

巽公賜鑒：承飛賜大陸陳迹一冊，忽自德黑蘭轉到約京。拜讀之下，若誦今文觀止，曷勝欣幸。我公神情風采，違別固久，刻見其文，猶如晤對。而現代百家文鈔，盡在其中。植諸書林，頻添琳瑯。竊自外派以來，日夕聆閱者，多爲洋文，茲得遍睹佳著，均爲當代名家精心傑作，文字並茂，瀏覽悅目，怡情養性，獲益非淺。覈實言之，陳跡太少，溫故革新處居多，立意良佳。而我公精神之積極，富於革命性，大有助于動員戰鬥，誠令人欽佩無已。信手奉復，並此示謝，順頌儷安。斯頌熙謹復五十二年三月廿七日夜

讀大陸陳迹後致作者書　沈秉龍

巽生先生道席：幸接光儀，久欽風範，景慕之誠，未嘗或已。頃奉惠賜「大陸陳迹」一冊，披覽之餘，豈僅文筆價重，士林之所共欽，而風裁峻整，仕宦之所難能。徒以君子道消，艱屯日迫，又豈始料之所及。往者已矣，來者可追。大陸陳迹所示，後生淺學，多可足法，則當珍如拱璧，又豈僅在筆墨間乎。草此布謝，不盡一一。耑奉敬請勛安。友晚沈秉龍拜上五十一年十一月

八日

讀大陸陳迹後致作者書　譚伯羽

巽生我兄先生大鑒：月初奉到惠賜大陸陳迹一册，拜讀之餘，不勝感嘆隨之。尤其見文官處同人合影，弟當時年最少，毫無經驗。今日回憶，可笑之事甚多也。如許同事，多已作古，披閱之餘，眞成隔世，誠可寶貴也。弟返國參加「基金」會議，頃南游五日方歸，未及即行道謝爲歉也。專此，敬頌大安。弟譚伯羽啓上五十二年八月廿一日

讀大陸陳迹後致作者書　雷法章

巽生吾兄勛鑒：二月十四日惠翰，曁重印大著「大陸陳迹」五册，均已祇領。展讀數過，藉諳篇幅補充，益稱完璧。吾兄數十年來爲學、立身、謀國、交遊諸大端，俱可於册中畢睹。所以異於常人者，洵非偶然，欽服曷已。

惠件自當分貽友好，廣傳觀摩，以表景佩之忱。耑復申謝，祇頌儷祺。雷法章拜啓五十二年三月九日

讀大陸陳迹後致作者書　金體乾

再版大陸陳迹拜領。大筆題簽，有金石氣，傳此無疑。大文所輯，或長或短，各具磊落之致，恰如其人。小品尤佳，已入作者之林矣。夫人之書，今之衞夫人與，管夫人與，賢伉儷眞當代中之雙璧也。敬佩之餘，肅此覆謝，拜啓異生先生閣下。弟金體乾白五十二年四月七十七歲

讀大陸陳迹後致作者書　溫晉城

異生吾兄左右：久違至念。奉讀大作，倍切懷想。憶昔幸接德鄰，夙欽風範。今拜佳篇，如親芝宇，洵蓋世之異人，曠代之奇文。循誦再四，仰止靡已。爰佈區區，藉伸悃忱，並頌道綏。

弟溫晉城敬上二月二十日

讀大陸陳迹後致作者書　方青儒

異生先生勛右：頃承以尊集影本「大陸陳迹」一書見贈，毋任感荷。其閒書牘詩詞，類皆名言名作，滿目珠玉，觀不忍釋。尤以吾公之卓越風範，早所欽遲。大作光燄過人，拜讀之餘，益增敬佩也。肅佈微忱，順頌勛祺。方青儒敬上七月九日

讀大陸陳迹後致作者書　景佐綱

異生吾兄先生有道：承惠大陸陳迹，莊誦至再，謀國高遠，極爲欽佩。此珍貴史料，應爲論政者所共重也。專謝，並頌勛祺。弟景佐綱敬啓十二月十日

讀大陸陳迹後致作者書　談品蓀

異生先生道鑒：承惠大陸陳跡一卷，爲之拜讀者再。晚初自念行萬里先生處得稔先生道德文章。及忝列情報局局史編審委員，得先讀先生爲戴故局長親撰傳記一文，心儀更甚。惟困於瑣務，以無識荆爲悵。今蒙頒賜手卷，更令人有生不必封萬戶侯之感。謹達悃悃，敬表謝忱，並叩崇安。晚談品蓀再拜上十一月十八日

讀我生一抹後致作者書　王蒲臣

異生兄：昨奉大作「我生一抹」，弟以三小時之時閒一氣讀完，其中有數處讀之又讀，深覺趣味無窮。最愛者爲卷首弁言，及中央訓練團談人生一文，誠如老兄所言，「不取人云亦云之義」。「我生一抹」，係敍述一生片斷事蹟，道來並不厭煩，五十年往事，頗堪尋味，其中多有爲弟當時所忽略而不甚知道者，文中時、地、人、事隔數十年，歷歷不爽，足見老兄記憶力之强，

實非常人所能及者。惟第四頁第十六行「常客鄭祖喜」之「喜」似係「禧」字，第四頁第二面第九行「理科毛鴻紀」之「紀」字似係「機」字，第五頁第一行全班三十人，似係「卅四」人，同學中尚有毛才天、楊學詩二人，其餘亦不能記憶。悤此奉復，順頌撰安！嫂夫人均此候！弟王蒲臣上五十三年五月廿一日

超嶽兄：本月七日承贈尊著「實用書簡」一册，因俗務冗忙，雖爲時兼旬，刻始讀畢，但一字一句，均不忍輕易放過，愛之也。讀其書如見其人矣。

異生誠異哉！語多爲人所不願言者，而異生言之；事多爲人所不能爲者，而異生爲之，異生之所異乎人者，知之益深矣。特向三民價購十册，分贈親友及其子弟，冀能細心閱讀，則於爲人處事，兩有裨益，誠恐過高不易領悟爲可惜乎！

書中數見「餔餟」，事見孟子離婁「子之從於子敖來，徒餔啜也。」原文「餟」爲「啜」，不知「餟」「啜」是否通用？淺學如我不敢斷。瑣瑣不盡，順頌儷福！弟王蒲臣手上五十九年十一月廿七日

讀我生一抹後致作者書　何芝園

異生兄：你的大作，我昨晚一口氣就拜讀完了，確實有味，這種平實樸素的文章，看來有味而做起來却不容易，眞像西湖烟霞洞的金和尚所做的素菜，滋味之美，好像不是素菜，而實在是蔬

菜。他的材料都取之于本山的野生植物，全憑他的經驗火候做出來的，所以他味兒不同一般的葷素菜。我不會做文章，但最喜歡看這類記實文章。臺灣數十百種雜誌，只有「傳記文學」一種，差不多每期必讀。吾兄這篇大作似可送到「傳記文學」去披露一下，給愛好這類文章的人，大家過過癮，你看好不好？將來再印單行本。這篇文章不僅記你個人的經歷遭遇，也有很多歷史資料，是很寶貴的。我最賞識的一篇，是你在中訓團對人生的見解，那幾點意見，確實不是常人所能道得出的，難怪大家都說：「如其人，如其人。」我覺得你平日的表現，只不過其中的一部份，很難全部都表現出來的，除我與你長期相處，才能慢慢的體驗得出你整個做人的道理。

此刻婆婆又送來你所做兩篇壽序，這又不同于尋常的壽序，看來很平淡，而其親切實在，不會使人看到肉麻，這是很難能而可貴的。所以我說你的文章，確實像鮮美可口的蔬菜，而不是普通大魚大肉，因爲蔬菜多吃了愈吃愈覺有味，而大魚大肉，只能偶爾少吃一點還覺有點味道，多吃了就會倒胃口的。你說對不對？我不是在拍馬屁，而是說實在話。我一生最不會吹牛皮、拍馬屁，而且最討厭這類的人。近年來我對一切都很厭心，所以也懶于執筆，今天寫了這許多廢話，請你一笑置之也。耑此，敬頌儷綏。弟何芝園上五十三年四月廿八日

讀我生一抹後致作者書　方　豪

異生先生撰席：承惠大作，百拜雒誦，敬佩莫名。自傳最貴率直，並須能引人入勝，期使讀

者開卷有益。尊著於此三者，皆已做到，看似不難，實則近人自傳中，能具備此三者，殊不多覯，不能不爲先生賀也。專此復謝，順頌儷祺。弟方豪叩上五十三年三月三日

讀我生一抹後致作者書　毛振翔

異生兄：收到尊著「我生一抹」後，從頭到尾，逐字逐句，捧誦完畢。其內容之切實，記事之明確，令人如歷其境。此不特爲一極有價值之自傳，亦爲二十世紀前半世紀中國歷史之眞實資料。文字簡鍊暢達，其餘事耳。書中所記各事，處處可見作者之爲人，急人之難而不以爲德，受人之惠而不忘其恩。但有揚人之善，而無記人之惡。且所揚者多爲編氓婦嫗傭保之流，顯要人物則鮮及焉。故是書可作記事範本讀，亦可作進德修養書讀。這樣一本好書出來，吾爲兄賀，更爲吾江山賀。弟毛振翔上。

讀我生一抹後致作者書　仲肇湘

異生吾兄惠鑒：承示大著「我生一抹」，所記雖爲個人之事，但保留了近數十年來我國歷史轉變期中許多社會政治經濟的寶貴資料。至於取材之信實，文筆之生動，感情風骨之流露，謂其兼眞、美、善，三者而有之，實非諛辭。弟與家人均讀來津津有味，不忍釋卷。「往事知多少」，勾引起許多各自的回憶，不勝家國河山之感。專此覆謝，並頌文祺。弟仲肇湘五十三年九月十日

讀我生一抹後致作者書 余樹芬

巽生我公有道：尊著我生一抹，咀嚼一遍，恍如八珍之悅口，留芬齒頰，久久不能去，此誠並世罕見之文，信乎其可傳也。昔桐城姚氏論文，有所謂陽剛之美者，尊著氣壯詞鍊，長篇一色，短句欺金石，讀之尤具雷霆萬鈞之力，殆得陽剛之美之眞諦矣。專此，並祝撰安。余樹芬謹啓五十三年九月四日

讀我生一抹後致作者書 尙達仁

巽公長者道席：拜讀尊作，看標題一抹，似爲輕描淡寫之筆。但內容體例嚴謹，編年紀事之妙，兼而得之。事有根源，辭無支蔓。不攻人，不衒己，一片肫誠，躍然紙上。眞實，平實，質實，是乃傳記之神妙者。其不脛而走必矣。肅請道安。晚尙達仁拜。

讀我生一抹後致作者書 楊祚杰

巽生先生左右：拜讀尊著，以不獲先覩爲憾。著筆簡鍊，敍事誠樸，雖屬自傳，而於國事滄桑，人事浮沈，直言無諱，允稱近代之信史，豈僅一抹而已哉。集中偶有訛字，當屬手民之誤，另紙抄奉。並非吹求，藉證通篇細覽，無一字之掛漏耳。耑奉，並頌道安。楊祚杰謹上三月五日

讀我生一抹後致作者書　林治渭

異翁長者道鑒：日前自由談社以不明尊著寄售地址，乃託方教授代索一本，瑣事奉瀆，滋歉滋歉！尊著雖紀述個人生活鴻爪，實爲國家信史所徵，民族氣節所寄，言近而旨遠矣。至長者謀國之忠、奉親之孝、愛子之篤、待友之誠，楮上行間，躍躍如見，不謂亂離之世，而有古君子之風者在，令人肅然起敬！文字洗鍊優美，亦一時無兩。因知長者供職樞府，門牆萬仞，未敢苟攀，曾函方教授煩致欵曲，未諗得達否？念念！

捧讀本月十三日手教，猥荷垂注，銘感不已。治渭福州籍，研習師範及法律，從事教育行政工作，浮海以來，流寓新營，仍事輔導學校，而維衣食。居恆一卷自持，藉遣長日。自維身世，感觸多端，學陋業微，不足以遂報親報國之願於萬一，展讀尊著，益不知何以爲懷也。祈長者賜而教之！承寄書文，謝謝！謝謝！肅此，敬頌撰祺！晚林治渭謹上五十三年五月十六日

讀我生一抹後致作者書　涂達源

異公先生有道：日前駕臨台中，得親芝宇，至爲快慰。惜尊駕悤悤北返，不能多承教益，則又悵然。

公對公務處理，審愼周詳，纖細不遺，令人心折。此後至望多能指示，俾遵循有自也。

尊著「我生一抹」十九册，業已收到，當分交各同仁矣。達反復展誦，認爲可作近四十年歷史讀。自北伐以至來台，均有扼要之叙述，可作文章讀。公爲至性中人，故有至性之文。尤可貴者，在公言，忠黨愛國，憂時憂民之忠忱，躍然紙上。在私言，對尊親手足，做到孝悌二字。對朋友做到信義二字。伉儷情深，兒女慈愛，其情其愛，流露字裡行間。值此末世淺俗，熟讀此書，小之可以修身律己，大之可以正風移俗。至辭藻章法，則其餘事矣。小女叔森，承賜一册，併此誌謝。專此敬頌道安。後學涂達源敬上五十四年五月九日

讀我生一抹後致作者書 楊永瑎

異公長者鈞鑒：承蒙惠錫宏文，及時哲墨寶，嘉惠後學，感謝五衷。晚質魯鈍，兼又譾陋，然長者浩然正氣，實沁肺腑。晚在三十九年前後，因濫竽教職，得與張介弟爲友，得領受張教授教誨，因偶閱中央副刊巨著，追念介弟生前，因冒昧採爲教材，用誌紀念。唐突從事，乃蒙鑒有，復予鼓勵，獲此殊榮，益增愧怍。吾公獎掖後輩，當永誌弗忘。耑此恭請鈞安。晚楊永瑎頓首。五十四年五月廿二日

讀我生一抹後致作者書 王公璵

異生先生：久違雅教，時切馳思。旬前承賜贈我生一抹一册，眞摯動人，讀時不忍釋手，視

矯飾誇張之自傳文字，不可同日語矣。激謝之餘，尤深欽遲。耑肅將意，藉頌儷福。弟王公璵頓。五十四年三月卅一日

讀我生一抹後致作者書　周光德

巽生先生道席：荆州久仰，承敎無從，慕韓雖切，而遇終疏。天涯咫尺，宛若雲泥，何其緣之吝也。前蒙達仁兄轉惠大著我生一抹，暨大陸陳迹，感甚感甚。捧讀再三，愛不忍釋。當誦至精采處，感人處，恆不知其手之舞之足之蹈之。艱難歲月篇中八大信念，非滄桑久經，飽嘗辛苦者，曷能有此體認。古人云，富者贈財，仁者贈言，其嘉惠於不才者既深且鉅。每逢舊友登門，輒以大著談論，就文字言，不僅妙筆生花，就義理言，抑且振衰起敝。年來新出傳記之書，奚可縷指，但眞有益於世道人心者，則百不得一。風骨峻嶙如大著，使人肅然起敬，又豈僅不才一人哉。故爭相傳誦，咸願一讀，讀後又均以不才之言爲不謬。每聞讚譽之辭，私心亦未嘗不引以爲榮也。不揣冒昧，謝悃先申，容俟他日面聆敎誨。肅此恭請大安。後學周光德手叩五十四年十月一日

讀我生一抹後致作者書　徐復觀

超嶽先生有道：奉尊著及手敎，爲之驚喜。觀見聞寡陋，未得與先生結一面之緣。而十五年

前，在先生之鴻猷碩畫中，竟推及蒭蕘之見，觀不知何幸而得此光寵。然先生之不遇於某公，蓋決於此矣。尊著質樸委婉，兼而有之。一人之史，亦時代史之一段片也。佩慰無似。專此，敬頌著安。弟徐復觀敬上五十五年三月十七日

一、拙著中國文學論集，日內卽可印出，屆時寄奉一冊，候請教正。

讀我生一抹後致作者書　季德馨

異生先生道席：前在定一兄處獲讀大著我生一抹增訂本，深覺文筆典雅，簡鍊生動，全書將個人生活融化於整個大社會中，坦率描寫，細膩入微，讀起來如與家人密語，如與知友夜談，肺腑畢露，快慰平生！故託定一兄購閱，幷冀與友人共享，承賜不計定價，惠寄五本，並蒙惠函，至爲感謝，謹此奉復，順頌文祺。弟季德馨拜啓五十五年三月卅一日

讀我生一抹後致作者書　王任光

異生吾兄：接到您的「我生一抹」時，我正在寫「文藝復興時代的傳記」一文，擬在「傳記文學」發表，將大作一口氣讀完，覺得您和「文藝復興」時代人一樣，富有强烈的「個性」。不過您的「個性」和他們的「個性」有很大的區別。他們的是「自大」「自私」和「自利」，而您的則是「清高」，「不與俗同汚」，「有原則」。此外文筆的清秀，記事的眞實，不愧爲一本「傳

記文學」，謝謝您的贈與，祝撰安。同鄉弟王任光五十五年四月十一日

讀我生一抹後致作者書　韓文煥

異生先生：四月九日惠書，及賜贈大著「大陸陳迹」收到，感謝之至！大作「我生一抹」增訂本，已有友人惠贈一册，業已拜讀，對先生學問爲人，不勝敬佩之至。先生書中談到許多長官朋友，同時也是我的長官朋友，令人讀之，十分親切有味。至於先生爲人之正，行文之暢，見理之明，更屬令人心儀。俟有機會來台北，當來拜晤請領敎益也。專此，謹申謝悃，並頌時祺。弟韓文煥敬啓五十五年四月十日自臺中寄

讀我生一抹後致作者書　齊振興

異生先生賜鑒：荷蒙寄贈「大陸陳迹」一書，今日從郵友手裡收到，謝謝。弟籍隸江西德興縣，與浙江江山縣算是鄰居，海外相遇，倍感特別親熱。我亦屬農家子，今日以前之生活環境，似與先生相若。在七八年前以閒極無聊，借文字消遣，曾將半生經過付諸筆底，用文字記載，俾能留之永久，惟感讀書根柢不深，其中用字造句，常有辭不盡意之處。好得我無意付梓，專留作自己翻閱，內容好壞均無關宏旨。弟雖不善爲文，然喜歡化錢購讀他人作品，無如書坊中有關傳記文學能值一讀之物不多，大多犯了借文字醜表功，作一番自我宣傳。只有先生與司徒雷登、胡

光熙等幾本書，對作者本身長短處毫不隱藏，有什麼就說什麼，平鋪直敘，文字非常優美，算是文化珍寶，弟愛不釋手。大著不滿十萬言，我足足化去三整日讀完，今後有時閒還想重讀。日前已在東海大學田教授處搶來一本，又託再春就便覓購一本，想不日可以寄到，以便轉寄國外。初次文字交，就效村婦說個不休，有擾清神，乞諒！謹復，敬候儷福！弟齊振興拜启五十五年四月三日

前託再春代求尊夫人墨寶，先生能從中幫忙不？

讀我生一抹後致作者書　王大任

異生先生：手敎敬悉，所指正之處，至為感激，具徵我公讀書細心也。我生一抹續稿內容極佳，允足抗手古人矣。大抵「陰魂」、「渡海」與「居停」數節，描寫憂患生涯，歷歷如繪。「異數」與「體驗」兩段，可以窺見我公立身行事之血誠。題江山双塔圖，令與「故國故鄉」之思，「訛言」一節，寄慨良深，使姻緣為宿命之說又獲一印証，不僅為自傳中必不可缺之文字，抑且有警惕作用也。擬在有關刊物發表，未審可行否？

拙作現代敎育論，前已寄呈左右，其中第二輯所收幾篇傳記性文字，尚能窺見筆者眞性情，希賜指敎。耑此佈臆，卽頌道綏。瀚公鄉長同在一處辦公否？同此敬候，不另。後學王大任拜上

五十五年十一月九日。

讀我生一抹後致作者書　沈剛伯

異生先生箸席：頃奉十五日惠書，方知夏閒曾辱賜教，適遠寄異域，未獲拜讀大作，至爲悵恨。茲復承贈補編，感甚感甚。先生以勁潔之筆，修立誠之辭，用記事體裁，敘平生經歷，眞屬事可紀，而文可傳矣。佩服佩服。肅此申謝，即頌箸祺。沈剛伯敬上五十五年十一月一日

讀我生一抹後致作者書　石覺

異生先生道鑒：承贈大著，「我生一抹補編」一帙，雖云率情而道之文，實乃精詣不刊之作。雄辭健筆，亮節勁心，既淑世以匡時，復信今而傳後。拜讀再三，欽挹無已。謹函布謝，即頌時綏。石覺敬啓五十五年十一月十九日

讀我生一抹後致作者書　魏金

異生先生賜鑒：隔昨曹翼公次長處相遇，靜聆教益，叔度襟抱，迄尙盤桓於腦際也，承賜寄「我生一抹」，瀏覽一過，（嗣當詳讀）固感修辭之誠，誠如毛子水教授所謂「英雄本色」，然弟經精讀其中數篇，涵咏之餘，則深以爲與太史公「究天人之際，通古今之變，成一家之言，」互相彷彿也。尊意以爲然否。專函復謝，敬頌勳祺。弟魏金頓五十六年八月八日

讀我生一抹後致作者書　沈　鵬

異生先生道席：前奉覆示，嗣又承賜寄大作我生一抹原文，拜讀全篇，事事無隱無飾，句句又眞又誠，不惟文筆微妙堅如金石，而且傳情記述，樸實無華，洵屬一篇極好的傳記文學，足以振作世道人心，使弟讀後神馳不已也。大凡一個人之成就，多半爲環境所促成，牡丹雖好，必須綠葉扶助。而閣下記述中得賢內助，實乃成功之一，弟則遠不如也。承邀至新莊一行，極願實踐，但自身不能獨行。須待有人陪侍，始可成行。大約下星期日當趨訪暢談一切。肅請雙安。弟沈鵬拜啓上五十五年九月三日

讀我生一抹後致作者書　沈　鵬

異生老兄大鑒：九日書，並蒙賜累廬書簡乙册，拜領之餘，感謝無限。留之案頭，可作座右銘。弟所佩者，一是此書確是一部好尺牘，與坊間所有，截然不同。二是簡潔誠懇，字字不涉浮泛，句句都是箴言，足稱文筆並茂，絕非謬譽。三是拜讀大作函牘，旣眞且善，處處表達作者之言行性情，又絕非常人所能，而可爲後世法。四是兄能保存二十多年之函牘文稿，分類編輯成册，足證台從之毅力恆心，當爲一般老友所欽佩之不遑也。今雖版權爲三民書局所有，納入於文庫叢書之一，但弟認爲極當之措施。蓋不僅博得廣泛的讀者們欣賞，抑亦有助於寒士和興趣也。

老朽如弟，終日枯坐斗室，耳聾目眩，形同木偶，已成待死之年，心多苦耳。肅復，順頌健康。

弟沈鵬拜讀五十八年四月十日

讀我生一抹後致作者書　曾定一

巽哥嫂：承賜日記本，實用書簡、及答神交陶君論爲文書稿，本欲即覆，因擬在毛內求疵，對於函稿及實用書簡，循讀再三，除對書簡內附入賤名，並迭加溢譽，深覺慚感外，可說無可加一詞。兄之書簡刊行後，秋水軒尺牘等，固不能望其項背，即置之古人第一流書簡內，亦無愧色。兄之加惠後學，可謂深矣。此不特可爲兄賀，且可爲後之學者慶幸也。肅此奉復，敬頌雙福。弟曾定一敬啓五十七年十二月卅一日

讀我生一抹後致作者書　汪祖華

巽生大兄左右：別來想道履勝常也。尊著實用書簡，已利用在陽明山休息時間，拜讀竣事。文章固簡鍊典雅，而作者之性行高潔，經濟絕倫，亦於斯可窺。讀之足使頑夫廉，懦夫立，豈止可得書簡之門徑已也。無任敬佩。涼燠不定，祈珍重。悤此，順頌撰安。夫人前乞爲致候。弟汪祖華上五十八年四月十五日

讀我生一抹後致作者書　劉子英

巽公先生賜鑒：前蒙賜書，及所附各文件，均已拜閱。肫肫厚意，感謝莫名，第以事忙遲復爲歉。近讀大著我生一抹，不僅文筆雋永茂美，而先生公忠體國之精神，豪俠仁義之風範，洵足以勵末俗振人心，翹企鴻猷，彌殷景仰。容得暇當趨謁崇階，藉聆教益也。肅此，祇請崇安。並候尊夫人好。晚劉子英敬上五十八年四月十六日

讀我生一抹後致作者書　曾憲禕

巽生先生座右：頃接巨著，至爲欽敬。拜讀之餘，誠可明吾目，聰吾聽，此書今日雖爲記事，知異日定爲國史。先生立德、立功、立言、可稱不朽矣。曾子曰，「晉楚之富不可及也，彼以其富，我以吾仁」，先生實當之而不憾。爾今爾後，吾之處世、處人、爲學，爲文，亦可有所遵循矣。耑此、敬謝、順頌撰安。後學曾憲禕拜覆六十二年四月廿九日

讀我生一抹後致作者書　丘秀强

巽生宗長尊鑒：敬啓者：承贈大著我生一抹，拜讀之後，深覺內容豐富，不僅有文學、國史、地理……等之價值，其敍事尤具我國文化特質之中心思想，可作傳家、待人、處世之準繩，正

如立夫先生序言「眞、善、美」也。秀强自知大著可貴，除列入進德修業之重要書，置書房明顯處隨時可以取閱外，並命二女一讀高中、一讀初中作家敎之讀本，起碼有助國文一課也。秀强此次負責重印廣州市丘氏宗祠特刋，蒙宗長惠賜鴻題，增光篇幅，至感。四月一日宗親大會，秀强又有緣與宗長見面，十分榮幸！早欲抽空到府道謝與請益，祇因近數月來忙於公務外，公餘則趕編河南堂丘氏源流誌，並響應立夫先生號召進修中醫之書，所以空餘時閒甚少。對宗長失禮之處，心甚不安，敬祈鑒諒。俟七月閒，拙編告一段落，當曉來新莊貴府請敎也。肅復並謝，順祝福安。宗末秀强敬復六十二年六月廿五日

讀我生一抹後致作者書　王家雲

超公長者尊右：恕我冒昧，有擾清神。頃讀大著應用書簡，深佩先生之爲人，充滿了眞與義。玆又購得我生一抹，從頭到尾，一氣讀完，令人心動。謂爲傳記文學可，謂爲修身寶鑑更可。是書問世，不僅對青年有益，對老年更可藉之自省。佩甚佩甚。又大陸陳迹佳著，遍尋不獲。據書局見告非賣品，難得。求文不爲恥，故特冒瀆，如蒙惠賜一册，則感戴無旣矣。耑肅，敬祝健祺，並候佳音。後學王家雲拜上五十九年八月十二日

又者：雲服務菸酒公賣局總局，卅五年奉邀來台，浪費光陰，忽二十餘年。宜蘭毛應章兄，板橋酒廠徐松青兄，均係我多年老友同事。原擬託其轉懇爲妥，奈愚心求切，冒昧逕求，恕不

禮，乞鑒宥。又及。

讀我生一抹後致作者書　王牧之

起嶽鄉先生大鑒：信與書先後收到，並已仔細拜讀，十分感謝。尊著「我生一抹」之眞、之善、之美，陳、毛、成等諸先生，均有所列論。不過我以爲書中「救囚」「急難」「鎩羽」「獻議」「規過」「戴傳」「犯難」等篇，尤能表現先生之書生本色，與令人景仰之高風。而且我也可以肯定，「我生一抹」一書，不僅能風行於一時，且更能流傳於久遠。惟基於對先生之愛慕，願直陳兩點缺失，尙望先生於四版時，再作校正，以臻至善。（中略）素仰先生正直無私，故敢掬誠陳述愚見。耑此，肅請著安。晚王牧之拜上六十四年三月廿三日

第二書

異公鄉長大鑒：俗謂「不經一事、不長一智」，上次冒昧直陳，竟得如此多之教益，眞是始料不及。

我性喜塗鴉自娛，故亦常與辭書爲伴。但因功夫不到，時有疏失。比如閒字，我一直只知與閑通，不知與間同。這種自誤，總也是想當然之粗心作祟也。

先生用字不苟，力匡時弊，誠空谷足音，末學感佩之餘，條陳鄙見如上。（所述意見略）蓋

我天性愚直，童心不泯，故喜率眞放言，不欲以藏拙自處。尚望先生見諒，賜敎，至盼。專此，

敬頌道安。晚王牧之拜上六十四年三月三十日下午

滄海叢刊書目

國學類

中國學術思想史論叢(一)～(八)	錢　　穆　著
現代中國學術論衡	錢　　穆　著
兩漢經學今古文平議	錢　　穆　著
宋代理學三書隨劄	錢　　穆　著
先秦諸子繫年	錢　　穆　著
朱子學提綱	錢　　穆　著
莊子纂箋	錢　　穆　著
論語新解	錢　　穆　著

哲學類

文化哲學講錄(一)～(五)	鄔昆如　著
哲學十大問題	鄔昆如　著
哲學的智慧與歷史的聰明	何秀煌　著
文化、哲學與方法	何秀煌　著
哲學與思想	王曉波　著
內心悅樂之源泉	吳經熊　著
知識、理性與生命	孫寶琛　著
語言哲學	劉福增　著
哲學演講錄	吳　怡　著
後設倫理學之基本問題	黃慧英　著
日本近代哲學思想史	江日新　譯
比較哲學與文化(一)(二)	吳　森　著
從西方哲學到禪佛教——哲學與宗教一集	傅偉勳　著
批判的繼承與創造的發展——哲學與宗教二集	傅偉勳　著
「文化中國」與中國文化——哲學與宗教三集	傅偉勳　著
從創造的詮釋學到大乘佛學——哲學與宗教四集	傅偉勳　著
中國哲學與懷德海	東海大學哲學研究所主編
人生十論	錢　　穆　著
湖上閒思錄	錢　　穆　著
晚學盲言(上)(下)	錢　　穆　著
愛的哲學	蘇昌美　著
是與非	張身華　譯
邁向未來的哲學思考	項退結　著

現代藝術哲學	孫　旗　譯
現代美學及其他	趙天儀著
中國現代化的哲學省思	成中英著
不以規矩不能成方圓	劉君燦著
恕道與大同	張起鈞著
現代存在思想家	項退結著
中國思想通俗講話	錢　穆　著
中國哲學史話	吳怡、張起鈞著
中國百位哲學家	黎建球著
中國人的路	項退結著
中國哲學之路	項退結著
中國人性論	臺大哲學系主編
中國管理哲學	曾仕強著
孔子學說探微	林義正著
心學的現代詮釋	姜允明著
中庸誠的哲學	吳　怡　著
中庸形上思想	高柏園著
儒學的常與變	蔡仁厚著
智慧的老子	張起鈞著
老子的哲學	王邦雄著
逍遙的莊子	吳　怡　著
莊子新注（內篇）	陳冠學著
莊子的生命哲學	葉海煙著
墨家的哲學方法	鐘友聯著
韓非子析論	謝雲飛著
韓非子的哲學	王邦雄著
法家哲學	姚蒸民著
中國法家哲學	王讚源著
二程學管見	張永儁著
王陽明——中國十六世紀的唯心主義哲學家	張君勱原著、江日新中譯
王船山人性史哲學之研究	林安梧著
西洋百位哲學家	鄔昆如著
西洋哲學十二講	鄔昆如著
希臘哲學趣談	鄔昆如著
近代哲學趣談	鄔昆如著
現代哲學述評(一)	傅佩榮編譯

當代西方哲學與方法論	臺大哲學系主編
人性尊嚴的存在背景	項退結編著
理解的命運	殷鼎著
馬克斯・謝勒三論	阿弗德・休慈原著、江日新譯
懷海德哲學	楊士毅著
洛克悟性哲學	蔡信安著
伽利略・波柏・科學說明	林正弘著
宗教類	
天人之際	李杏邨著
佛學研究	周中一著
佛學思想新論	楊惠南著
現代佛學原理	鄭金德著
絕對與圓融——佛教思想論集	霍韜晦著
佛學研究指南	關世謙譯
當代學人談佛教	楊惠南編著
從傳統到現代——佛教倫理與現代社會	傅偉勳主編
簡明佛學概論	于凌波著
圓滿生命的實現（布施波羅密）	陳柏達著
薝蔔林・外集	陳慧劍著
維摩詰經今譯	陳慧劍譯註
龍樹與中觀哲學	楊惠南著
公案禪語	吳怡著
禪學講話	芝峯法師譯
禪骨詩心集	巴壺天著
中國禪宗史	關世謙著
魏晉南北朝時期的道教	湯一介著
社會科學類	
憲法論叢	鄭彥棻著
憲法論衡	荊知仁著
國家論	薩孟武譯
中國歷代政治得失	錢穆著
先秦政治思想史	梁啟超原著、賈馥茗標點
當代中國與民主	周陽山著
釣魚政治學	鄭赤琰著
政治與文化	吳俊才著
中國現代軍事史	劉馥著、梅寅生譯
世界局勢與中國文化	錢穆著

中華文化十二講	錢　　穆　著
民族與文化	錢　　穆　著
楚文化研究	文崇一　著
中國古文化	文崇一　著
社會、文化和知識分子	葉啟政　著
儒學傳統與文化創新	黃俊傑　著
歷史轉捩點上的反思	韋政通　著
中國人的價值觀	文崇一　著
紅樓夢與中國舊家庭	薩孟武　著
社會學與中國研究	蔡文輝　著
比較社會學	蔡文輝　著
我國社會的變遷與發展	朱岑樓主編
三十年來我國人文社會科學之回顧與展望	賴澤涵　編
社會學的滋味	蕭新煌　著
臺灣的社區權力結構	文崇一　著
臺灣居民的休閒生活	文崇一　著
臺灣的工業化與社會變遷	文崇一　著
臺灣社會的變遷與秩序(政治篇)(社會文化篇)	文崇一　著
臺灣的社會發展	席汝楫　著
透視大陸	政治大學新聞研究所主編
海峽兩岸社會之比較	蔡文輝　著
印度文化十八篇	糜文開　著
美國的公民教育	陳光輝　譯
美國社會與美國華僑	蔡文輝　著
文化與教育	錢　　穆　著
開放社會的教育	葉學志　著
經營力的時代	青野豐作著、白龍芽　譯
大眾傳播的挑戰	石永貴　著
傳播研究補白	彭家發　著
「時代」的經驗	汪琪、彭家發　著
書法心理學	高尚仁　著
史地類	
古史地理論叢	錢　　穆　著
歷史與文化論叢	錢　　穆　著
中國史學發微	錢　　穆　著
中國歷史研究法	錢　　穆　著
中國歷史精神	錢　　穆　著

國史新論	錢　穆　著
秦漢史	錢　穆　著
秦漢史論稿	邢義田　著
與西方史家論中國史學	杜維運　著
中西古代史學比較	杜維運　著
中國人的故事	夏雨人　著
明朝酒文化	王春瑜　著
共產國際與中國革命	郭恒鈺　著
抗日戰史論集	劉鳳翰　著
盧溝橋事變	李雲漢　著
老臺灣	陳冠學　著
臺灣史與臺灣人	王曉波　著
變調的馬賽曲	蔡百銓　譯
黃帝	錢　穆　著
孔子傳	錢　穆　著
唐玄奘三藏傳史彙編	釋光中　編
一顆永不殞落的巨星	釋光中　著
當代佛門人物	陳慧劍編著
弘一大師傳	陳慧劍　著
杜魚庵學佛荒史	陳慧劍　著
蘇曼殊大師新傳	劉心皇　著
近代中國人物漫譚・續集	王覺源　著
魯迅這個人	劉心皇　著
三十年代作家論・續集	姜　穆　著
沈從文傳	凌　宇　著
當代臺灣作家論	何　欣　著
師友風義	鄭彥棻　著
見賢集	鄭彥棻　著
懷聖集	鄭彥棻　著
我是依然苦鬥人	毛振翔　著
八十憶雙親、師友雜憶（合刊）	錢　穆　著
新亞遺鐸	錢　穆　著
困勉強狷八十年	陶百川　著
我的創造・倡建與服務	陳立夫　著
我生之旅	方　治　著
語文類	
中國文字學	潘重規　著

中國聲韻學	潘重規、陳紹棠 著
訓詁通論	吳孟復 著
翻譯新語	黃文範 著
詩經研讀指導	裴普賢 著
陶淵明評論	李辰冬 著
鍾嶸詩歌美學	羅立乾 著
杜甫作品繫年	李辰冬 著
杜詩品評	楊慧傑 著
詩中的李白	楊慧傑 著
司空圖新論	王潤華 著
詩情與幽境——唐代文人的園林生活	侯迺慧 著
唐宋詩詞選——詩選之部	巴壺天 編
唐宋詩詞選——詞選之部	巴壺天 編
四說論叢	羅盤 著
紅樓夢與中華文化	周汝昌 著
中國文學論叢	錢穆 著
品詩吟詩	邱燮友 著
談詩錄	方祖燊 著
情趣詩話	楊光治 著
歌鼓湘靈——楚詩詞藝術欣賞	李元洛 著
中國文學鑑賞舉隅	黃慶萱、許家鶯 著
中國文學縱橫論	黃維樑 著
蘇忍尼辛選集	劉安雲 譯
1984	GEORGE ORWELL原著、劉紹銘 譯
文學原理	趙滋蕃 著
文學欣賞的靈魂	劉述先 著
小說創作論	羅盤 著
借鏡與類比	何冠驥 著
鏡花水月	陳國球 著
文學因緣	鄭樹森 著
中西文學關係研究	王潤華 著
從比較神話到文學	古添洪、陳慧樺主編
神話卽文學	陳炳良等譯
現代散文新風貌	楊昌年 著
現代散文欣賞	鄭明娳 著
世界短篇文學名著欣賞	蕭傳文 著
細讀現代小說	張素貞 著

現代詩學	蕭　蕭　著
詩美學	李元洛　著
詩學析論	張春榮　著
横看成嶺側成峯	文曉村　著
大陸文藝論衡	周玉山　著
大陸當代文學掃瞄	葉穉英　著
走出傷痕——大陸新時期小說探論	張子樟　著
兒童文學	葉詠琍　著
兒童成長與文學	葉詠琍　著
增訂江皋集	吳俊升　著
野草詞總集	韋瀚章　著
李韶歌詞集	李　韶　著
石頭的研究	戴　天　著
留不住的航渡	葉維廉　著
三十年詩	葉維廉　著
讀書與生活	琦　君　著
城市筆記	也　斯　著
歐羅巴的蘆笛	葉維廉　著
一個中國的海	葉維廉　著
尋索：藝術與人生	葉維廉　著
山外有山	李英豪　著
葫蘆・再見	鄭明娳　著
一縷新綠	柴　扉　著
吳煦斌小說集	吳煦斌　著
日本歷史之旅	李希聖　著
鼓瑟集	幼　柏　著
耕心散文集	耕　心　著
女兵自傳	謝冰瑩　著
抗戰日記	謝冰瑩　著
給青年朋友的信(上)(下)	謝冰瑩　著
冰瑩書柬	謝冰瑩　著
我在日本	謝冰瑩　著
人生小語(一)～(四)	何秀煌　著
記憶裏有一個小窗	何秀煌　著
文學之旅	蕭傳文　著
文學邊緣	周玉山　著
種子落地	葉海煙　著

向未來交卷	葉海煙 著
不拿耳朶當眼睛	王讚源 著
古厝懷思	張文貫 著
關心茶——中國哲學的心	吳怡 著
放眼天下	陳新雄 著
生活健康	卜鍾元 著
美術類	
樂圃長春	黃友棣 著
樂苑春回	黃友棣 著
樂風泱泱	黃友棣 著
談音論樂	林聲翕 著
戲劇編寫法	方寸 著
戲劇藝術之發展及其原理	趙如琳 譯著
與當代藝術家的對話	葉維廉 著
藝術的興味	吳道文 著
根源之美	莊申 著
中國扇史	莊申 著
立體造型基本設計	張長傑 著
工藝材料	李鈞棫 著
裝飾工藝	張長傑 著
人體工學與安全	劉其偉 著
現代工藝概論	張長傑 著
色彩基礎	何耀宗 著
都市計畫概論	王紀鯤 著
建築基本畫	陳榮美、楊麗黛 著
建築鋼屋架結構設計	王萬雄 著
室內環境設計	李琬琬 著
雕塑技法	何恆雄 著
生命的倒影	侯淑姿 著
文物之美——與專業攝影技術	林傑人 著